ことのは文庫

ヨロヅノコトノハ

やまとうたと天邪鬼

いのうえ えい

MICRO MAGAZINE

目次

ヨロヅノコトノハ

やまとうたと天邪鬼

零：言の葉奇譚、序章

《98》風そよぐ　ならの小川の　夕暮れは　みそぎぞ夏の　しるしなりける

風がそよそよと楢の木の葉を揺らす小川の夕暮れは、すっかり秋めいてきたが、六月祓いのみそぎだけが夏であることを告げている／従二位家隆・小倉百人一首

《48》風をいたみ　岩うつ波の　おのれのみ　くだけて物を　思ふころかな

風が激しいせいで岩を打つ波が自分の身を（自分だけで）砕くように、私だけが砕け散るような想いにふけるこの頃だなぁ／源重之・小倉百人一首

（《　》内は歌番号）

言葉は人の心を映す。

言葉は魂の力を宿す。

言葉は現実となる。


人はそれを、「言霊」と呼ぶ。


高く澄んだ青空に映える、朱の鳥居と同じ色合いに染まった足元の落ち葉。境内にある池の水面には、新鮮な朝の陽光がちらりと反射する。

昔ながらの竹箒が地面を掻く音も、足の裏に伝わる玉砂利の感触もいつもどおり。そしてこの後そろそろ耳に飛び込んでくる喧騒も、たぶん、いつもどおりだ。

「天音！　仕事！　依頼！　急行！」

単語を羅列しながら走り寄ってくる馴染みの顔を眺めながら、こいつが適切に助詞を使える日は来るのだろうかとため息が零れた。

「……おはよう、庵。仕事って、今から？」

境内にある日時計にちらりと目をやりながら答える。早起きをしたとはいえ今日は平日。今から庵のいう「仕事」をこなせば、確実に学校には遅刻してしまうだろう。

我が家の特殊な「事情」については学校には理解をしてもらっている……というのがおれの保護者であり上司でもある祖父の見解なのだが、だからといって授業や学習についての具体的な救済措置が取られるわけでもない。「仕事」での遅刻や欠席を暗黙の了解としてもらって、「サボり」とは見なされないというだけだ。だからおれ個人としては、試験も近づいている今、あまり授業を休みたくはなかった。

俺は大きな目をぱちぱちと瞬き、寝ぐせのついたふわふわした髪を朝の風に揺らしながら不思議そうに首を傾げた。

「もちろん」

やっぱり単語。でもそれをあんまり指摘すると、ひとつ年下のこの従弟はすぐにむくれる。「そんなこと言われたって、おれは天音みたいにコウキなキョウイクを受けていないからね」なんて言ってへそを曲げることもわかっている。だからたまーにしか、ツッコまないことに決めている。

「えーと、依頼ってどこから？」

「こないだ相談あったって言ってたでしょ。裏山の水元さんのとこ。風が暴れるって」

「……風」

簡潔な俺の説明を聞きながら呟く。

そういえば、ここ数日山の木々がざわついている。街中にぽつんと佇むこの神社まで吹きおろしてくることは珍しいほどの風が、時折聞き慣れない轟音をまとって現れていた。

「そう、風。なんか感じないの？」

俺はそう言っておれの顔を覗き込む。おれは手に持っていた竹箒を動かし、足元で散らばりかけた落ち葉をもう一度掻き集めた。

「あんまり、わからない。でも気になるから行ってはみるけど」

「おれも一緒に行ってもいい？」

「だめ。俺は学校。おれたぶん遅れるから、先生に伝えといて」

「えー……。おれも『言霊師』の修行、見たいのに……」

「見世物じゃないからな。……それに」

そんなにキラキラと見つめられるようなものでもない。そう言いかけて口を閉じた。

おれは自分の力を疎んじたり軽んじているわけじゃない。でも、それほど誇りに思っているわけでもない。言葉に宿る力を引き出せる「言霊」の能力は、望んで手に入れたものじゃないし努力して勝ち取ったものでもないからだ。

気づけば自分の中にあったものを飼い慣らすのに苦心している、というのが今のおれを説明する表現としてはたぶん一番近い。それでもそれが誰かのためになるのならとりあえずやってみなくては仕方がない、そう思ってしまうのは、俺を含めたおれの「一族」の性分だろう。

言葉を介して、言葉に宿る「霊力」を引き出すことのできる「言霊師」として、おれはこの街の小さな神社に持ち込まれるいろいろな頼まれごとを解決しながら暮らしていた。

ぶーぶーと不平を言いながらしぶしぶ登校する俺を見送った後、おれは俺が置いていった「報告書」に目を通す。報告書といっても俺のお気に入りのキャラクターが印刷された可愛らしいメモ用紙に、丸っこくてどこか幼い字で書かれたただのメモだ。でも俺はこれを「報告書」だと言って聞かない。神社に相談に訪れた人の話を聞き、それをおれに伝える助手みたいな役割が、本人はいたくお気に入りらしいのだ。

俺自身にはおれのような力はまだ発現していない。一族の中でもなんらかの神通力を使いこなせる人物はそこそこいるものの、「言霊」の力を持つ者は意外と少ない。その昔、力の暴走を恐れた祖先が何度かの封印を試みたことが原因らしいが、詳しいことはおれも知らない。おれにわかるのは「おれが」この力を発動させるある条件と、この力がそこそこ危険で厄介なものとなりうるのだろうというあまり嬉しくない推測だけだ。

そして自分の中にそんなちょっとした爆弾みたいなものを抱えているということに、たまーにため息をつきたくなったり、無邪気に「いいなぁ。かっこいいなぁ」なんて憧れの視線で見つめてくる俺がちょっとうらやましかったりするくらいで、他には特にこの「日常」に対して異議も不満もなかった。

どこか古風な匂いのするこの神社で境内の掃除をしたり三毛猫と遊んだりしながら、時折持ち込まれるご近所からの「依頼」に応えるのが、いつもどおりのおれの日常だった。

「仕事」が終わったらその足で登校するつもりで、おれは制服に着替えて家を出た。

空は凪の大海原のように穏やかに澄み渡っているはずなのに、件の裏山に近づいてくると、だんだんと不穏な風音が響いてきた。足元から侵食し、腹の奥に響き、頭の芯を冷やすような嫌な風だ。おれは振り返って、遠くに見える高校の周囲の木々に目を凝らした。遠目なのであまり確信は持てないが、少なくともこの場所ほど荒れている様子はない。やはり、おかしいのは天候ではなくて「この場所」だ。

「…………局地的、ゲリラ暴風」

別に名づける必要はないのだが、なんとなくそう呟く。こういう、何かの「力」が働いている場所にひとりでいると時々声の出し方を忘れそうになるのだ。おれの力は言葉によって発現する。つまり、声が出せなければどうしようもない。だからなのか、少し厄介そうな仕事の前には自分の声の響きを確認するように、おれは独り言が多くなるみたいだ。

ざくざくと落ち葉を踏み分けて進み続ける間にも、前方から吹き荒れる風はどんどんと強くなる。制服のネクタイが煽(あお)られて身体(からだ)を打ちつけてくるのが邪魔で、途中でほどいてブレザーのポケットに押し込んだ。

戦闘用としては断然学ランの方が機能的なのだが、そんな基準で制服を決めている学校はまぁないだろう。家から一番近いという理由で進学した自分の高校をおれはけっこう気に入っていたが、制服に関しては絶対に中学時代の学ランの方がよかった。

そんなことをとりとめもなく考えながら、ひたすら向かい風に耐えつつ進んでいくと、突然視界が開けた。けっこうな距離を登ってきたことがわかる、見晴らしのいい高台。ひときわ芝生の鮮やかなその場の中央に、かなりの大きさのつむじ風が鎮座していた。

周囲で轟々と唸っている謎の強風は、明らかにこのつむじ風から生み出されている。しかし、まるで見えない結界でも張られているかのように、その風の「親玉」はぴたりとそこに静止したままだ。

風は神の力であり、時には荒ぶるものでもあるが、本来はきちんと「通り過ぎていく」もののはず。おれは注意深く周囲を見回した。おれがするべきことはこの風を打ち消すことではない。この風をここに留(とど)めている「何か」を見極め、風を正しく解き放つことだ。

木々のざわめきが大きくなる。轟々と巻き上がる砂粒と、風に千切られた草の匂いが張り巡らせた感覚を邪魔してくる。とりあえず、自分の周囲の風だけでも一時的に払わなければ、探し出したいものの本体に行き着くのは難しそうだ。

その先にある得体の知れないものに対峙(たいじ)するためにもあまり前もって力を使いたくはなかったのだが、そうも言っていられなそうなので諦めておれは小さく息を吸った。

『現実(リアル)』

呟くと、喉の奥が熱くなる。おれの能力は「言葉」によって発現する。この合言葉で言葉から「霊力」を引き出すリミッターをはずし、あるカタチで言葉を紡ぐことによって、そこに込められた特定の現象なり効果を現実にすることができる、そういう「力」。

『……風そよぐ　ならの小川の　夕暮れは　みそぎぞ夏の　しるしなりける――』

そう唱えると、耳元で暴れ狂っていた風がふっと緩んだ。

猛獣のように制御を失っていた暴風は、一瞬で楢(ナラ)の木の葉を優しく撫でて揺らすほどのおとなしいそよ風に変わる。急に訪れた静けさに慣れない耳に全神経を集中させたとき、頭上からぱちぱちと緊張感のない音が降ってきた。

　音のした方を見上げると、さっきまで荒れ狂っていたひときわ大きな欅（ケヤキ）の木の上に、不思議ないで立ちの青年が腰かけていた。

　濃淡の印象的な深い青色の羽織に、太陽の光にきらきらと光る銀色の髪。すらりとした手足で器用にバランスを保ちながら、青年はおれを見下ろして軽く手を叩いた。

「あんた、すごいな。今のなんなん？　神通力の一種？」

　奇妙なアクセントで青年は尋ねた。カタコトというわけではないのだが、なんだかいろんな方言がいっしょくたになったようなイントネーションだ。一応、関西弁……だろうか。

「………………おまえは？」

　いくらおれが世間知らずの高校生でも、見上げると首がつりそうなほど高い木の上に突然現れた奇妙な男に、いきなり手の内を明かすわけがない。……どう見ても、まっとうな人物ではなさそうな……というかおそらく「人間」ですらないだろう。

　質問には答えずに聞き返すと、青年はふっと笑ってふわりと枝から飛び降りた。重力を感じさせせない動きであっけなく着地すると、おれを眺めて首を傾げる。

「おれのことが知りたいん？」

「……どちらかと言えば、おまえがやったことが知りたい」

　一歩あとずさり距離を確保しながら、おれは告げた。相手の生態はまったくわからないが、なんにせよこんな風に実体があり、ヒトの姿をとったり人語を操るようなものは、例外なく「力」が強い。一見したところそれほど危険そうにも見えないが、ここにいたということは今回の一件になんらかの形で関わっているということだろう。

「やったこと？　ようわからんけど、とりあえずおれ自身にはあんまり興味ないってことやな。あんた、冷たいね」

「……おまえだってそうだろ。おれ自身より、おれの力に興味があるんじゃないのか？」

「…………………あるな。なぁ、さっきのやつ、もう一回やってみて」

「は？　なんで……」

咄嗟に聞き返しながら、おれは意識を目の前の青年に集中させる。さっきおれが発現させた言霊の効果はまだ生きているはずだ。一度発現させた霊力なら、意識を集中させるだけである程度効果を調整することができる。この得体の知れない青年に鎮めた風をどうにかされないよう、もう一度風の威力を弱めるイメージを頭の中に描き直す。

『裏返し』

突然目の前の青年がぽつりと呟いた。その瞬間、さっきまでおれの力で鎮まっていたはずの風が、再び大きな唸り声を上げた。

「うわっ……！」

おれ達の周囲でも足元の砂粒が巻き上げられ、それが散弾銃のようにあらゆる角度から身体を襲う。咄嗟に目を瞑り両手で顔を覆うと、その隙に足を払われた。

「…………っ……！」

咄嗟に受け身をとったものの、全身が地面に打ちつけられる感覚に一瞬思考が止まる。

倒れたおれを見下ろし、青年は楽しそうに笑った。

「やっぱりな。おれらの力、真逆なんや。久しぶりに力強そうな奴に会えたと思ったけど残念。あんたにとっては相性最悪やもんな」

「………真逆？」

「そう。ハンデってことで教えたるわ。あんたの力はたぶん、言葉を現実にすることができるんやな。対しておれの力は『裏返し』……あんたの言葉を裏返すことができる」

世間話でもするような調子で男は言った。樹々の葉の色を写しとったような、複雑な緑色をした瞳が愉しそうに細められる。

おれは少し先で唸りを上げているつむじ風をちらりと見て、油断すると潔く停止してしまいそうな頭をなんとか回転させた。

確かに、こいつの言うことが本当なら、おれ達の霊力の相性はおれにとって「最悪」だ。先ほどの風の威力をみる限り、明らかにおれが「抑えよう」としたものが逆に強められていた……。とすれば、こいつの言うところの「言葉を裏返す」ことは、おそらくおれの「現実」の能力を反射したり、おれの意図とは逆の現象を起こさせたりすることにつながるのだろう。使いようによっては効果を無効化することもできるかもしれない。

「言葉」を介さないと霊力を引き出せないおれにとって、その言葉自体に作用する能力は例外なく厄介だが、その中でもこれは間違いなく最悪の部類に入るだろう。

再び轟々と唸りをあげ、草いきれをまき散らす風音に紛れて、おれはため息をついた。

目の前の男の言葉さえ聞き取れるかどうか怪しいほどの状態なのに、遥か遠くで学校の始業のチャイムが聴こえる気がする。

珍しく早起きをした今日。本当なら今頃、おれはゆったりと余裕を持って登校し、日当たりのいい窓際の席で穏やかな風に吹かれながら授業を受けているはずなのだ。なのに、実際のところおれは近所のじいちゃんを悩ませる「風」を鎮めに来て、そしてこのわけのわからない青年との力比べに負けそうになっている。そう考えるとなんだか無性に腹が立った。……完全な八つ当たりだが。

制服についた砂ぼこりを払いながら立ち上がって相手を睨むと、青年は目を瞬いた。

「どうしたん？　降参するならそれでいいで。おれ、弱い者いたぶるシュミとかないし」

「冗談。おれ、学校行きたいから早く片付けたいんだ。お互い、次の一発で決めようぜ」

「……………は？」

相手は微かに眉根を上げた。こんな安い挑発ですぐに冷静さを欠くほどの小物ではないようだが、それでも緑の瞳は少し鋭さを増す。注意深く相手の様子を観察しながら、おれは言葉を選ぶ。踏み込みすぎず、でもきちんと掠るように。

まっすぐに相手を見据えて、おれは不敵に口角を上げてみせた。

「特大のやつ、お見舞いしてやる。返せるかどうか試してみな」

「…………はっ……。あんた、見た目よりあほなんやな。せっかく実演して見せたったのに、まだわからんとかほんまないで」

「おまえは、おれの霊力が発現する瞬間、その反射ごと吹き飛ぶんだよ」

はっきりと告げ、しっかりと言葉を相手に沁み込ませる。おまえはきっと「あほ」じゃない。だから、この言葉の意味もわかるはずだ。でも、おれの性格も能力もよく知らない。その天秤の上で、こいつがどういう判断をするのか。

――オモテか、ウラか。

おれはもう、賭ける方を決めた。

真意を探るようにじっとおれを見る相手の視界を遮り、おれの足元で渦巻いていた葉や砂ぼこりが激しく舞い上がる。さっきと同じように、風を「抑える」イメージを頭の中で思い描くと、それに反比例するように風の威力は強まる。不自然にならないよう注意深く、視覚と聴覚を遮(さえぎ)る風の轟音を保つ。どちらに転ぶか、対峙する青年の表情からは読み取れないまま、おれは相手に見えるようにはっきりとした口の動きで告げた。

『現実(リアル)』

相手の表情がぴくりと動く。間髪容れず、おれは何かを撃ち出すように腕を突き出した。

ちなみに、おれはただのしがない「言霊師」であってスーパーなんとか人とかではないので、当然なんちゃら波なんかが撃てるわけではない。だから能力の発現にこんなマンガみたいなアクションはまったくもって必要ないし、正直今めちゃくちゃ恥ずかしい。

高校生にもなってあこがれのヒーローごっこを本気でやるとこんな感じになるらしいと

いうことが、不本意ながらよくわかった。そしてこの勝負、勝とうが負けようがおれは確実にひとつの黒歴史を背負うことになった。この苛立ちもとりあえず、次に引き出す霊力の威力に加算しておきたい。

とはいえ絶対に表情には出さないように、おれはまっすぐに相手を睨む。身体の周りで猛威を振るう風に押し負けないように……慎重に口元を隠すために上げた腕に力を込めた。

『――風をいたみ　岩うつ波の　おのれのみ』

そこまで呟いて、少しだけ腕を顔の正面からずらす。おれがこの歌を「詠み切った」瞬間が、おれの能力が「発現する」瞬間だ。見逃すなよ、と念を込める。

『くだけて物を　思うころかな……………………！』

『……………裏返し(リバース)!!』

耳元で唸りを上げる轟音を振り払うように言い切った次の瞬間、閃光のごとき一瞬の衝撃がおれの身体に走る。ぐっとこらえて踏みとどまったのと、意識の表面でどさりと何かが倒れたような音がしたのがほぼ同時だった。

強すぎる衝撃に視界と思考が分断され、うすぼんやりとした音と痺れた感触で自分が膝をついたことがわかる。長く息を吐いてようやく視界に取り戻した光を頼りにゆっくりと目を開けると、目の前に倒れ込んだ青の羽織と、一瞬のうちに鳴りを潜めた穏やかな風に揺れる銀の髪が見えた。

「…………おまえ、反射神経鈍いぞ。おかげで一瞬こっちまでダメージ受けただろうが」

眼下で寝転がる銀髪の頭を軽くはたくと、男はぎぎぎと音がしそうなぎこちない動作で顔だけを上げた。

「…………あんた、性格悪すぎやろ」

「人聞き悪いこと言うな。おれは嘘は言ってない。ちゃんと、反射ごと吹き飛ぶって言ったたろ」

おれは和歌の言葉を使って言霊を操る。だから使い勝手のいい百人一首はおれの「武器」として全部頭に入っている。でも正直、この歌だけは使うことがないだろうと思っていた。「自分の」身を砕くという表現を含む、この歌だけは。

「……一瞬疑ったけど、まさかほんまにするとは思わんかった。自分に向けた攻撃を発動させて、おれの反射利用してこっちに向けるとか……賭けもいいとこやん」

「賭けってそういうもんだろ」

「…………あー！　自分の力で膝つくとかあほすぎる！　末代までの恥や！」

そう叫んで、銀髪は突然がばりと起き上がった。憮然とした表情で草原に胡坐（あぐら）をかく姿を眺めておれは呆れる。

「なんでそんなにダメージないんだよ……。頑丈すぎんだろ……」

相手の能力が発現するまでの０コンマ何秒の間に、おれが受けたダメージもそこそこのものだというのに。もはや生身の人間でないことは確定のような気がするが、それにしてもタフすぎる。呆れるおれを尻目に男は軽々と起き上がり、ガシガシと頭を掻いた。

「はぁ!? ダメージなんかめっちゃあるわ! 心に! 精神に! 再起不能なったらどうしてくれんねん!」

「再起不能になるような奴はそんなイチャモンつけねーよ……。それにそもそも、おまえが余計なことするからだろ?」

いきなり詰め寄られ、軽く引く。別に関西弁が理由というわけではないのだろうが、さっきまでの緊張感を粉砕するこの感じはなんなのだろう。

男は怪訝そうに眉間にしわを寄せた。

「余計なことってなんや。そっちが先に挑発してきたんやないか」

「それは、おまえが風をここに留めてまわりに迷惑かけてたからだろ」

ばっさりと言うと、男は素で不思議そうな表情になった。

「……………かぜをとどめる?」

子どものような覚束ない発音で呟き首を傾げる。その様子を見て、軽く血の気が引いた。

「……風を留める術をかけてたの、おまえじゃないのか?」

「あぁ、あれな。そんなしょーもないことせんよ。おれも風が暴れてんの気になってここに来たんや。うるさいし」

「…………」

「……つまり、おれは濡れ衣で心折られたってこと?」

銀髪の緑の瞳が剣呑に細められる。おれは深いため息をついた。

「…………それは、ごめん」

申し訳ない気持ちと、自分の浅慮に呆れかえる気持ちがブレンドされて、おれはうなだれた。無意味に攻撃をしかけたこともだし、無意味に危険な賭けに出たこともだし……つまり、これほど労力を使ったことのすべてが無意味だったということだ。

「素直でよろしい。まぁおれも半分仕掛けたようなもんやし、別にええよ。それより、なんであんたが風のことそんなに気にするん？」

銀髪はしれっとそう言うとおれをまじまじと見つめた。どちらかといえば好戦的なやつなのだとは思うが、それほど危険な感じもしない。妖の類なのだとしてもここまで話が通じるのは珍しい。「力が強い」というのはたぶん本当なのだろう。

「……あー、おれはふもとの神社の者で。近所の人に相談されて、様子を見に……」

「ふーん。この街に『言霊師』がいるっていうのはほんまやったんやな」

「…………知ってたのか」

なんとなくはぐらかしたつもりだったのだが、あっさりと言ってのけられた。一戦交えた以上こいつに能力を知られるのはしかたがないとはいえ、あまり広めたくはない事実だ。人間の側にも、そうではない側にも。おれは微かに痺れが残る腕をついて立ちあがった。

「？　どっか行くんか」

「どこって……。もう帰るよ。おまえには悪かったけど、おれたちがここで暴れたせいで風で遊んでたやつは消えたみたいだし」

おそらくこの山に昔から住んでいる妖狐(ようこ)の類か精霊風あたりかと思うのだが、さっきの霊力のぶつかり合いで弾かれた程度の結界なら、それほど強いものでもないのだろう。

そう言われればたしかにこの男の纏(まと)う霊力の感じと風の周囲で感じた力の感じは少し違うし、これで収まらなければまた改めて様子を見に来るしかないと考えて歩き出そうとすると、不意に腕を引かれた。

「………あんた、おれを放っとくんか」

「……は？」

なぜか真剣な目で問われ、訝(いぶか)しげな声が出る。放っておくも何も、おれよりもぴんぴんしてるじゃないか。

「放っておくって……別にケガしたとかもないだろ」

「違うわ！　そんな捨て猫拾えみたいなこと言うてへん！　そうじゃなくて……おれと契約せんでいいのかって聞いてんねん！」

「けいやく？」

意味がわからなくて聞き返すと、青年は心底呆れたような表情になった。

「だってあんた『言霊師』なんやろ？　言霊師は力の強い精霊や妖と契約できるはずや。そうしたらあんた自身の霊力も上がる。おれは不本意とはいえあんたに負けたわけやし、てっきり……」

「あぁ、そのこと……」

わざわざ丁寧に説明してくれる青年の言葉を遮って呟くと、ものすごく不思議なものを見るような目で眺められた。

力の強い言霊師と妖が契約できるなんてことはもちろんおれも知っている。でもその「契約」の実態は、言霊師が精霊や妖の力を支配下に置いて「隷属」させるようなものだ。あれほど力の強い妖ならその事実はある程度知っているはずなのに、そんなヒントを与えて自分が「隷属」させられるリスクを上げてくるおまえの方が不思議だと思った。

「おれは別に霊力を上げたいとか、何かを従えたいとか思ってない。それにもう一回闘(や)ればおまえが勝つよ。あんな手が使えるのは一回だけだし、そんな律儀(りちぎ)に気にすんな」

そう言っておれは青年に背を向けた。契約なんて冗談じゃない。これ以上強い霊力なんかいらないし、自分以外の何かなんて背負えない。……もう、自分だけで充分だ。

歩き出したおれの耳元を、正しい音量に戻った風がふわりと撫でる。だんだんと遠ざかっていく後ろで、青年が呆気にとられた表情をふっと崩したことを知る由もなかった。

「……………ふ。……おもろいな、あいつ」

穏やかで平凡とは言えなくとも、まぁこんなもんかと思っていた日常が崩れるのなんて一瞬だ。暴風どころか、誰かがほんの悪戯(いたずら)に起こしたちっぽけなそよ風でも、おれなりの平穏な日常を守りたいなんてささやかな願いを吹き飛ばしてしまうには、きっと充分なのだろう。

壱：天邪鬼 in 公立高校

登場する和歌

《64》朝ぼらけ　宇治の川霧　たえだえに　あらはれわたる　瀬々の網代木

朝が仄々と明けるころ、宇治川の川面にたちこめていた霧がところどころ晴れていって、その合間から現れてきたあちこちの瀬に打ち込まれた網代木よ／権中納言定頼・小倉百人一首

（《　》内は歌番号）

「おーい、天音」

　ざわざわとした売店前の廊下で名前を呼ばれ、戦利品の焼きそばパンを持ったまま振り返る。

「なに」

「お、買えたんだ。おまえって見た目のわりによく食うよな」

　クラスメイトの水原友樹（みずはらともき）がなぜか感心したようにおれと焼きそばパンを見比べる。短髪で背が高く、精悍（せいかん）な顔立ちの水原に、「おまえは見た目のわりに人懐っこいよな」とおれは心の中で返しておいた。

「おれの腹具合を確かめるためにわざわざ声かけたのか？」

　水原と並んで教室に向かいながら尋ねる。購買のおばちゃんイチオシのスパイシー焼きそばパンは人気商品で、三限目の終わりごろにワゴンに並んだすぐにしか買えないので、午前の授業を抜かすことがあるおれはなかなか出会えるチャンスがない。数日前の騒動からいまいち調子が出なかったのだが、今日はなかなか幸先がいいようだ。水原は機嫌よさげなおれを見ながら呆れたように言った。

「そんなわけあるか。世界史のノート、クラスの女子が貸してくれるって言ってたぞ」

「世界史？　あぁ、このあいだ授業抜けた分か。ありがたいけど、なんでおまえが言いに来る？」

「直接言うのは恥ずかしいんだってー。おまえってほんとモテるよな。ちゃらちゃらしてねーのに……それがいいのかなー」

　まじまじと観察されても反応に困るだけだ。ノートを貸してくれるのはありがたいけれど、かといってそれ以上でも以下でもない。

「……はぁ。別にそんなこともないと思うけど。でも貸してくれるんならありがたい。どうせクラスの半分くらいしかまともにノート取ってないだろ、あの授業」

　そう言うと水原は屈託なくははっと笑った。こいつは間違いなく「まともに取っていない」方の半分だが、それを気にする様子もない。率直で、気持ちのいい友人だ。

「そうだな。そんでそのまともに取ってるうちのさらに半分は、おまえにノートを貸したい女子かもよ」

「んなわけあるか……」

　にっと笑って顔を覗き込んでくる水原を押し返しながら、見慣れた中庭を横目に渡り廊下を進む。少しひんやりとした秋の風が柔らかく頬を撫でた。

　あの奇妙な青年と裏山でやり合ったのが数日前。それから、謎の暴風はぴたりと止んだ。余計すぎるエネルギーを使ったとはいえ、一応結果オーライと言っていいところだろう。しかし、正直もう再びは足を踏み入れたくないあの裏山に、おれはひとつ用事を残してしまっていた。

「そういえばさ、おまえそれ、今日も？」

　隣を歩く水原が思い出したようにそれ、とおれの首元を指さす。カッターだけの襟元は楽ではあるのだが、なんとなくおさまりが悪い、気がする。

「……今日も、忘れた」

「珍しいよなぁ。ネクタイなんかそんなに忘れるか？　習慣でつけるだろ普通」

「…………」

そうなのだ。おれはあの日、風に煽られる制服のネクタイが邪魔で、外してブレザーのポケットに押し込んだ。……そしてそのまま、落としてきたらしい。

「まぁ服装点検のときくらいしか注意されないけどな。……っと、あれ、まだやってる」

突然言葉を切ってある教室に視線をやった水原は肩をすくめた。自分の教室とはけっこう離れているし、あまり知り合いもいないはずのクラスに何があるのかと思って尋ねると、水原はにっと笑った。

「なんかさ、今日編入生が来たらしいんだよ。それがすげー目立つ奴だって、クラスの奴らが騒いでた。朝からあの調子で、見物客で大賑(おおにぎ)わいらしいぞ」

そう言われてみれば、その教室の窓という窓には生徒が張りつき、女子のきゃいきゃいとした楽しそうな声が溢れている。編入生自体が珍しいこともあるが、あれほどの騒ぎになるくらいだからよほど特徴的な生徒なのだろう。特に興味があったわけではないのだが、なんとなくその人だかりを眺めながら教室を通り過ぎると、後ろで勢いよくドアが開く音がした。

「あー、やっと見つけたわ」

「…………」

背後から、こちらの方に飛んできた独特のイントネーション。

いや、まさかな……。と思うものの、振り返る勇気はない。おれは黙って足を速めた。

「ちょお待てって。あんたや、あんた」

一段とボリュームの大きくなった野次馬たちのざわめきをスルーし、唖然としている水原の脇をすり抜け、大きな手がこの場から消えてしまいたいおれの腕をあっけなく掴んだ。

なぜだ。珍しく焼きそばパンを買えたくらいで、おれの人生のツキはすべて使い果たされてしまったとでもいうのだろうか。だとしたらあんまりだ……。

「…………おまえ、こんなとこで何を……」

ここまで確信的に認知されてしまっては、もうごまかしようもない。

しかたなく背の高い「編入生」を睨んで呟くと、相手は若葉色の瞳を細めて笑った。

「捜したんやで。こういうのって、あんたとおんなじクラスになって、隣の席がたまたま空いてて……みたいなんが定番やと思ったんやけどな。そこまでうまいことはいかんみたいや。まぁ見つけたからええけど」

「なんの定番だよ……。っていうかおれを捜してたって、なんで……」

少し遠巻きだったざわめきの輪が、明らかにおれ達を囲んで徐々に近づいてくる。隣の水原はさっきおれと焼きそばパンを見比べていたのと同じように、今度はおれと得体の知れない編入生を見比べている。しかし、この中の誰よりも一番困惑しているのはおれ自身だと、声高らかに叫んでやりたい。

なぜ、こいつがここにいるのか。

なぜ、制服を着ているのか。

なぜ、おれのことを捜していたのか。

一体何から尋ねればいいのかもわからないが、一番怖ろしいのは、何から尋ねてもおおよそまともな答えが返ってこないだろうということが、容易に想像できてしまうことだ。

「あんたを捜してた理由か。いろいろあるけど、とりあえずはこれやな。困ってるんちゃう？」

そう言って、銀髪は深い藍色の細長い布切れをふわりと掲げた。

「え、それ、ネクタイじゃん。天音のか？」

言葉を失っていた水原が、なぜかこのタイミングで息を吹き返す。名前を呼ぶなと小突きたくなった。

「へぇ。あんた、あまねっていうんやね。これ、この間忘れていったやろ？」

猫じゃらしを揺らすようにひらひらとネクタイを動かしながら、銀髪はしれっと尋ねる。

周囲のざわめきが大きくなった。

「――え、ネクタイ忘れていったって、ふたり知り合い？」

「枇々木(ひびき)天音と知り合いとか、まぁ目立つ組み合わせだよな……」

楽しそうだったり、どこか皮肉めいていたり、単純に興味深そうな囁(ささや)きが一気に思考になだれ込む。好意だろうが悪意だろうが、どっちにしろありがたくはない。なんにせよ、おれはあまり目立ちたくはないのだ。

　しかしそんなことは当然お構いなしという風に涼しい顔をした銀髪は、ネクタイをひらひらと揺らしてみせた後、それを自分のブレザーのポケットに押し込んだ。

「…………は？」

　思わず拍子抜けした声が出る。返してくれるんじゃないのか。

「もうちょい話したいから、後で返すわ。授業終わったらそっち行くから」

「…………」

「逃げたらあかんで」

　そう言うと、「すげー目立つ編入生」は慣れた足取りで教室に入っていった。


　HR（ホームルーム）終了のチャイムが鳴る。連絡事項が特になかったのか、時間を持て余した担任が明日の天気について語っている間、おれは教室の時計を睨んで残り十秒からのカウントダウンを試みていた。

「あいつ」がここに来て余計なことをしゃべり出す前に、とりあえずどこか人目につかないところに引き摺（ず）っていって事情聴取をしなければならない。正直ネクタイなんかもうどうでもいいからこのまま何も見なかったことにして逃げ帰りたいのだが、明らかに高校（ここ）にいるべきではないあの存在を放っておくこともできない。それに、今日逃げ帰ったところでどうにかなる問題でもないだろう。というわけでチャイムが鳴り挨拶の号令がかかった瞬間に、おれはもう通学カバンをひっつかんで教室のドアに向かった……はずなのだが。

「あまねー。帰ろか」

ちょうど教室から出た瞬間、背の高いシルエットが目の前に現れた。教室中の視線がこちらに向けられるのが背中越しにはっきりと感じられ、おれは脱力してため息をついた。

「……なんでそんなに早いんだよ」

「あー、なんか今日連絡ないからってチャイム鳴る前に解散したで」

「…………」

こんなところで担任の生真面目な性格があだになるとは……。しかたなくおれは目の前の男をぐっと廊下に押しやりながら小声で言った。

「話なら聞くから、とりあえずここ離れるぞ」

「は？　なんで？」

「なんでって、おまえが余計なこと言いそうだからだよ！」

周囲のもの言いたげな視線をかいくぐりながら言うと、相手は不思議そうな顔をした。

「余計なことなんか言わんけど。おれ、あんたに会うために高校来たんやから……」

「そういうことだよ!!」

まさに「余計なこと」を明朗快活に言い放った馬鹿野郎のブレザーをひっつかんで引き

寄せるが、時すでに遅し。いつの間にかおれ達を包囲していた同級生の好奇の目にきっちりと捕らえられる。

「……………『あんたに会うために』……？」

「……え、どういう関係……？」

ざわざわとした呟きが波紋となって広がるのが、手に取るようにわかる。顔を上げるのも鬱陶しくて、このまま絞め技で落としてやりたい気持ちをぐっと堪えながら黙って俯くと、諸悪の根源が周囲を見渡して怪訝そうな顔をした。すっと身体を屈め、おれに囁く。

「……おい。なんかいつの間にか囲まれてるけど。あんた、狙われてるんか？　こいつら撒くんやったら手貸そか？」

「馬鹿野郎！　単に目立ってんだよ！　おまえのせいで！」

見当違いの申し出に爆発した苛立ちが握力に変換され、おれは自分よりもずいぶん背の高い得体の知れない同級生（仮）を引き摺って教室を離れた。

神社の境内のはずれ、静かな空き地のように開けた草むらに腰を下ろす。

できることなら得体の知れない存在を自分のテリトリーに入れたくはなかったのだが、何しろこいつはどこにいても目立ってしまう。それは単に髪や目の色が珍しいからというだけではなく、独特の口調も然り、整った顔立ちも然り、すらりとした長身も然り……そして一方ではどことなく感じられる、ある種の気迫というか威圧感のある雰囲気によっても助長されていた。

なので結局街中ではどこに行っても周囲の視線の的となり、立ち話ができるような感じでもなかったために今に至る。

「――で。おまえの用事ってなに」

おれからも聞きたいことは山ほどあるが、山ほどありすぎて優先順位を考えるのが面倒になったこともあり、とりあえず相手の用件を聞こうとおれは水を向けた。

「用事っていうか、いろいろ聞きたいんや。なぁ、『あまね』って、どんな字？」

「………はぁ？　そんなことどうでもよくないか？」

最初に向けられた質問があまりにもしょうもなかったため、ついつい呆れ声で答えると、相手は形のいい眉を微かにひそめた。

「どうでもよくないやろ。名前は大事やで。名前にも霊力は宿るんや。あんたのことが知りたいから、おれはあんたの名前もちゃんと知りたい」

たしかにここまで顔を合わせて認識をし合った間なら、きちんと名を名乗り合うのは当然だ。そういう一般的な礼儀やマナーの感覚を持ち合わせていないように思われるのは少し癪(しゃく)だったが、おれは別にこいつを軽んじて名乗りたくなかったわけではない。

こいつの言ったとおり、名前には霊力が宿る。こいつのように力が強く、霊力の扱いにも長けているらしい者が、おれの力の一部を宿している名の響きを手に入れることをなるべく避けたかったのだ。せめてもう少し相手を見極めたかったのだが、ここまで的確に指摘されてはどうしようもない。それにもうどのみち響き自体は捉えられてしまっているので、おれは諦めて顔を上げた。

「おれの名前は『枇々木　天音』。枇々木は姓。天の音と書いてあまね」

　そう言うと、相手は満足げにふっと表情を和らげた。

「……あんたにぴったりの綺麗な名や。あ、おれはな、『鬼島(おにしま)　千歳(ちとせ)』。なかなかいい名前やと思わへん？」

　あっさりと告げられた名前の響きにおれは肩をすくめる。

「それはおまえの『本当の』名じゃないだろ。人間の……高校生のフリをするために、おまえが勝手につけた」

「まぁそうやけど、だから自慢してるんや。我ながらいいセンスしてるわ」

「ヒトのネーミングセンスにとやかく言うつもりはないけど、そのかわり由来とかも聞かないから。興味ないし」

「いや、ここは聞いとくとこやろ！　ちょっとは興味持てって！」

「うるせぇ！　どうでもいいわ！」

「ほんまつれへんなぁ……。『鬼島』ってのは、おれの正体にもつながるヒントやで？」

「へぇ。おまえ、鬼なのか」

「………ヒントやっちゅーてんのに。間違いではないけど、それやとヒネリなさすぎやろ……。あ、ちなみに『千歳』の方は、おれの好物につながるヒントやで。あれ、甘くてうまいんや」

……もしかしなくても「千歳飴」だろう。好物のチョイスとしても意味不明だが、この感じでは姓の「鬼島」の方もヒネリとしてはたかがしれているとしか思えない。

この阿呆丸出しの会話はともかくとして、先日目にした霊力の高さと強靭（きょうじん）な身体能力も併せて考えると、妖のなかでも特に力が強いとされる「鬼」の部類に含まれる何かであることは間違いがなさそうだ。

「じゃあ、鬼島は」

「千歳でいいで」

「…………じゃあ、千歳は」

特にありがたいとも思えない許可を得て呼び方を改めると、千歳は満足げにすっと目を細めた。千歳はさっきおれの名を「綺麗」だと言ったが、そういう千歳こそ（黙っていれば）本当に綺麗な顔立ちをしている。まぁ、だからなんだという話だとは思うが。

「なんのためにそんな……高校生のフリなんかしてるんだ？」

改めて質問すると、千歳は目を瞬いてふっと笑った。

「言うたやろ。天音に会うためやって。しばらく待ったけどなかなか来んし、神社（ここ）来たって昼間は学校行っててておらんやん。やったら学校で会うのが一番早いかと思って」

「いやだから、なんのためにおれに会おうとしてたんだ？」

そう尋ねると千歳は少し首を傾げ、境内の落ち葉を撫でる風を追うようにふっと遠くを見る目になった。あまりそうは見えなくとも、おれよりもずっとずっと長い時間、この世界を見つめてきたであろうその目が一体何を辿ったのかは、今のおれにはわからない。

「さぁな。おれにもようわからん。あれほど強い霊力を操る奴に久しぶりに会ったから。今ではもう珍しなった言霊師に興味があるから。あんた自身のことがおもろいと思ったから。どうしても理由がいるんやったらそう言っとくわ。どれも別に嘘じゃない」

「………でも、それだけじゃないって？」

千歳の視線を辿りながらそう呟く。おれの目には、見慣れた境内と朝よりも厚くなった暖色の落ち葉の層、顔なじみの三毛猫が毛づくろいに来る暖かな陽だまりが見えるだけだ。

千歳は不思議な若葉色の目のピントを再びおれに合わせ、じっと眺めた。その表情から、どのような感情を読み取ればいいのかはやはり判断がつかない。

「そうやな。でもあんたやあんたの周りに危害加えたりはせぇへんし、あんたの『仕事』の邪魔もせぇへん。必要やったら気が向いたときに手貸すくらいはしたる。例の風、ちゃんと治めたったやろ？　味方にしといて損はないで」

「……『味方』だって、はっきり言い切れるならな」

ぽつりとそう呟くと、千歳は「ははっ」と笑った。少しくらいは気を悪くするかとも思ったのだが、そうでもないらしい。もしもこの会話をしているのがおれじゃなくて、素直と無邪気を絵にかいたような従弟の庵なら、きっとこんな風には言わなかっただろう。

「言葉」を信用できない「言霊師」。

そんなおれの姿が、長い年月を見渡してきた千歳の目にどのように映るのかはわからない。それを知りたい気もしたし、知ってもどうにもならないような気もした。

「じゃあ、こうしようや。天音はおれが『味方』かどうかを見極める。その間、得体の知れないおれを監視下に置けばいい。おれは勝手に、自分が納得いくコタエなり理由なりを探すから」

「…………」

善か悪かは置いといて、それにしても自分とは比べ物にならない器の大きさに呆気にとられたおれの沈黙を「肯定」とみなしたのだろう。

千歳は境内を通り抜ける、どこか懐かしい時間の匂いを含んだ風に銀色の髪を揺らし、見る角度によって微妙に色を変える複雑な緑の瞳を細めて微笑んだ。


「はー、おまえって男にもモテんだな」

「…………は？」

休み時間の教室で、借りたノートを広げてのろのろとシャーペンを動かすおれを眺めていた水原が感心したように呟いた。

「それな。やっぱキレイどころには同類が集まるのかねぇ。あー、不公平だ」

水原の隣でマンガ雑誌を広げていたクラスメイトもここぞとばかりにずいと身体を乗り出し、おれ達の不毛な会話に加わってきた。

「………いや、なんのことかわからねーし」

なんとなく見当はつくものの、断じて肯定したくない話題だ。何を嗅ぎつけたのかわらわらと群がってくる友人連中とは目を合わさず、おれは手元のノートに戻った。

「まぁ天音っておれらから見てもキレイな顔してんもんな。あと、なんかミステリアスっていうか、巫女さんだし」

「巫女じゃやねぇ……」

「でも神社で働いてるじゃん。それにあの編入生も目立つよなー。女子がうるさいのなんのって……」

水原はわいわいと無意味な盛り上がりを見せる友人たちを眺め、それからため息でノートに穴でも開けられそうな浮かない顔をしたおれに視線を戻した。

「まぁまぁ、そんな顔すんなって。なんか事情あるんなら相談くらい乗るぞ」

自分がいらぬ話のタネを蒔いたとは露も感じさせない爽やかな笑顔で水原は言った。まぁこいつのそういうところが憎めないんだけど……。

「ありがとう。じゃあ、おれのやけ食いに投資してくれ」

にこりと微笑んでそう言うと水原は苦笑する。

「それはパス。天音めっちゃ食うじゃん。っていうかほんとその身体のどこに入んの？」

「じろじろ見んな。こう見えてもいろいろ消費してんだよ。あー、腹減った……」

　昔からそうだったのかはあまり覚えがないが、たしかに「力」を使ってしばらくの間はおれの食事量は多くなる。それだけエネルギーを消費しているのか、単に自分が大食らいなだけなのかはよくわからない。とりあえずおれの小遣いのほとんどはエンゲル係数として儚(はかな)く消えていってしまうのだ。

「あ、じゃあさ。天音、ウチの部の助っ人に来ないか？　次の試合までに一年生の連中、鍛えたいんだよな。あいつらの相手してくれたら、部活特典の食堂券使わせてやるよ」

　水原の後ろから顔を出した柔道部主将の川岸昌磨(かわぎししょうま)がそう言ってにっと笑う。おれにとっては魅力的な取り引きだった。

　うちの学校では部活動活性化のために「部活特典」なるものが導入されていて、部の活動頻度や、人数や成績に応じて校内の様々な場所でボーナスが与えられる。食堂の割引券はその中でも特に人気のボーナスで、育ち盛りの高校生たちの部活動ライフを支えていた。

「よし、それ乗った」

　承諾を示すと川岸は小さくガッツポーズをした。

「お、マジで？　やったね。天音ボーナスゲット！」

「なんだよ、そのおれボーナスって……」

「だっておまえ来るとみんなやる気出すし、女子部の鬼主将も優しくなるし。しかも教えんの上手(うま)いから道場放り込むより早いんだよな。あー、入部してほしい！　おまえになら中堅を任せられる！」

「おー、もっと褒めてくれ。入部はしないけど」

写し終えたノートを閉じ、食堂のメニューを思い浮かべながら適当に返事をすると、川岸はうぅと唸って泣きまねをした。川岸がこれほど熱心におれを勧誘してくれるのは今に始まった話ではない。ついでに言うと、隣のクラスの剣道部主将もわりとな頻度で訪れる。

おれは戦闘を専門にこなす言霊師ではないが、先日の千歳との一件のように、やむを得なく相手とやり合わなくてはならないこともある。そうしてその「相手」のうちの大半は、なんらかの霊力なり神通力なりを使いこなすものだから、せめて自分の身を守る助けになるようにと、おれは幼いころから祖父にひととおりの体術を叩きこまれて育ってきた。

それはあくまで「護身用」であって競技として役立つのかはよくわからないが、こうして頼まれれば（条件によって）後輩の稽古をつけたり、練習要員として鍛錬させてもらったりすることも時々ある。

「え、天音がコーチ引き受けるとか珍し。よっぽど飢えてんのな、おまえ……」

黙って成り行きを見守っていた水原は、商談を交わした川岸とおれを交互に眺め、どこか憐れむような表情になった。

「あれ？　どっか行くんか？」

放課後、おれの教室に向かって歩いてきた制服姿の千歳はそう言って不思議そうな顔をした。

　思い思いの方向に向かう生徒たちの人波の中でも、やはりその姿は一段と人目を惹く。とはいえ学校生活の知識などないはずの千歳はちゃっかりと周囲に溶け込んでいるようで、おれの目の前に辿り着くまでのわずかな間にも数人が千歳の名を呼び、笑顔で挨拶をした。

「……なんで馴染んでるんだよ」

　人間ですらないくせに、こうも違和感なく溶け込まれると自分の感覚の方に自信がなくなってくる。どうせ「編入」なんていうのもまともな手段のはずがないとは思うが、かといってこうして見る限りでは周囲になんらかの術をかけているような様子もない。

　なんとなく呆れながら呟くと、目の前に立った千歳は怪訝そうな顔をした。

「なんや、その疲れた顔は」

「……元からこういう顔なんだよ。ほっとけ」

　いちいち解説を加えるのも馬鹿らしくなり、おれはそう言ってそっぽを向いた。一緒に教室を出た川岸がおれの肩を軽く叩いて意味深に笑う。

「じゃあ、おれ先に道場行ってるから。あ、天音の道着はいつものロッカーな」

　せめてそのニヤニヤ顔を引っ込めてから行けと言ってやりたかったが、川岸はさっさと千歳の脇を通り過ぎ、道場に続く渡り廊下の方へ歩いていってしまった。

「おれ、今日用事あるから。おまえ学校で変なことしてないよな？」

「信用ないなぁ。だいたい変なことってなんやねん……」

「そりゃあ力使ったりとか……『普通の』高校生がしないようなことだよ」

そう言うと、千歳は一瞬心外そうな顔をしたが、すぐに悪戯っぽくにっと笑った。

「それを監督すんのが天音やろ。ってことでおれも『用事』付き合うわ」

「嫌だよ！　何もしてないならもういいから帰れ！　ついてくんな！」

「んなこと言って今日全然会ってないやん。これじゃあおれ、なんのために高校にいんのかわからんわ」

「じゃあさっさと山に還れ！」

「山に還れって……んな山猿みたいに言わんといてや」

しれっとおれの怒りをかわしながら、千歳は道場に向かうおれについてくる。すれ違う生徒たちの、興味を隠さないあからさまな視線にさらされながら、おれは心の中で再び深いため息をついた。このままこいつにペースを乱され続けるわけにはいかない。でも、今のところこいつを追い払う手段などひとつも思いつきそうにない。せめて隣に並ばせてなるものかと、おれは苛立ちに任せて歩くスピードを上げた。

久しぶりに訪れた道場には、いつもどおり威勢のいい掛け声と気合いのぶつかり合う音が溢れている。入り口の辺りにいた一年生がおれを見て元気よく挨拶をしてくれた後、一緒に入ってきた千歳を見て驚いたような表情になり、もの言いたげにおれと千歳を見比べる。

物珍しそうに練習風景を眺める千歳には構わず、おれは更衣室に入っていつも借りているロッカーを開けた。

「天音は柔道部に入ってるんか？」

「いや、部活には入ってない。たまに練習に参加させてもらってるだけ」

　更衣室の入り口から話しかけられるとさすがに無視することもできず、簡潔に答えたところで川岸が入ってきた。

「天音！　例の編入生一緒に来てるって……あ、どうも」

　勢いよくドアを開けたかと思ったら、すぐ目の前に立っていた千歳に気づきへらりと笑う。千歳は突然現れた川岸に一瞬目を丸くしたが、すぐににこりと笑い返した。

「あー、天音にはたまに練習参加してもらってるんですよ。せっかくなんで、ちょっと見ていきますか？」

　おれの許可もなく余計な誘いをかける川岸に慌てる。千歳に観察されながら練習するなんて勘弁してほしい。というかこれではどちらが「監視されている」方なのかわからない。

「いやいや、そこは毅然とした態度で追い返してほしかったんだけど……。言っとくけど、こいつ入部とかしないからな」

　営業スマイル全開の川岸に詰め寄りそう言うと、勧誘熱心な柔道部主将は肩をすくめた。

「えー……。ビジュアル担当に欲しかったんだけどなぁ。まぁ天音の勇姿を見てくれるだけでもいいですよ。こいつ、見た目によらず格闘家なんで」

　川岸はこいつ、とおれを指さしてにっと笑うと更衣室を出ていった。一体何をしに来たんだかよくわからない。千歳はひとりでしゃべっていった川岸を特に気にするでもなく、道着に着替えたおれを眺めて口角を上げた。

「なかなか似合うな。見た目どおりの格闘家やん」

「……そんな大したもんじゃない。一年生の練習に付き合うくらいだし、見るほどのもんでもないからさっさと帰れば」

ため息をつきながらそう言うと、千歳はうーんと軽く唸った。

「まぁおれは適当に勝手にするから、気にせんと練習してきぃや」

「…………勝手にすんのはいいけど、妙なことはするなよ」

「はいはい」

それはそれは信用ならない軽い調子で返事をした千歳は、ひらひらと手を振って更衣室を出ていった。

アップを終え、川岸から一年生の強化メニューを聞いたおれは、一人ずつ組み手形式で気になるポイントを確認していく。試合に向けての強化ということだったので、基礎をひととおり確認した後、特に八方の崩しを意識させながらの投げと返し技の練習を行った。

千歳は道場の端の方で、休憩中の部員にちょこちょこ話しかけられながら練習風景を眺めていた。特に邪魔をするわけでもなく、それほどおれの方を見ているような様子もないので一旦放っておくことにした。飛び込みとはいえ練習をさせてもらっている以上、集中力を欠いて部員にケガをさせるわけにはいかない。頭と視界を目の前の練習相手に完全に切り替えた。

　練習が終わり、挨拶の声が響く。練習を見ていた後輩たちが礼儀正しく挨拶してくれるのに応えながら、心地のよい疲れにふぅと息を吐いた。川岸が道場の中央で顧問に練習報告を行った後、笑顔でこちらに向かって手を挙げる。

「ほんと助かったよ。ありがとな、天音」

「どういたしまして。あ、あの先鋒の子、投げのスピードもうちょい上げられそうだから、よかったら今日のメニュー引き続き見てやって」

「わかった！　ところで、天音も一戦くらいやってかないか？　おれ、相手するけど」

「乱取りかー。やりたいけど、おまえ疲れてるだろ」

　試合を控えた二年生の練習メニューはおれが見る限りでも非常にハードだった。しかも主将でありチームの大将でもある川岸は、自分の練習に加えて後輩やチームメイトの指導をこなし、さらにこの後自身が通う道場にも顔を出すつもりだと聞いている。

　久しぶりに実戦的な組み手をしたい気持ちはあったが、このタイミングで部員でもなく競技の専門でもないおれ相手に労力を割かせるのもどうかと思った。

「別に今日じゃなくても、また試合が終わったときに相手してくれれば……」

「じゃあ、おれとやろうや」

　言いかけたおれの言葉に、軽やかな声が上乗せされる。練習に集中していて、正直この存在のことをすっかり意識から抹消していた。……というか、今までいたのか。

「え、鬼島って柔道できるのか？」

いつの間にやら打ち解けたらしい同学年の部員が、スポーツタオルで汗をぬぐいながらおれ達の会話に加わる。千歳は爽やかに微笑んだ。

「昔ちょっと習ってたくらいやけど。ケガせん程度にやるから、よかったら相手してや」

そんな爽やか且つ謙虚に申し出られても、嫌なものは嫌だ。おまえが柔道を習っていた、わけがない。そしておまえとやり合ってケガをするのは間違いなくおれの方だろうが。

おれは久しぶりにイチ高校生としてまっとうに運動し、まっとうな青春の汗を流したかっただけであって、高校の道場で無謀な鬼退治に臨みたいわけではない。

しかし、千歳の言葉を聞いて周囲の部員たちの目がもれなく輝きまくったのを見て、完全なるアウェイ感と嫌な予感に襲われた。

「それはぜひ！　もう練習終わったし！　経験者なら大丈夫だろうし！」

「あ！　道着なら貸し出し用のありますから！」

「天音先輩の乱取り見るの久しぶりです！」

「………………いや、おれは……」

「ほんじゃあよろしくな～、天音」

多数決という名の数の暴力によって、おれの意向は完全に抹消された。

道着を身体に馴染ませるように、簡潔だが無駄のない動きで準備運動を終えた千歳と向かい合う。

最初に会ったとき身につけていた濃淡の美しい青の羽織とは違うものの、制服のブレザーより柔道着の方が千歳には馴染んでいるようにも見える。ひとつひとつの所作がきちんとした礼法にのっとっているのは、おそらくこの数時間で周囲の様子を観察して学んだのだろう。とことん高度な嫌がらせに呆れながら見返すと、おれの冷ややかな視線に気づいたのか千歳は相変わらず緊張感のない表情でにっと笑った。

自ら審判を買って出た川岸がおれと千歳を交互に見やり、礼を交わしたことを確認してすっと息を吸う。

「はじめ！」

合図とともに、おれは千歳の動きを注視する。千歳は滑らかなすり足で間合いを取り、体幹は一切のブレがない。体格差も否めないが、体さばきひとつ取ってもかなりの力量を感じさせる。霊力を発動しなくても、おそらく相当の体術を使いこなせるのだろう。

こうなるともはやおれにはケガをせず、ダメージを最小限に抑えることが最優先事項となってくるが、仮にもさっきまで後輩の指導に当たっていた手前あまり無様な負け方もできない。一応食堂券という報酬をもらう以上、最低限の働きはしなくてはいけない……なんて考えてしまう自分の性分が恨めしい。

しばらく千歳の動きに合わせて動いた後、結局は自分から踏み込むことにした。おそらく防戦になった時点で勝ち目はない。攻撃は最大の防御なり。手数を多く攻めながら、少しずつでも相手を崩していくしかないだろう。

素早く踏み込み、千歳の道着の襟元と袖口を捉える。大柄な選手は押さえ込みは強いが足元を崩されると弱い……なんて定石はたぶん通用しないだろうが、他に頼れるものがあるわけでもないので、とりあえず自分の感覚を信じて攻めていく。

小手調べの足払いを繰り出すと、千歳は軽快なステップでおれの足を外側から払いに来る。燕返し、足払いに対するカウンター技だ。辛うじて残していた重心を素早く移動させそれを躱すと、千歳は組み合ったままにっと確信的に微笑んだ。

「…………？」

まるで目配せでもするかのようにおれと目を合わせ、その視線を足元にちらりと落とす。次の瞬間、大内刈りが掛けられる。一瞬しまったと思うが、意外にも技の掛け方が不充分であったために、払いに来た千歳の足の裏側を狙ってカウンターを繰り出した。

「……大内返し……！」

周囲のざわめきが思考を掠める。千歳はおれのカウンターを簡単に堪えると、すぐに体勢を立て直し、またおれの目を見て口角を上げる。ようやく、千歳の意図を理解した。

これはおれと千歳の「勝負」ではない。さっきまでおれが柔道部の一年生に教えていた内容の「模範演技」だ。よくもまぁこんな手の込んだことを思いつくものだと半ば呆れながらも千歳の目をはっきりと見返すと、千歳は軽く頷いて動きのスピードを上げてきた。

払い腰、払い腰返し。

内股からの内股すかし。

技とカウンターの応酬だ。

千歳はおれとの距離や重心の取り方、持ち手の角度などを絶妙に調節しながらしなやかな動きで効果的に返し技を繰り出す。

それぞれの技を返すには一定のコツや技術が必要なのだが、最初からすべてそれを知っているかのように千歳の動きには無駄がない。仕掛けられた動きの方向と力の作用をどのように扱えば、それを利用しながら攻撃の向きを変えられるのかを、感覚で完璧に捉えきっているように見える。千歳の霊力の発現……「裏返し(リバース)」の響きがその動きに重なった。

掛け切る寸前のところで調整し、わざと僅かな隙をつくる。相手のカウンターを予測してギリギリのところで躱す。スピードを上げながら、思いつく限りのほとんどの技を交互に掛け合い、躱し合う。周囲が息を呑(の)み歓声を上げる音は、まるでトンネルの壁に反響する走行音のように靄(もや)がかかったまま通り過ぎていく。だんだんと息が上がってきたところで、千歳がおれの目を捉えて無音のまま口を動かした。「ラスト」……そう言った、気がする。

千歳がぐっと持ち手を引き寄せ、背負い投げを仕掛けてくる。が、姿勢は高く僅かな隙があった。おれは素早く釣り手で千歳の脇腹近くの襟を掴み、もう一方の手を奥襟から前襟にかけて巻きつけた。そのまま、自分の身体にすべての重心を預け、さらに千歳の身体の重みを利用して斜め後ろに倒れ込んだ。

どさりと畳に重心を打ちつける音がする。その振動が空気中に吸い込まれた後、すべての音が失われたかのような静寂があたりを包んだ。倒れ込んだおれ達を、ぽかんと口を開けたまま見下ろしていた審判役を見上げると、川岸は我に返ったように目を瞬いた。

「…………………っ……一本！」

その声を合図に、周囲から小爆発のような歓声が一斉に上がる。千歳はふーと息を吐き、柔らかくおれの拘束を解くと襟を正しながら平然と起き上がった。

「んー、捨て身で投げのカウンターとは、さすがやな。降参降参」

「…………よく言うよ。おれが返せるように見込んで投げに来たくせに」

しれっと言って笑う千歳に呆れながら呟くが、すぐに隣からの異様に熱い視線を感じて固まる。恐る恐る視線を動かすと、泣き出さんばかりに頬を紅潮させた川岸以下部員の方々が、じりじりとこちらに近づいてくるところだった。

「…………やば。おい、とりあえず逃げるぞ」

「逃げる？　なんでや？」

「なんでもだよ！　いいから早く来い！」

呑気(のんき)に首を傾げる千歳の頭を鷲掴みにして無理やり最敬礼をさせると同時に、そのまま腕をひっつかみ、更衣室の前に放り出しておいたカバンを手に持つとおれは走り出した。背後から、川岸の叫ぶ声が聴こえる。

「あのふたりを捕まえろ！　なんとしても入部届を書かせろ～!!」

食堂券の恩恵に与(あずか)りたかっただけなのに、思わぬ面倒ごとがオプションでついてくることになってしまった。

「………はー、疲れた……」

なんとか柔道部の追っ手を撒き切り、制服に着替えて帰り道を歩きながらおれはため息をついた。ひんやりとした風が汗ではりつく髪を撫でる。隣を歩く千歳はいつもと何も変わらない涼しげな様子で、ネクタイを緩めて襟元に風を送るおれを眺めて笑った。

「おー、お疲れさん。天音は神社（いえ）でも学校でもよー働くなぁ」

「別に……。それより明日からおまえも柔道部の面々に狙われるから、ちゃんと躱せよ」

川岸には悪いがおれ自身は「仕事」もあるし、部活に入るつもりはない。千歳のことも、差し当たって新たな面倒ごとにしかならない気がするので、やはり入部させるわけにはいかない。千歳は軽い調子で「はいはい」と適当に返事をして、それから何かに気づいたように、ずっと前方に視線を送った。

「天音、『仕事』ちゃうか」

「……えー……このタイミングで……？　っていうか、なんでわかんの？」

心身両面の疲労で脱力しかけたおれは、千歳が指さした先をぼんやりとした視線で辿る。見慣れた鳥居の前に佇む男性が、近づくおれと千歳の気配に気づき、にこりと微笑んだ。

「天（あま）ちゃん、久しぶり。大きくなったなぁ」

「奥井（おくい）のじいちゃん……。『天ちゃん』は勘弁してよ、おれもう高二だよ？」

懐かしく優しい笑顔に思わず顔が綻ぶ。

　おれの祖父の昔なじみでもあるこの男性……奥井圭司さんは、幼いころから両親と離れて育ったおれのことをよく気に掛け一緒に遊んでくれた。祖父は体術の使い手としては一流だったものの、野球とかサッカーとかそういう一般的に子どもたちが夢中になるスポーツや遊びに関してはほとんど無知という変わり者で、だからおれはそういうスポーツの基礎はほとんどこの人から教わったのだ。

「そうか、そうか。そりゃあおれも年を取るはずだ。なぁ、天ちゃん、ちょっと頼みごとがあるんだが、話を聞いてもらってもいいかい？」

　奥井さんは少し曲がりかけた背を伸ばして嬉しそうにおれを眺め、そう切り出した。

　神社に来て、おれに「頼みごと」をするということは、何かしら「言霊師」の力が必要だということだろう。正直かなり疲れてはいるのだが、他ならぬこの人の頼みなら聞かないわけにはいかない。おれはなるべく疲れを表に出さないように笑顔をつくった。

「もちろん、聞くよ。お茶でも淹れるから、こっち上がって」

　そう言って鳥居をくぐり離れの縁側に向かう。奥井さんは「ありがとう」と言ってから、隣で黙って成り行きを見守っていた千歳に視線を移した。

「天ちゃん、お友達はいいのか？　よければ出直してくるけども」

「お友達……？　あ、あぁ。途中まで一緒に帰ってきただけだから。じゃあな、鬼島」

　馴染まない表現に一瞬思考が止まりかけるが、すぐに思い直しておれは千歳に向き直り、念を込めてへらりと笑った。「おれの『仕事の邪魔はしない』って、言ったよな」という念だ。千歳はおれの含みのありまくる笑顔を見て目を瞬いたが、すぐににっと笑って了解、というように手を挙げた。

「はいよー。じゃあおれ行くわ。あ、なんか『手伝うこと』あったら呼んでな」

「ありがとう（絶対に呼ばないけど）」

これほど嘘くさい笑顔の応酬もそうそうないだろう。とはいえここで千歳が空気を読んでくれたことにだけは感謝しておこうと思いながら、おれは奥井さんに軽く会釈をして歩いていく千歳の、背の高い後ろ姿を見送った。

縁側に向かって歩き出すと、奥井さんはおれの記憶にあるスポーツ選手然とした大股な力強い歩幅ではなく、一歩ずつを噛み締めるようなゆっくりとした足取りでついてきた。

新緑のような鮮やかな色味の煎茶を目の前に置くと、奥井さんは懐かしそうに目を細め、香りを味わうようにすっと息を吸った。

「上手に淹れるようになったんだなぁ。昔はよう枇々木さんに怒られとったのに」

「そりゃああれだけしごかれればね……。体術の特訓よりお茶汲み礼儀作法の特訓の方が辛かったよ……」

奥井さんの言う「枇々木さん」がつまりおれの祖父のことであり、祖父の厳しい教授の数々を思い出すと、ほんのり甘みを含むはずの煎茶もただただ苦く感じてしまう。

おれは祖父に対して感謝も尊敬もしているし、普段は大らかで豪快な好人物ではあるのだが、こと何かを追求するときの厳しさといえばかなりのものなのだ。

「枇々木さんに聞いてもらおうかとも思ったんだけど、天ちゃんが立派に神社の『相談係』を継いでるって聞いたものだから、嬉しくなってな」

「いやぁ……。じいちゃんはまだまだ現役……あ、でも今四国に行っててしばらく帰らないんだ。じいちゃんには敵わないけど、おれでよければ話聞くよ」

そう言うと奥井さんはふっと表情を和らげて美味そうに煎茶を一口飲み、それから軽く息をついて話し出した。

「……実は、天ちゃんにある場所の霧を払ってほしいんだ」

「霧？」

「そうだ。正確には霧かどうかもわからない。本来は見晴らしのいい、景色の美しい場所なんだが、もう十数年、ずっと白い霧のようなものに覆われてる」

「十数年？　いくらなんでもそれは……」

もし本当にそれが「霧」なら、十数年ずっと晴れないなんてことはありえない。だからこそ、奥井さんはここに相談に来たのだろう。その話が本当なら、明らかにまっとうな自然現象ではない、「何か」の力が働いていることになる。

しかしそれにしても、どこか引っかかるものがあった。

「……一度見てみないとなんとも言えないけど、それってこの近く？」

「近くだよ。おれの家の近くにある雑木林から行けるんだ」

「でも、おれそんな話聞いたことないけど……」

この近所で起こっている「怪奇現象」なら、大体が祖父かおれのところに伝わってくる。おれが祖父に代わってこの手の相談を受け始めたのはたかだかこの数年のことではあるが、祖父からそんな話を聞いた記憶も特にはない。しかも、おれはともかくとして祖父とも長らく親交のあったはずの奥井さんが知っていたのなら、なぜ十年以上もその状態が続いているのかがわからなかった。

奥井さんはおれの言葉を聞き、静かに微笑んで煎茶をもう一口飲んだ。その笑顔はとても穏やかで優しかったが、同時にとても切なげにも見えた。

「…………内緒にしてたんだ、ずっと」

「内緒に？」

「そこはずっと、おれの『秘密の場所』だったからな」

奥井さんはそう言って、何かを吹っ切るように静かに目を閉じ頷いた。

奥井さんから聞いた場所は、たしかにうちの神社からさほど遠くない場所にあった。しかし、奥井さんが「秘密の場所」として内緒にしていた……内緒にできていたというのも納得で、私有地の畑を通り抜け、雑木林の中の道なき道をしばらく歩いた先にあった。

おれがひとりで通り抜けられるように、奥井さんが目印のビニールテープを木の枝に巻きつけておいてくれたので、それを一本ずつ辿ることで難なく行き着けたのだが、それがなければあの出鱈目(でたらめ)な獣道を通ってこの場所に辿り着くのは、ほぼ不可能だっただろう。

そこは小さく開けた野原のような場所で、近くを清流の小川が流れる音がする。周囲は樹々に囲まれているが、頭上は円形に切り取られたように開けており、そこからぼんやりと陽の光が差し込んでいた。そして奥井さんから聞いたとおり、この小さな空間だけが、はっきりと白い霧に覆われていた。

「…………霧、か」

視界を遮る細かな粒子は、たしかに霧のようにも見える。しかし、しばらくここに佇んでいてもそれほど髪や服が湿り気を帯びてくることもない。この「霧」自体に何かの作用や霊力が込められている危険性も考慮して、念のために身につけてきた護身用の呪符(じゅふ)にも特に目立った反応はない。これ自体が有毒なものではなさそうだ。

ただ、視界は完全に遮られ、奥井さんが言う「見晴らしがよく、景色の美しい」場所であるようには見えなかった。

おそらくはこの周囲を覆っている樹々の色も、頭上の空間から見渡せるはずの景色も空も、小川の様子も、すべてが真っ白なベールに覆われて、どこかひっそりとして陰気な匂いがする。そもそも「霧」というには、これほど自分の近くも見えないなんて不自然だ。

おれは手探りで芝生の地面を確認し、そこに胡坐をかいて静かに目を閉じ、五感を働かせた。

しばらくの間は、何も感じ取れるものはなかった。ただただ静かで、のっぺりとした沈黙だけがそこにはあった。しかし、微かに葉が揺れる音や、清水の流れ、芝生の感触に自分の感覚が馴染んでくると、ふとぼんやりとしたイメージが身体を伝って思考に流れ込んできた。

温かく、穏やかで……そしてどこか胸を締め付けるような感覚。どこかでおぼえがあるような気がした。おれは自分の身体の中を探るように小さく息を吸う。喉の奥に微かに残っていた煎茶の甘みが、思考の片隅をつついた。おれが淹れた煎茶を飲んで、優しく切なげに微笑んだ奥井さんの表情が、この場所を覆う白いベールの色なき色に重なった。

「明日、あの場所の霧を払おうと思います」

奥井さんの家に寄りそう告げると、奥井さんはホッとしたようなどこか寂しいような、複雑な表情になった。

「……そうか。やっぱり天ちゃんは優秀なんだな。危険はなさそうかい？」

「それはたぶん大丈夫。……ただ、奥井さんも一緒に行ってほしいんだ」

「おれが？」

奥井さんはおれの申し出に微かに目を瞬き、それから迷うように俯き、呟いた。

「……おれは、たぶん行かない方がいいんじゃないかな」

「あんまり言いたくないことなら申し訳ないんだけど……奥井さん、あの場所は『おれの秘密の場所だ』って、言ってたよね」

そう尋ねると、奥井さんは顔を上げて静かに頷いた。その表情を見ながら、おれは質問を重ねる。

「……でも、それは少しだけ違うよね。あの場所は……奥井さん達の、秘密の場所だった……そうじゃない？」

おれの言葉を聞いて、奥井さんの目が驚いたように揺れる。穏やかな諦めの膜で覆われていた瞳の奥に、強い感情が光った気がした。

「…………どうして、そう思ったんだ？」

静かに問われ、おれは小さく息を吸う。人の感情や思い出に踏み込むことなんて、本当はあまりしたくない。踏み込むのも、踏み込まれるのもおれは苦手だ。でも奥井さんがおれに頼んだことの意味を知ったら、ここで投げ出すことはできなかった。

そしてそれをやり遂げるためには、目の前のこの人の力が必要だ。

「……あの場所には、『誰か』の思いが遺ってた。奥井さんと一緒にあの場所を訪れたかった、誰かの思いが」

「…………」

「だから叶えてあげないといけない。奥井さんと一緒に行くまで、あの霧は晴れない。……きっとひとりで見てほしくなかったんだ。一緒に見ようって、約束したから」

おれの拙い言葉で伝えることを許してほしい。長い長い年月の中で、もうほとんど消えかかっていたあの場所の「記憶」は朧げで、おれの力では掴み切ることができなかった。

かなりの時間粘って、僅かに捉えられた思念の断片を繋ぎ合わせたら、今奥井さんに伝えたような「思い」が見えてきたのだ。

奥井さんは大きく目を見開いた。長い長い時間、押し込めていた感情が堰を切って流れ出すように、一粒、また一粒、その瞳から澄んだ滴が零れ落ちる。

大人の男の人がこんな風に涙を流す姿を、おれは初めて見た。それはとても儚くて、同時に強くて、美しい涙だった。


翌朝、登校したおれはすぐに千歳のクラスに向かった。

「あれ、天音？　おまえから来るなんて珍しいなぁ」

まだ始業までには時間があるが、千歳はすでに登校してクラスメイトと何やら楽しそうに話していた。意外とまともに高校生をやってるらしいが、今はそんなことはどうでもいい。おれに気づいて「よう」と手を挙げる友人たちに応えてから、千歳に向かって手招きをした。

「千歳、ちょっと顔貸せ」

「えー……なんで朝から喧嘩腰の呼び出しなん？　『千歳、おはよう♥』とかそういうのないん？」

「あってたまるか。いいから早く来い」

「人使い荒いなー」

　ぼそりと言われるが、おまえを使ったおぼえはない。今から使おうとしているのが最初のはずだ。あとはおまえが勝手に買って出てきただけだろうと言いたい気持ちをぐっと堪え、しぶしぶという体で教室を出てきた千歳を引っ張って人のいない空き教室に向かった。

　空き教室に入り、周囲をぐるっと見渡した千歳はふわりと跳び上がり、教室の端に積み上がっていた机の上に座った。

　なんでわざわざそんなところに座るのかはよくわからないが、最初に会ったときにも高い木の上に座っていたし、そういう習性でもあるのかもしれない。見上げながら会話をするのは気が進まないが、時間もあまりないのでそこは折れておくことにした。

「で、なんなん？　おれの『手伝い』が必要になったん？」

　千歳は教室の上の窓から校庭を見下ろしながらさらりと問う。こいつの手は借りまいと思った矢先のこれだから、多少の後ろめたさはあったがしかたがない。使えるものは使う、くらいの気持ちでいくしかないだろう。

「………まぁ、そう」

　そう言うと、千歳はこちらを見下ろしてふっと笑った。ほとんど天井近くの高さから重力を感じさせない動きでしなやかに跳び降り、おれの目の前に軽やかに着地する。

「いいで。『気が向いたから』手貸したる。で、何したらいいん？」

　意外なほどあっさりと承諾する千歳の真意はよくわからない。朝の光に柔らかく光る若葉色の瞳を見ながら、昨日の奥井さんの瞳から零れ落ちた涙を思い出した。

あの後、奥井さんはおれに、あの場所に遺っている思念の主のことを教えてくれた。優しく聡明で、自分を深く愛してくれた、大切な婚約者のことを。

奥井さんが働く商社の同僚として出会った彼女は、いつも笑顔を絶やさない女性だった。難しい商談や多忙な勤務、慣れない都会で奮闘する奥井さんにとって、その笑顔はいつしかなくてはならない陽だまりとなった。商談や会議での流暢（りゅうちょう）で豪胆な話し口調からは想像もできないほど、少年のようにたどたどしく告げた想い。受け取ってもらえたときには嬉しくて泣き出しそうになり、彼女に笑われたものだと言って奥井さんは頬を染めた。

奥井さんが仕事で長い出張に出る前に、ふたりは結婚の約束をした。奥井さんは自分の地元の、子どものときからずっと見てきた自慢の風景を彼女に見せると約束した。そしてその景色の見える街で、これから一緒に暮らそうと言った。それが、この街だった。彼女は結婚の準備のために一度生まれ故郷に戻ると言った。次に会うときはもう「夫婦」だね、と彼女は幸せそうに微笑んで見送ってくれた。

数か月にわたる長期の出張が終盤に近づいたころ、彼女の故郷を大地震が襲った。地震は突然現れ、すべてのものを奪い去っていった。今までにあったものも、これから生まれるはずだったものも、すべてを根こそぎ奪っていった。

奥井さんはすべてを失い、涙も感情も涸れ果ててこの街に戻ってきた。それでも、周囲の人たちや彼女との思い出に囲まれながら、少しずつここでの生活を築き直してきた。彼女のことを忘れたことは一度もなかった。それでも、もう果たすことのできない約束が残るあの場所を訪れることは、ずっとできなかった。

歳(とし)を取り、体調を崩した奥井さんは十年ほど前ふらりとその場所を訪れた。命に関わる病気をしたわけではないが、なんとなく、残された人生の時間の底を見た気がしたからだ。

それは悲観的な感覚ではなく、とても自然で、流れる清水のように澄んだ気づきだった。だからこそ、ずっと訪れることのできなかったあの場所に自然と足が向いた。たとえ自分一人でも、ちゃんとあの景色を見ておきたいと思った。

しかし、訪れた場所は深い霧に覆われ、自分の記憶にある風景は完全に不透明なベールに隠されてしまっていた。それから何年も、何度訪れても、奥井さんが彼女に見せたかった、ふたりで一緒に見たかったあの美しい風景は戻ってはこなかった。

「………自然は、残酷だ」

奥井さんはそう言って微笑んだ。それはもう憎しみや、恨み言ですらなかった。彼女を奪った災害、そして今なお思い出の風景を覆う謎の霧。自然に生かされ、自然に翻弄(ほんろう)され、自然に奪われていく自分たちの「時間」を、奥井さんの目は逃げることなくまっすぐ見据える。

それから、おれに向かって奥井さんはいたずらっ子のようににっと笑った。昔一緒にサッカーをしたときに、たまに大人気(おとなげ)なくおれを出し抜いて華麗にシュートを決めた、あのときと同じ表情だ。

「でも最後にちょっとだけ、悪あがきしてやりたくなったんだよ」

だから「言霊師（おれ）」の手を借りたいと、おそらくもうそれほど永くは残されていない自分の時間の締めくくりに、あのしぶとい霧を晴らしてやりたかったんだと、奥井さんは言った。おれは奥井さんと一緒に今日の放課後にあの場所の霧を晴らしに行く約束をして、できれば「彼女」の写真や思い出の品を持ってきてくれるよう伝えた。そして今ここで、千歳に頼みごとをしに来たのだ。

「天音？」

昨日のやり取りを思い出す間、無言になったおれを千歳が怪訝そうにのぞき込む。千歳の銀髪の頭越しに見える壁時計は始業の五分前を指している。おれは小さく息を吸って、顔を上げて千歳の変わった色の目を見返した。

「今日の放課後、ある場所でおれは二回『力』を使う。おまえには、その二回目に発動させる霊力を反射させせてほしいんだ」

「……えらいざっくりした説明やな。目的がわからんと、何をどう反射させるんかがわからんやろうが」

「そこはおまえの感覚で頼むよ」

「…………はぁ？　おいおい、どういうことや。頼むんならちゃんと頼まんか」

千歳は呆れと苛立ちの混じったような複雑な表情で肩を落とす。おれはあくまで千歳にお願いをしている立場だし、きちんと説明するのが筋だとは思うのだが、正直どう説明していいのかわからないというのが本音だった。

おれがこれからしようと思っていることが、正しいのか、可能なのか、許されることなのかがわからない。事情を理解させたうえで千歳を巻き込めば、こいつにもなんらかの責任を負わせることになるかもしれない。でも、千歳の力を貸してほしいのも本当だった。

おそらくおれの持っている力だけではどうにもならない。おれは黙って頭を下げた。

「無理を言ってるのはわかってる。でも、手を貸してほしい」

「…………」

千歳がわしわしと髪を掻く音が頭上から聞こえる。

しばしの沈黙の後、飄々（ひょうひょう）とした声が聞こえた。

「まぁええわ……。先に『手貸す』って言ってしもたからな。男に二言はない。けど、成功したら事情くらいは話してや」

そう言うと、千歳は頭を下げたおれの背を大きな手で軽くはたいた。


放課後、おれは奥井さんの家に寄って合流し、その足で例の場所に向かった。千歳がその場に同席する理由は思いつけなかったので、別行動で現地集合にしてもらった。

件の場所には昨日と変わらず深い霧が立ち込めていたが、奥井さんが進むと微かに辺りの空気が揺らいだ気がした。

真っ白なベールの向こうに目を凝らしながら、この空間の周りを囲む背の高い樹々を見回す。おれ達の正面のひときわ目立つ大きな樹の上に、微かに揺れる青色が見えた気がした。おれは一度大きく息を吸って吐く。ここの空気と、自分の感覚を馴染ませるために。

「奥井さん、彼女の写真か持ち物、持ってこられた？」

振り返ってそう尋ねると、奥井さんは自慢げに微笑んだ。

「あぁ。一番綺麗に写ってる写真を持ってきてやろうと思ったら、全部綺麗だから困ったよ。でもほら、ちゃんとここに」

「はいはい、ご馳走様。……ほんとに綺麗な人だね」

奥井さんが取り出した写真は随分色あせてはいたが、そこに写る女性はとても生き生きとして見えた。緑の風景をバックに、まっすぐな長い髪を風に揺らしながらひとりで背筋を伸ばして立ち、こちらに向かって優しく微笑んでいる。

彼女がひとりで写っているということは、この写真を撮ったのはたぶん奥井さんなのだろう。レンズ越しに奥井さんに向けられたその表情は「陽だまり」と表現するにふさわしい、大切なものをまっすぐに見つめ信じている、美しい笑顔だった。

奥井さんは青年のように微かに頬を染めて微笑むと、その写真に目を落として呟いた。

「…………随分捜したよ。この笑顔を見たら辛くなると思ってた。でも、もっと早くに捜し出して、こうして連れてきてやればよかったな……ひとりで見に来ようなんて思わずにさ。だってやっぱり、いつ見ても綺麗だ」

その言葉が奥井さんの口から紡がれ零れると、周囲の空気がすっと軽くなっていく。やっぱりな、と思った。この霧を晴らすのに、おれの力はもうほとんど必要ない。少しだけ、ほんの少しだけ、後押しをしてやればいいだけだ。

「じゃあ、おれは少し離れるよ。奥井さんは、一番景色がいいはずの場所にいて」

そう言って奥井さんを開けた場所の中央に押しやり、おれは少し距離を取った。目を閉じ、この場所に遺っている「彼女」の気持ちに対して、大丈夫、と心で唱える。

——大丈夫。奥井さんは、あなたとの約束をずっと、ずっと大切にしてきたよ。

『現実（リアル）』

呟くと喉の奥が熱くなる。おそらく今頭上のどこかにいるであろう千歳に伝えたように、おれはここで「二回」力を使う。これが、一回目だ。

『朝ぼらけ……宇治の川霧　たえだえに　あらわれわたる　瀬々の網代木』

そう詠むと、川霧が朝の澄んだ空気に徐々に吸い込まれ、晴れ渡っていくように、目の前を覆っていた厚いベールがふわりと揺らぐ。目に見えない誰かがそれを一気に攫（さら）っていったように、一瞬で想像を超える鮮やかな色合いが現れた。

奥井さんを囲む樹々は燃えるように鮮やかで、かつ複雑な暖色を競い合うように飾り立て、足元の鮮やかな芝生と落ち葉のコントラストが冴えわたる。円形に開けた頭上の空間からは澄み切った真っ青な空と、遠くに見える紅と金色に染まった山々が鮮明に覗き込む。

不透明な乳白色の膜の下にこれほどの色が隠されていたなんて、思いもしなかった。視覚だけではなく、五感すべてになだれ込むような色彩に一瞬身体が揺らぐ。

天を仰いだ奥井さんの目から、その色彩にも染まらない、この上なく透明な滴が零れ落ちるのを見て、やっと掠れた声が戻ってきた。

「……千歳！　頼む！」

頭上の樹に向かって呼びかけると、真紅と金色の繊細なレースの間から、深い蒼(あお)の濃淡がふわりと揺れて落ちてきた。

「はいよ。任せとき」

おれの背後の樹の陰に静かに降り立った千歳は、背中合わせでそう言った。

『現実(リアル)！』

喉に込み上げる熱は、さっきよりも強い力の解放を告げる。

迷ってはいけない。おれは奥井さんの手元に意識を集中させた。

『……忘れじの　行く末までは　かたければ……今日を限りの　命ともがな……！』

『……裏返し(リバース)』

下の句を詠み切った瞬間、身体の内側から揺さぶるような衝撃が訪れる。おれが絞り出した言葉の残像に千歳の静かな声が重なったとき、奥井さんが息を呑むのが聞こえた。

「…………由美(ゆみ)」

奥井さんの前に、さっき写真の中で微笑んでいた女性が立っている。

ほんの一瞬、でも確かに奥井さんをまっすぐに見つめ、紅葉に彩られた長い髪を風に揺らしてにこりと微笑んだ。

次の瞬間、強い風が吹いて視界を揺らす。瞬きをした後には、もうそこには空から零れる夕方の日差し、ちらちらと気まぐれに遊ぶ光の粒が残されていただけだった。


帰り道、奥井さんと別れ神社に向かうおれの隣を歩きながら、千歳はふぅと息をついた。

「……天音は、ほんまに無茶が好きやな」

「……好きじゃない……」

おれはもう足を交互に踏み出すことすら面倒なくらい疲れていた。おれを抱きしめて何度も何度も礼を言う奥井さんに笑顔を返すことに、残っていたなけなしのエネルギーはすべて注ぎ込んでしまったのだ。

体よく巻き込んでしまった千歳に感謝なり謝罪の気持ちがないわけではなかったが、今はもう逆さになって叩かれたってこれ以上の反応は出てきそうになかった。

「じゃあ無謀な賭けが好きなんやな。あかんで、将来ギャンブラーとかになったら」

「……ならない……」

「辛うじて無視はしていない」程度のおれの反応に呆れたのか、千歳はふと足を止める。

俯いたまま歩くおれの視界からは表情が窺えず、さすがに怒らせただろうかと思ってしかたなく立ち止まると、不意に身体が宙に浮いた。

「…………は……？　……え……!?」

間抜けな声が数粒零れる間に、さっきまで立っていた地面がどんどん遠ざかっていく。視界の端で、濃淡の青の布地がはためいた。

「もう歩くの限界なんやろ。それより、そのなけなしのエネルギー、おれへの反応に使わんか」

千歳はスキップをするような軽い動きで電柱やら屋根やらを足場にしながら、信じられない跳躍でおれを担いで跳び上がる。見慣れた道を見慣れない角度で見下ろしながら、おれは力の入らない腕を持ち上げ、腰に回された千歳の腕を小突いた。

「…………これ、見られたらやばいんじゃねーの？　……未確認飛行物体……」

「そうやなー。まぁ人間が肉眼で確認できる速さじゃないから大丈夫やろ。一瞬見えても『気のせい』くらいや」

「……雑だなぁ」

「今日の天音の説明ほどやないけどな」

「…………それは、ごめん。あと、ありがとう」

「はー。そこで素直になんのずるいな。おれは巻き込まれたから怒ってるんと違うねんで。あれは『禁忌』ギリギリやろ。あんな危ないことするんやったらちゃんと言っとけ」

千歳は軽快な跳躍を繰り返しながら呆れたように言う。千歳の言うことは正論だ。おれよりも、ずっとまともだ。

千歳の言う「禁忌」は、霊力を扱う人間が人の生死に関与しようとすることを指している。それは許されない「禁術」であり、多くの場合「禁忌」を犯した瞬間に、その力を奪われるとされている。

　おれは今回、あの女性の「思念」に命を吹き込んだ。「約束が果たされないなら、約束をしたこの瞬間に命が尽きればいい」という歌意を持つ和歌に込められた霊力を発現させ、千歳の「裏返し(リバース)」の能力で、その言葉をまるごと裏返してもらったのだ。

　約束がずっと守られているから、この命が続けばいい——と。

　それでも、その力は彼女の実際の肉体に作用したわけではないから、ギリギリ「禁忌」の域ではなかった。おれはあくまであの写真を媒介として、そういう彼女の「思い」に命を与えただけだ。しかし明らかにおれの力だけではどうにもならないほどの大仕事であったことは間違いがなく、反射によって千歳の霊力が上乗せされて、なんとかカタチになったというところだろう。

　おれは一応自分の知識の範囲内で、危険がないと判断をしてこの仕事に臨んだ。でも万が一これが「禁術」に当たるとすれば、おそらくあの歌を詠み切った時点でアウトだっただろう。千歳はおれとは違う「妖」の類だし、禁忌の縛りがおれと同じなのかはわからない。それに千歳自身が発動させた術ではないから、それ以上は巻き込むこともなかったはずだが、もし事情を話していれば、反射の霊力発動以上に何かの「手助け」をしようとしたかもしれない。

　まぁ結局は結果オーライで、おれが疲労でのびている程度で事は済んでいるのだが、一応まったくの考えなしに動いたわけではないことくらいは知っていてほしかった。

「……言ったら、危ないだろ……」

「言わんかっても危ないもんは危ないやろーが！」

説明しようにも頭の回転は鈍く、口も思うように回らない。耳元を掠める風と、近くで聴こえる千歳の呆れ声がぼんやりと響く。

「…………言ったら、千歳まで危なかっただろ……」

自分の声が、ちゃんと言葉になったのかすらよくわからなかった。瞼の重みに任せて目を閉じる。千歳のため息が、頬を撫でるひんやりとした風の音に混ざった。

「………そんなん気にするほどの余裕なんかないくせに。損な性分やなぁ……」

閉じた瞼の裏に、鮮やかな紅と金色に包まれて幸せそうに笑い合う一組の恋人同士の姿が浮かび、おれの口元は綻んだ。

《54》忘れじの　行く末までは　かたければ　今日を限りの　命ともがな

私を愛し続けるというあなたの言葉がずっと守られることは難しいでしょうね（人の心は変わりやすいから）。それならいっそ約束をしたこのときに、この命が尽きればいいのにと思うのです／儀同三司母・小倉百人一首

弐：知らぬ仏より馴染みの鬼（とは言うけれど）

登場する和歌

《33》ひさかたの　光のどけき　春の日に　静心なく　花の散るらむ

陽の光がのどかに降り注ぐ春の日に、なぜ落ち着いた心もなく（桜の）花は散ってしまうのだろう／紀友則・小倉百人一首

（《　》内は歌番号）

「天音。これってどういうこと？」

「………………うん？」

休日の朝。柔らかな風に乗ってふわりふわりと境内に舞い降りる鮮やかな落ち葉を竹箒で集めるおれに、不機嫌顔の俺が詰め寄る。

今日はバスケットボール部の練習でもあるのかチームウェアのウィンドブレーカーを着た俺は、くりんとした愛嬌のある瞳を珍しく吊り上げておれの隣を指さした。

「おっ。なんや、この愛想のよくてちっこい版の天音みたいなんは」

おれの隣で足元の三毛猫と遊んでいた千歳は猫じゃらし代わりに動かしていた足を止め、鋭くさされた指から目の前の俺に視線を移した。

「……無愛想で悪かったな」

「チビで悪かったな！」

おれと俺の声が重なる。たった一言で、二人まとめて効率よくディスるとは大したもんだ。というか、いつものキラキラ笑顔のときならともかくとして、このなぜか不機嫌全開の俺と比較しても、おれの方が無愛想と判断されるなんてちょっとどうかと思う。

「ってそんなことより！　おまえいつから天音につきまとってんだよ！」

「んー……いつからやったかなぁ？」

「高校まで来るとか何考えてんの⁉」

「あ、そういえばそのウェア、うちのバスケ部のやな。おんなじ学校かぁ」

きゃんきゃんと噛みつく俺と、その俺を三毛猫と同等くらいの扱いでふわふわ躱して笑う千歳の攻防を眺めながら、おれはため息をついた。

「天音！　何他人事みたいな顔してんの！　これ、この妖、『契約』もしてないのになんで天音にくっついてんだよ！」

「……さぁ」

　そんなことおれが聞きたい。

「もー！　こんなのに取り憑かれるとか天音らしくないよ！」

「おいおい、人聞き悪いこと言うな。取り憑いてなんかない、付き纏ってるだけや」

「何すがすがしく開き直ってんだよ……。っていうか、俺は何をそんなに怒ってるんだ」

　千歳のナナメ上の返答はとりあえずスルーして、おれはプンプンという擬態語がテロップで浮かび上がってきそうな表情をした俺に向き合った。

　正直、俺がここまで千歳に噛みつくとは思っていなかったのだ。

　俺は自身では霊力を操ることはできないが、妖や精霊の力にはけっこう敏感で、それらを察知する力に長けている。その上で俺は昔から大抵の妖や精霊に対して友好的だった。だからきっと千歳のことも、どちらかといえばおれよりも積極的に関わりたがるんじゃないかというくらいに思っていた。

「………だって、こいつの霊力……天音と相性最悪じゃん」

　俺は拗ねたように俯き、ぽつりと呟いた。おれと千歳は目を瞬く。

「おまえ、おれの霊力がわかるんか」

千歳は感心したように言って、庵の方に歩み寄った。庵は毛を逆立てた猫のごとくキッと顔を上げ、背の高い千歳を睨みつける。

「近寄んな天邪鬼！　天音に迷惑かけたら許さねーぞ！」

完全なる負け犬の遠吠えチックな捨て台詞を残し、庵は足元に置いたスポーツバッグをひっつかむと背を向けて走り去った。せっかく集めた落ち葉をまき散らして走るなと頭を小突きたくなったが、それはとりあえず置いておく。

「……………天邪鬼？」

庵が投げ捨てていった言葉をなんとなく反芻すると、千歳が笑いながら振り返った。

「威勢のいい奴やなぁ。っていうか正解言われてもうたやん。天音の負けー、賞品はもらえません」

「いらねぇよ。……おまえ、天邪鬼なの？」

さすがというか、庵の妖鑑識眼はおれよりもずっと確かなようだ。……決しておれが考えることを忘れていたとか、面倒で放棄していたわけではない……ことにしておこう。千歳は一連の喧騒も意に介さず、ゴロゴロと喉を鳴らして足元にすり寄る三毛猫の額を撫でながら、あっさりと頷いた。

「そうや。おまえほんまに今まで気づかんかったんか？　名前のヒントもやったし、おれの霊力の発現のしかたも知ってるから、さすがにわかってると思ってたわ」

「…………あぁ。だから『裏返し(リバース)』か」

「えぇ～……ほんまに今さら？　ここまで興味持たれんとさすがにへこむわ……」

わざとらしく大げさに肩を落としてみせる千歳を眺めながら、おれはそれほど豊富ではない妖の知識を頭の中で探る。

天邪鬼と言えば、一般的には人の言葉を常に逆手にとってからかう妖怪という認識が強いが、実は地域や伝承によっての違いはけっこう大きい。共通するのは、元来天の動きや人の心を察する力を持っていたとされる説である。そこに「悪戯好き」の性質が上乗せされて今のような認識が広まったのだろうが、正確なところはまだまだ謎が多い。

「……天邪鬼ね。あの、四天王像とかによく踏みつけられてるやつだよな」

「…………あれは、中国由来の伝承ミスや」

「じゃあおまえって、言ってること全部逆？　面倒くせぇな」

「…………それもただの俗説や。普通にしゃべれる」

「木霊(こだま)や山彦(やまびこ)が天邪鬼だっていう地方もあるけど、おまえ山で叫んだりしてないよな？」

「するか！　ただの変な奴やないか！」

おれの中ではすでに「変な奴」のくくりにどっぷり浸かっているとは露知らず、千歳は心外そうに眉をひそめた。

「ふーん……まぁいいけど。俺がやたらと噛みついたことは悪かったよ。ほんとは人懐っこい奴なんだ」

俺がまき散らしていった木の葉をもう一度集めながらそう言うと、千歳は目を瞬いた。

「別に気にせんで。きっと天音のことが心配なんやろ」

本当に「気にしていない」感じに力が抜ける。やっぱり器は大きいらしい。今度俺が顔を見せたときには、もう少し仲介に入ってやろうと思いながら竹箒を持つ手を動かした。


のんびりと境内の掃除をしている間にずいぶん日は高くなっていた。今日は神社を訪れる人も少なく、特に抱えている仕事もない。掃除道具を片付けて境内を見渡せる縁側に腰掛けると、心地のよい眠気が襲ってきた。

つい先日奥井さんの件でかなりの力を使ったのと、学校では毎日のように柔道部員に追いかけ回されていたのとで、おれの疲労ゲージはけっこうな高度を保ったままだ。

食べて眠ればそのうち回復するだろうと思ってはいるのだが、ここ数日はなぜか疲れのわりに上手く寝つけず、なんとなくぼんやりとしているものだから、きちんとした食事を作る気も起きなかった。

赤や黄色がうっすらと映り込む池の水面に反射する、昼下がりの陽光をぼんやりと眺めていると、一度姿を消していた千歳が不意に目の前に現れ、顔を覗き込んできた。

「……驚くだろ」

「いや、驚いてるリアクションじゃないけどな。反応うす……。寝不足か？」

千歳はいつもの青の羽織の袖を鮮やかな緑色の襷で吊り上げ、逞しい腕を組みながら尋ねる。おれと道場で組み合ったときには呼吸ひとつ乱していなかったのだが、今は額にうっすらと汗が滲んでいた。山に戻って鍛練でもしていたのだろうか。

「うーん……。なんかうまく寝つけないんだよな……あと、腹減った」

正直にこぼすと、千歳は怪訝な顔をした。

「天音、もしかして『仕事』の後、食べる量増えたりせんか？」

「……え、普通にするけど」

千歳の質問の意図がわからず、おれは首を傾げる。何度も言うが、おれは「力」を使った後の食事量がかなり増える。もともと小食とは言えない上にそういう習性があるものだから、おれのエンゲル係数はかなりのものだ。余計な面倒ごとにさらされながらも、柔道部の一件で勝ち取った食堂割引券にはかなり助けられていた。

「…………前からか？」

千歳はなぜかおれをまじまじと見つめながら重ねて問いかけてくる。鋭く観察するような視線と、いつもの飄々と掴みどころのない感じとはどこか違うトーンの質問に微かに違和感をおぼえたが、それを深く考えようとする気は起こらなかった。

「……さぁ。昔はここまでじゃなかった気はするけど……」

適当に返事をすると、千歳は微かに眉をひそめた。

「…………なに？」

なんとなくいつもと違う様子が気になり聞き返すと、千歳はふっと表情を和らげ、普段の調子に戻って言った。

「いや、この間の疲れ取れてないんちゃうか。メシ作ったるから食べて寝ろ」

意外な申し出に目を瞬く。

「え？　メシ作ったるって……おまえ料理できんの？」

千歳はおれの反応に肩をすくめた。

「まぁな。昔、強烈なお節介焼きに仕込まれたんや……やけどそんな大したもんは作らんで。ほら、もう店じまいせぇ」

そう言うと千歳は紅葉に映える銀色の髪を搔き上げ、片方だけ長い羽織の裾をはためかせてひらりと座敷に上がってきた。祖父の留守中、おれ一人では広すぎる離れの廊下を、なぜか確信的に台所に向かって歩き出す。覚束ない回転速度の頭にあれやこれやと一気に謎がなだれ込み、結局は何も消化しきれないまま、おれは慌てて千歳の後を追った。


「……しかしほんまによう食ったな」

台所の流し場に立った千歳が、しゃもじを持ったまま呆れたように言って振り返る。おれはちゃぶ台に頰杖をつきながら、その奇妙な絵面をぼんやりと眺めた。

「………ご馳走様。うまかった」

「珍しく素直なんはええけどな……。……あいつ、なんでこんなときにおらんねん」

「？」

千歳はおれの簡潔な感想を聞いて眉尻を下げ、そのあとぽつりと呟いた。それからもう一度背を向け手元の洗い物に戻る。

「片付けとか、おれやるけど」

さすがに申し訳ない気がして立ち上がると、千歳はやんわりとそれを制した。

「手伝わんでええからはよ寝ろって」

「いや、さすがにこんな昼間から寝ないって……。そこまで弱ってないし、別にいつものことだし」

「はぁ、『いつものこと』ねぇ……」

「なんだよ」

何か言いたげな千歳の新緑の目を見返すが、そこからは何も読み取れる気がしない。

一体なぜ、千歳がここまでおれの世話を焼こうとしているのかもさっぱりわからない。わからないのに、千歳が作ってくれた素朴な和食は身体に染み渡るように本当に美味くて、おれはしっかりと平らげてしまっていた。千歳の言ったように疲れが残っていたのだとしても、これだけ食べてゆっくり眠れば充分回復できそうな気がする。

結局千歳は手際よく片付けを済ますと、早く寝るようにと念を押して帰っていった。

翌日、昼休みの教室にあり得ないセリフが響いた。

「天音ー。弁当持ってきたったで」

「…………………は？」

おれの疑念と怨念を込めた精一杯の一音は、クラスメイトのどよめきによって瞬殺される。まぁ、そうなるよな……。

「弁当!?　ま、まさか手作り……」

「きゃー！　愛妻弁当じゃん！」

「やっぱあのふたりってそういう……!?」

わらわらと群がる人波をすり抜け、おれは無言で千歳の前に立ち思い切り胸倉を掴んだ。

「……………おまえはいったい何がしたいんだよ」

すべての怒りを込め地を這(は)うような声で問うが、千歳は平然とした表情で首を傾げた。

「え？　別に何も。どーせまだ腹減ってるんやろ」

そう言いながら、青い布で包まれた大きめの弁当箱を軽く揺らしてみせる。ふわりといい香りがした。

「…………………」

「食わんか？」

おれの中で今世紀最大級の葛藤のゴングが鳴る。

周囲の好奇の目とざわめき、謂れのないゴシップ。昨日食べたどこか懐かしく温かで優しい和食の味、ポケットに収まった薄っぺらい財布、そして去らない空腹感……。

　わりとあっけなく勝負は決した。

「……………………食う」

「それはよかった」

　千歳はおれに胸倉を掴まれたままふっと笑った。差し出された弁当を受け取るが、背後から押し寄せる好奇のオーラの圧に耐えながら、教室で食うのはさすがに遠慮したい。後ろを振り向かず、千歳を押しながら教室を出た。

「どっか行くんか？」

「屋上」

「……屋上か。ほんならおれも行っていいか？」

　千歳は少し考えるような表情になってそう言った。「ほんなら」の意味がよくわからない。おれが屋上でひとり飯を食うと何か具合でも悪いのだろうか。

「別にいいけど。本当は立ち入り禁止のとこだから、内緒にしとけよ」

　そう言うと千歳はわかったというように頷いた。

　屋上の入り口の扉に曲がったヘアピンを差し込み、いつもの要領でくっと力を入れると鍵は簡単に開いた。後ろで見ていた千歳が「へー」と感心したような声を出す。

「そんな技術も持っとったんか」

「入学後半年かけて習得した」

「…………執念やな。高いところが好きなんか？」

「高いところ……というよりも静かなところが好きなんだよ。ここ、他に誰も来ないから」

そう言って一番日当たりのいい定位置に胡坐をかく。千歳は真昼の太陽に向かって長身をさらに伸ばしてぐぅっと伸びをし、おれの近くのフェンスにもたれて座った。

「じゃあありがたくいただきます」

そう言って手を合わせると、千歳は可笑しそうに表情を崩した。

「そういうとこは律儀やな。まぁ、染みついてんねんやろうなぁ」

「？」

なんだか楽しそうな千歳を横目で見ながら、おれは青い布をほどいて弁当箱を開ける。

真っ白なごはんと、綺麗に巻かれたふんわりとした卵焼き、柔らかそうな山菜の肉巻き、さらに竹の葉に包まれた川魚の塩焼きまで入っていた。

「…………すごいな」

思わず目を瞠る。ふわりと鼻をくすぐる、自然の恵み満載という感じの香ばしい香りが、これ以上ないほど食欲を刺激した。

「そうか？　まぁしっかり食え」

千歳はそう言うと、降り注ぐ太陽の光に少し眩しそうに目を細め、ふわぁと大きなあくびをした。

「…………これ、材料費とか」

「いらんよ。金なんかかかってない」

尻に敷かれているぺしゃんこの財布を思い浮かべながら恐る恐る尋ねると、千歳は眠そうな声であっさりと答えた。

おれの視線は弁当箱に整然と詰められた、老舗料理店で出てきそうな食材の間を彷徨(さまよ)う。

「この山菜とか」

「採(と)った」

「……この肉とか、魚とか」

「獲(と)った」

「…………この、米とか」

「盗(と)った」

「おいちょっと待て！　最後の『とった』はどの字だ！」

「あー、それはあれや。天音の家の蔵からちょっともらった」

「…………なんだ、ウチのかよ。びっくりさせんな」

安堵の息を吐き、箸を口元に運ぶ。

やはり、身体の隅々に沁み込んでくるような味だ。一口噛むごとに身体の芯が温まる。しおれていた細胞が息を吹き返し、力が戻ってくる気がする。おれの食いっぷりに驚いたのか目を丸くする千歳に眺められながら、夢中で弁当を食べ続けた。


温かい。

眩しい。

……柔らかい。

何かに身体を包まれているような感覚だ。目を開けるのがもったいないような気がしたが、瞼の裏に滲む光が強すぎる。ゆっくりと瞼を押し上げると、鋭い光から守るように額の辺りにかざされた大きな手が見えた。

「……ん……？」

「……起きたか。おはようさん」

視界を遮る大きな手がひらひらと動かされる。感覚の戻り切らない頭を動かして声のした方を向くと、銀色の髪を風になびかせながら、おれを覗き込む整った顔があった。

「……ぅわ！」

意外なほどの至近距離で変わった色の瞳に捉えられ、慌てて顔を逸らせて身体を起こす。起き上がった拍子に、頭の下に敷かれていたらしい千歳の制服のブレザーがふわりとはためいた。

「……え、おれ寝てた？」

「寝てたな。ちなみに今五限目終わったとこ」

「……やば。っていうかおまえまで一緒にサボって大丈夫なのか……」

言いかけたおれの言葉を遮るように、千歳のいつもよりも低い声が響いた。

「あのな、天音」

「ん？」

千歳はフェンスにもたれていた背を起こしてじっとこちらを見た。

いつものように笑わないその表情は、整った顔立ちと寒色の瞳の色のせいか意外なほど鋭く見える。千歳はおれから目を逸らさないまま、静かな声で告げた。

「大事なことやから落ち着いてよう聞き。……おまえの身体、けっこう限界やで」

「…………え？」

「今すぐどうこうはならん。けど、今みたいなやり方で『力』使っとったら、そのうち持たんようになる」

千歳の声が紡いだ言葉の内容に一瞬思考が止まる。千歳の目を探るように見返すが、とてもからかったり冗談を言っているようには見えなかった。

何よりも、自分の身体の感覚が一番その言葉の意味を理解している。おれは千歳の作ってくれた弁当の、優しい味が微かに残る唇を噛み締めた。

「…………なんで、そんなことわかるんだよ」

「最近寝つき悪いって言ってたな。人間は眠るのにもエネルギー使うんや。異常な空腹もそう。……たぶん、おまえは霊力を『引き出す』力が強すぎるんやろ。持ってる以上のもんを引き出そうとして、足りひん分を、自分の身体に必要なエネルギーから差し引いてしまってる」

「…………」

「さっきの弁当、ちょっとだけ薬草仕込んどいた。極度の疲労に作用する、一時的な滋養強壮や。……よく眠れたやろ。けど、この状況で与えられたエネルギーが即睡眠に向くっていうのは、けっこう追い込まれてる証拠やで」

「……だとしたら、どうしろって言うんだよ」

目を逸らさない千歳の視線から逃れて俯き、おれは拳を握りしめた。

千歳の言っている意味はちゃんとわかる。おれの、「持っている力」と「引き出す力」のアンバランスさも、本当は自分が一番よく知っている。

だっておれは、おれ自身が、それを「選んだ」から。

おれ達の間を乾いた風が通り抜ける。千歳はしばらく黙っておれを見つめていたが、それから仕切り直すようにふーと長い息を吐いて脚を組み直した。

「天音。もし今みたいに力を使った『仕事』を続けたいんやったら、もっとちゃんとおれを使え」

「……え？」

「こないだみたいな特殊な霊力を発現させるときだけじゃなくて、全部の力をおれに向けろ。引き出す力は今までの半分でいい。それをおれが反射することによって、常におれの霊力を加算する」

「……全部って、攻撃もか」

「そうや。『裏返し（リバース）』の能力は受けた霊力をそのままの形状で跳ね返すこともできるし、おれは自分の力の方向（ベクトル）は操作できる」

「…………」

　チャイムが鳴る。いつも耳にしているはずの慣れた音だが、今はかなり遠くで聞こえた気がした。千歳の落ち着いた声が、風の音も、眼下のグラウンドのざわめきも、予鈴の残響もすべてを塗りつぶして頭に響く。

　千歳は緑のフェンス越しにちらりとグラウンドを見下ろし、それからいつもの表情に戻って振り返った。

「なぁ、心配やったら一回試しにやってみるか？　なんでもいいからおれに向けて……」

「やらない」

　安心させるようににっと笑った千歳の言葉に、おれの声が重なる。思った以上に強い響きになり、自分の声の大きさに一瞬驚いた。

　おれは黙って立ち上がると、足元にあった空の弁当箱を拾って屋上の出口に向かった。

「おい、天音……」

　背中から追いかけてくる千歳の声を遮るように、重い鉄製の扉が閉まった。

教室の窓際の席は、街の風景がよく見える。先生がゆったりとした声で古典の文章を読み上げるのをぼんやりと聞きながら、おれは窓から外を眺めた。

街のところどころを彩る鮮やかな紅葉に紛れて、同じような色をした神社（うち）の鳥居が小さく見える。小さな神社を守るように、背後に広がる山が見える。千歳と最初に出会って、派手にやり合ったのはあの山の中腹あたりだ。

おれは、今までに千歳にどんな言葉をかけただろう。どんな表情を向けただろう。思い出そうとして頭の中を探っても、ほとんどロクでもないものしか浮かんでこない。情けなくて、そしてそれ以上に不思議だった。

千歳がなぜあれほどおれのことを気に掛けるのか。

なぜこうしておれの近くに現れるのか。

なぜ、おれの「力」をあれほど信用できるのか。

おれはため息をついた。いつもこうだ。いつも、こうして誰かの行動に意味や理由を探している。それを知ったからといって、どうにもできないくせに。

終業のチャイムが鳴り、人の流れは思い思いの方向に動き出す。「手作り弁当」を持って姿を消したうえに一時間授業をサボって行方知れずだったことを考えれば、さぞかし壮大な憶測が飛び交ったこととは思うが、教室に戻ってきたときのおれの表情を見たうえで、それを果敢にからかいに来る強者はいなかった。いつもつるんでいる連中がわりと真剣な表情で体調を心配して声を掛けてきたくらいだ。

　さすがの川岸も、今日はＨＲ終わりの瞬間におれの机をめがけてスライディングをかましてくることはなかったので、おれはさっさと帰り支度をすませて教室を出た。

　千歳の教室の前でふと足を止めそうになるが、思い直してそのまま通り過ぎた。

　このまま会っても、何を言えばいいのかわからない。通学カバンが揺れたはずみに中の弁当箱がからりと音を立て、それを聞いて礼すら言っていなかったことに気づいた。なんとなく重みが増したような気がするカバンを肩に掛け直し、おれは校舎を出た。


「あーまーねー」

　見慣れた鳥居を重い足取りでくぐりぬけると、飄々とした声に呼び止められた。なんとなく俯きがちだった顔を上げると、境内の一角にあるひときわ大きな古木を背に、青の羽織姿の千歳が不機嫌そうに立っていた。

「…………なんで？」

　思わず間の抜けた声が出る。あのやり取りの後で、なんでこいつは「普通に不機嫌そう」なくらいの感じでこんなところに立っているんだ。千歳は眉間にしわを寄せてため息をつくと、こちらに向かってずかずかと大股で歩いてきた。

「なんでやあれへん！　おまえ屋上の鍵の閉め方教えていけや！　めっちゃ怒られたやないか面倒くさい！」

「………え、そこ？」

　しかも不機嫌の原因それかよ……。呆気にとられるおれの表情をちらりと見やり、千歳は可笑しそうに口角を上げた。

「……はっ。そんな表情もできるんやんか。なかなか可愛いぞ」

「……うるさ……ってそうじゃなくて……なんで普通なんだよ……」

「普通？　おれはいつでも普通やで」

「いや、いつも普通ではないけど……。そういう意味じゃなくてなんていうか……」

　紡ぐべき言葉は簡単にすり抜ける。言葉を操るはずの「言霊師」が聞いて呆れる。でも、結局これがおれなのだ。自分自身の言葉では、霊力どころか伝えるべきことすら引き出せない。聞くべきことすら、きちんと聞けない。

　千歳はおれの正面に立ち、すっと息を吐くと両腕を大きく広げた。

「ほら、なんでもいいから撃ってこい」

「………だから、やらないって言っただろ」

「それでもや。気づいてもうたからには、今までどおりに力を使わすわけにはいかん。かといって、おまえは『相談事』が持ち込まれれば無視することもできんのやろ。やったら、今はこれしかない。天音が了承するまで、おれは動かん」

「…………」

両手を広げ、おれの前に立ちはだかる千歳の羽織を秋の風が揺らす。おれよりもずっと背の高いシルエット。ふわりとなびく袖口からは、鍛え抜かれた逞しい腕が見える。

「力」が欲しいだけなら、こんな「面倒くさい」ことをしなくても簡単に奪えるんじゃないのか。何も考えずに千歳の作った料理を食べて、何も気にせずに千歳のそばで眠りこけていた。あのときだって、今だって、おれの力なんて簡単に奪えるんじゃないのか。

『…………現実(リアル)』

千歳の新緑の目を見て小さく呟く。頼りない仄(ほの)かな熱が喉の奥に灯る。

千歳の目が微かに鋭さを増し、すっと細められた。放たれる攻撃に備えるように、僅(わず)かに重心を落として緩やかに構える。

『……ひさかたの　光のどけき　春の日に　静心(しずごころ)なく　花の散るらん……』

「…………？」

千歳が構えを解き、不思議そうに目を瞬く。次の瞬間、千歳がさっきまでもたれていた古木の脇に植えられていた低木から、残り僅か咲いていた芙蓉(ふよう)の花が秋風に舞い上げられた。

薄桃色の大ぶりな花びらが幾重にも、紅葉に交じってふわりと宙に躍り、散っていく。

今年は秋になっても比較的暖かな日が多かったから、いつもよりも長持ちしてよく咲いていた。花が咲く期間は数か月間と長いが、ひとつの花が咲いているのはほぼ一日。夕方の強い光を浴びてしなやかに舞う花びらを眺めながら、心の中で「ごめんな」と呟いた。

「…………弁当、ありがとう」

「天音？」

「……千歳のことを、信用してないわけじゃない。でもおれは……」

自分の「力」を、本当は誰にも向けたくない。

おれの力は、こうして懸命に咲いている美しい花の「時間」を奪う。きっと他のものも奪う。そういう「力」だ。

俯いた視界に、千歳の黒足袋（たび）が映る。

大きな手が頭に乗せられ、いきなり力まかせにわしわしと髪を掻かれた。

「……っ……なにする……！」

「ちゃんと顔あげ。一瞬やで」

そう言うと、千歳は掌（てのひら）をおれの頭に置いたまま頭上を見上げ、呟いた。

『裏返し（リバース）』

瞬間、周囲に甘い香りが立ち込めた気がした。

おれの霊力が散らした花びらと、すでに風に散らされ境内に散らばっていた花びら。そのすべてが見えない大きな手に掬（すく）い取られるように夕暮れ時の空に舞い上げられた。

ひとつひとつの花びらが、時を巻き戻すように見事な芙蓉の花となり、小さな神社の境内から見上げる空を優しい薄桃に染める。

そのまましばらく風に遊び、ふわりふわりと漂いながら元いた低木に運ばれて、季節外れの満開となった。

「…………綺麗、だな」

微笑むように生き生きと咲く、風に揺れる大ぶりな花を眺めながら呟くと、千歳はふっと小さく笑った。

「そうやな。天音の力で咲いたんやで」

「…………おれは、散らしただけだろ」

「おれは反射しただけや。元はおまえの霊力やろ。まぁ今日はこれくらいにしといたる。おっさん帰ってくるまでに、蔵の米、空にしたらどやされそうやしなぁ……」

千歳はそう言うと、おれの頭をぽんと軽くはたいてすたすたと離れの方へ歩き出した。

「……おっさん？　それってもしかして、おれのじいちゃんのことか……？」

「おーい、はよ来い。今日は皿洗いくらいは手伝ってもらうからなー」

羽織の裾を軽やかに翻して歩く千歳の背中を追いかける。境内を通り抜ける風に芙蓉の甘い香りが溶け込み、柔らかく頬を撫でた。

参：エンゲル係数と黒百合の怪（どっちも深刻）

《22》吹くからに　秋の草木の　しをるれば　むべ山風を　嵐といふらむ

吹くとすぐに秋の草木をしおれさせてしまうので、なるほど山風を嵐と呼ぶのだろう／文屋康秀・小倉百人一首

（《　》内は歌番号）

「なー、あまねー」

「なに」

日曜の朝、家の中にいるというのに当たり前のように聞こえてくる独特のイントネーション。どこか不機嫌そうに間延びしたリズムで名前を呼ばれ、おれはしかたなく幾何学の問題から顔を上げた。

「あのさー、おまえんとこの神主（かんぬし）は一体いつになったら帰ってくるんや」

「……じいちゃん？　さぁ……もうけっこう経つからそろそろ帰ってくるとは思うけど」

「なんやねん！　その曖昧模糊とした雑な意思疎通は！　古代国家やあるまいし、このご時世になんで連絡のひとつも取れんわけ⁉　スマホ出せ！　番号教えろ！」

常が物静かとは到底言えないが、それにしてもいきなりヒートアップした千歳の謎のテンションにおれは目を丸くする。

「あー……あの人そういうのまったく持ってないし使わないから。たぶん電話すらほとんど掛けない」

「はぁ⁉　なんやねんその歩く過去の遺物っぷりは！　くそーあのガラパゴス野郎！　文明の発展に謝れ！」

「…………」

妖にここまで言われる自分の身内に呆れながら、休日の朝っぱらから人の家で好き勝手に吠（ほ）える千歳を眺めるが、そこでそもそもの疑問に思い当たった。

「そういえば、千歳っておれのじいちゃんと面識あるのか？　なんか前もそんな感じのこと言ってたけど」

「……あー、まぁな。おれは長いことこの辺に住んどるから、そりゃ顔見知りにくらいはなるやろ。あのおっさんの目をごまかしてこの辺りで生きていける妖なんかおらん」

「…………まぁ、それはそうだな」

　思わず同意する。

　おれの祖父は「言霊師」でこそないが、人間離れした霊媒の能力を持っている。除霊やお祓(はら)いの役割を請け負うことがほとんどだが、その一方で妖怪や妖獣にも干渉することができ、時には人並外れた戦闘力でそれらを退けたこともある。自分の祖父とはいえ、信じられない逸話の数々を持つ底の知れない人物だ。

「…………人の身内にこんなこと言うのもなんやけど、おれはいまだにあれがほんまに人間なんかは疑わしいと思ってる」

「…………うん。まぁ……それはたまにおれも思う」

　祖父が全国津々浦々からの除霊や妖怪退治の依頼を受けて、日本中を飛び回るのは今に始まったことではないので、今回の不在もおれはそれほど長く感じていたわけではない。

　年齢的なこともあるし心配がないと言えば嘘にはなるが、祖父には信頼できる相棒も各地にいることだし、「便りがないのは元気な証拠」を地で行く人だということも嫌というほど知っている。それよりも、千歳の反応の方が意外だった。

「で、なんでそんなに焦ってるんだよ。なんか用事でもあんの？」

「は？　用事つくってんのはおまえやろ！　どうすんねん、もうこの家の食料は食べ尽くされてしまってんで……っていうか食べ尽くしたのはおまえや！」

「……あぁ。そのことか」

緑の襷で羽織の袖を吊り上げ、片手に持ったしゃもじで空の米びつをカンカンと叩いてみせながら千歳はおれに詰め寄る。けっこう力の強い妖であるはずのおまえが、すっかり主婦（夫？）化していることの方が事態としては深刻な気がするんだが……。思わず半目で目の前の異様な光景を眺めるおれに、千歳は顔をしかめた。

「『そのことか』ってなー……。おまえの霊力もまだ回復しきっとらんのに、食わへんかったら持たんやろうが。おれが山で調達してくるにも限度があるぞ」

至極真面目にそう言って眉をひそめる千歳に、不覚にも思わず噴き出しそうになった。

「いや……それこそ古代国家じゃあるまいし。ただ面倒で買い出し行ってなかっただけで、一応食費は足りなくなったら使えって預かってる。それにそろそろ……」

「？」

そう言いかけたところで、玄関のあたりから賑やかな声が聞こえた。

「おーい、枇々木さん、天ちゃん。差し入れに来たぞ～」

「あ、やっぱり」

しゃもじを持ったまま首を傾げる千歳を台所に置いて玄関に向かうと、奥井さんを先頭に近所の人たちが段ボールやら重箱やらを持って集まっていた。

「この間はどうもな、天ちゃん。これ、昨日釣ったんだ。大物だぞ」

先日よりもずっと顔色のよくなった気がする笑顔の奥井さんが、ずいと差し出す発泡スチロールの箱の中には、大ぶりの活きのいい魚がぎっしりと入っている。

「これはウチで作った野菜と、お隣の三木さんのとこの米だ。野菜は新鮮なうちに食べてくれよ」

「こっちは昨日うちで作った牡丹餅よ。天音くんの好きな黄粉のは下の段。神主さんにもよろしく言っといてね、いつもありがとう」

我先にと差し出される品々を受け取り、ひとつずつ礼を言って挨拶をすると、みんなは嬉しそうに近況を報告して帰っていった。襖の陰からその様子を見ていたらしい千歳は、ご近所さんたちが帰ると顔を覗かせ、玄関に所狭しと置かれた品物の山とおれをもの言いたげに見比べた。

「…………え、悪代官？」

「……誰がだ。神社は昔から、正式な除霊やお祓い以外は金を取らないんだよ。おれの受けてる『相談事』もそう。だから、そのかわりにこうして差し入れとかお裾分けとか、みんなが持ってきてくれるんだ。物々交換的な」

「……はー、そういう仕組みか。まぁ何はともあれ、これでおまえの命綱は切れずに済んだわけやな。お、この魚も野菜も見事なもんやな。さて、どう料理するか」

「あー、たまにはおれがやるよ。っていうかいつまでしゃもじ持ってんだ。ほら、貸せ」

「え、天音、料理できんのか？」

「おまえほどじゃないけどな。もうだいぶ回復したから、今日はおれがやる。……千歳もたまには食っていけばいいだろ」

「なに、おれにも作ってくれんの？」

「……いらないならいいけど」

「いらないとか言ってないし。ほんならこれ、全部運ぶで」

可笑しそうに言いながら、千歳は山と積まれた箱を軽々と持ち上げる。置いてもらう場所を教えようとしたとき、玄関の引き戸がもう一度開いた。

「あ、庵」「よう、庵」

おれと千歳の声が重なる。今日はお気に入りのブランドのロゴ入りトレーナーとジーンズという私服姿の庵は、一瞬おれの顔を見て微笑みかけたが、すぐに隣にいる千歳に気づいて顔をしかめた。

「〜〜おまえが『庵』って呼ぶな！　遂に家にまで上がって……何してんだよ！」

「何ってこれから天音の手料理を……あ、庵も食っていくか？」

「はぁ!?　手料理!?　ちょっと天音！　一体何がどうなって……」

「……え、その説明おれがすんの？」

「当たり前だろ！」

「まぁまぁ。なんか用事あったんとちゃうんか？」

玄関先でおれに詰め寄る庵を可笑しそうに眺めながら、千歳が宥めるように声を掛けた。

「おまえが仕切り直すな！　…………あ、そうだ。天音に用事あったんだった。こないだ来たとき帰り際に『依頼』受けたんだけど、夕方来たらもう閉まってたから」

そう言うと、庵はジーンズのポケットからいつもの「依頼用」のメモ帳を取り出した。

千歳がおれを見下ろして「うーん」と唸る。

「なんだよ」

「……別になんも。話聞くんやったらおれも聞くから、ちょっと待っとけ」

そう言って、千歳はかなりの量の荷物を持ったまま、すたすたと台所に歩いていった。

「…………え、なんであいつが話聞くの？」

千歳の後ろ姿を睨みつけていた庵は、不満げにおれの方を向いた。庵の疑問もわからないではないのだが、たぶん「今『仕事』を受けて大丈夫か」という言葉を呑み込んでくれたらしい千歳を蚊帳の外にするのもさすがにどうかと思い、少し考えてからおれは言った。

「実はちょっと手伝ってもらってるんだ。あいつ力強いし……。この辺の霊力にも詳しいみたいだから」

だいぶいろいろな内容をすっとばしたことには変わりないが、まぁ大筋としてはぎりぎり嘘ではない、はずだ。庵はおれの言葉を聞いて意外そうに目を瞬き、その後、悔しそうに眉をひそめた。

「…………なんであいつが。おれだって、天音の仕事、手伝いたいのに……」

そう呟く俺は、不貞腐れた猫のようでなんだか可笑しい。歳はひとつしか変わらないが、昔から素直で人懐っこい俺は、おれにとって可愛い弟のようなものだ。

「俺だっていつも手伝ってくれてるだろ。ほら、『報告書』書いてきてくれたんじゃないのか？」

「…………うん」

俺はしゅんとうなだれたまま、ぎゅっと手元のメモ帳を握りしめた。

和室のちゃぶ台を囲み、俺から依頼のあらましを聞き終えると、千歳は腕を組んで少し考えるような表情になった。

「…………ふーん。自然公園の客足途絶える、その怪奇に迫れ！　ってか……」

勝手にワイドショーっぽい見出しをつけながら呟く千歳を俺が呆れたように眺める。俺が受けた依頼の内容は、この近所にある自然公園の管理人から持ち込まれたものらしい。

自然公園は広い芝生やこぢんまりとしたアスレチックなどを含む憩いの場であり、園内では四季折々の様々な植物を観賞することができることでも知られている。

いつもは紅葉の季節にもたくさんの人で賑わっているのだが、どうしたことか今年はぱたりと利用者が途絶え、今もなお閑散とした状態が続いているというのだ。

「それって、なんか施設側の問題とかじゃないってことか？」

施設の老朽化とか、新しくできたテーマパークに人を取られてしまったとか、魅力的なイベントの企画や広報がうまくいかなかったとか……そういう人為的な原因ではなく、神社に相談が持ち込まれた理由が何かしらあるのだろうが、それがわからずおれは首を傾げた。

「うん。なんかねぇ、植物園の奥に行った人が呪われるっていう噂があるらしいよ」

俺は湯のみを引き寄せ、煎茶を飲みながらそう言った。こういうのんびりとした状況で話だけを聞いていると、まるで小学生が読む「がっこうの怪談」みたいな内容ではあるものの、実際におれのもとに舞い込む仕事のほとんどはそういうものなのだからしかたがない。

そしてそういう相談事の100%とは言えないにしてもなかなかの割合のものに、実際に妖や何かしらの霊力が影響しているということも、経験上否定はできないのだ。

「『呪い』にもいろいろあるやろ。そこは聞いてないんか？」

千歳は差し入れてもらったばかりの牡丹餅を頬張りながら俺に尋ねる。さっきの考え込むような表情はどこへやら、まったく緊張感がない様子に俺は顔をしかめた。

「聞いてるに決まってるだろ。……おまえ、本当に天音の役に立ってんの？」

「そんな怖い顔すんなって。心配せんでも、おれはやるときはやる奴やで」

「そういうの自分で言う奴って、だいたい口だけで終わるんだよね」

そう呟く俺の目が笑っていない。それでも千歳は気を悪くする様子でもなく呑気にもぐもぐと牡丹餅を咀嚼しているが、さすがにおれの方が居心地が悪くなってきた。

「えーと……。とりあえず明日にでも様子見に行ってこようかな……」

湯のみを片付けるふりをしながら席を立とうとすると、庵が「あ」と小さく呟いた。

「ん？」

「…………ごめん、天音に気遣わせて。おれが聞いた話は全部ここに書いてるから。明日、気をつけてね」

そう言っておれに笑いかける庵の表情は、いつもの、おれのよく知る人懐っこくて優しい笑顔だった。


「天音、明日ほんまに行くんか？　例の、呪いの花咲く植物園」

「無理に名付けんな……。おまえにそういうセンスがないのはもうわかったから」

結局、庵が置いて帰った「報告書」を読んだり、似たような事象について参考になりそうな書物を探したりしているうちに、結構な時間が経ってしまったことを言い訳に、時短優先となった夕飯を食べながら千歳が尋ねる。おれは新鮮な野菜の和え物を口に運びながら、相変わらず残念なネーミングセンスを披露する千歳を眺めた。

「天音の一族はおれに対して厳しいな……。まぁそれはいいねんけど、放課後直接行くんやったらちゃんと準備して行きや」

「準備？」

「そう。あの『呪われる』っちゅう話がほんまやったら、人の精神に作用する術が広範囲にかかってるかもしれんやろ。おれはともかくとして天音にも効力があるかもしれん。護符なり宝珠なり、なんか身清められるものは持っといた方がいいで」

「精神作用か……」

苦手な分野だな、と心の中で小さく付け足す。

俺の報告書によれば、ある時期を境に植物園を訪れた人々がひどい悪夢にうなされるようになったということだった。辛い体験や、怖いと思っていることが鮮明に夢に蘇りうなされる。そういう状態が数日間続くらしい。

もっとわかりやすい「幽霊話」とかなら興味本位で覗きに行く者もいるだろうが、こういう……言っちゃ悪いが地味なくせに現実味のある怪奇現象に取り憑かれたい物好きはそうそういまい。そしてこの現象が「呪い」の噂として広がり、ぱったりと客足が途絶えてしまったということだった。

起こっている現象自体、おそらくなんらかの霊力や霊術が関わっている可能性の高いものだし、相談を受けたからには行かないわけにはいかないのだが、個人的にはあまり気の進まない案件だった。おれはたしかに霊力は強い方だし、祖父仕込みの体術もそこそこ使いこなせるようになったとは思う。でも「気持ち」につけ込まれたら、たぶん誰よりも弱い。霊力云々なんて関係なく。

不安を振り払うように茶碗を引き寄せ飯をかきこむと、千歳が目を丸くした。

「弱ってなくてもなかなかの食いっぷりやな」

「別にいいだろ」

妙なポイントに感心したように、まじまじとおれを眺める千歳にそっけなく答えると、千歳は可笑しそうに表情を崩す。

「いいと思うで。美味そうに食うから見てて飽きんしな。それにしても、なかなかちゃんと作れんねんなぁ」

「……千歳ほどじゃない」

おれよりもよっぽど「美味そう」に、おれの作った質素な料理を頬張っている千歳を見て正直ほっとしていたのだが、「お口に合ってよかったです」なんて言うようなキャラでもないので簡潔に返答した。千歳は味噌汁の椀から新緑の目を上げ、柔らかく微笑んだ。

「そんなことないで。おれはこっちのが好きや」

「………それなら、いいけど」

こうして誰かと向かい合って晩飯を食うこと自体も随分久しぶりだ。しかもその「誰か」は突然現れたイマイチ素性の知れない妖。いつの間にこんなに馴染んだんだと千歳にも自分にも呆れるけれど、悔しいことにひとりで食べるよりもずっと栄養が身体に沁み込むような気がする。

綺麗な箸づかいで焼き魚や野菜の和え物を嬉しそうに平らげていく千歳を見ていると、喉のあたりに微かにつかえていたものが飯と一緒にすっと胃に落ちていった。

翌日の放課後、おれは千歳曰く「呪いの花咲く植物園」に向かった。

入り口に辿り着くまで誰にも会わなかったことを考えると、「客足が途絶えた」のは本当らしい。愛でられる機会を失った見事な紅葉が、手持ち無沙汰といった様子で気まぐれな風に揺られていた。

入り口付近で立ち止まり周囲を見回すと、頭上から晴天の欠片のような青色がはためいて降りてきた。もうすっかり馴染みとなった羽織姿の千歳が軽やかに着地する。

「学校から一緒に来た方が早いと思うねんけど」

「おまえと一緒にいると目立つから嫌だ」

「おれとおらんでも天音は目立ってるみたいやで」

「……『余計に』目立つから嫌だ」

不本意ながらも訂正を加えると、千歳は可笑しそうに笑った。

「そういえば千歳って、その恰好じゃないと力使えないのか？」

「いや？　別にどんな恰好でも関係ないけど、こっちの方が慣れてるからな」

しれっとそう答えた千歳の、羽織の袖が紅葉を散らす風にふわりと揺れる。学校で見かける制服姿も目立ちこそすれ違和感はないのだが、やはりこの蒼が千歳にはよく馴染んでいる気がした。

「ところで天音、ちゃんと持ってきたか？」

「え、あぁ。一応呪符と……護身用の宝珠は持ってる」

飾り紐に通し、首にぶら下げたものをカッターの内側から取り出して確認する。虹色の勾玉（まがたま）のような宝珠は、「言霊師」として仕事を始めたときに祖父から譲り受けたものだ。指先で摘まむとほんのりと温かさを感じた。

「……天音。それちょっと見せて」

「え？　……わっ」

千歳がいきなりおれの肩に腕を回し、身体を引き寄せる。完全な不意打ちにバランスを崩し、千歳にもたれかかるように全体重を預けてしまった。千歳はまったくよろけもせずに腕一本で軽々とおれの体勢を立て直すと、緑の瞳でじっとおれの手元の宝珠を眺めた。

「いきなりなにす……」

「それ、しばらく浄化してないやろ。ちょっとそのままじっとしとき」

そう言うと、千歳はおれの身体に腕を回したまますっと息を吸う。不意に宝珠を挟んだ指先にはっきりとした熱が伝わった。

「……熱（あつ）っ！」

咄嗟に手を離すが、首に掛けていたため地面に落ちることはなかった。宝珠の中の虹色の光が、さっきよりもはっきりとゆらめき陽光を反射した。

「それくらいやないと使い物にならんからな。帰ったらちゃんと浄化しときや」

「……おまえ、もしかして今の一瞬で印でも結んだのか？」

「まぁそんな感じ。あ、呪符借りたで」

「いつの間に……」

ブレザーの内ポケットに入れていたはずの呪符が、千歳の手の中でひらひらと揺らされる。詠唱もせず、他人の霊力由来の呪符を使って一瞬で印を結ぶなんて、相当力の強い妖にしか為せない業のはずだ。

「………千歳って、もしかしなくてもけっこうすごいんだよな」

「なんやいきなり。まぁでもこの機会にもっと見直してくれてもいいねんで」

「うん、本当にすごいと思う。その、自分で清々しくすべてを台無しにするところとか」

そう言って、拘束の解けた首元をさすりながらおれは歩き出した。

「うーん……てっきり褒められんのかと思ったけど、やっぱり天音は天音やったな……」

可笑しそうな千歳の声が、秋風に混ざって背中から追いかけてきた。

千歳と並んで自然公園に溢れる秋の香りの中を進んでいく。紅葉も盛りだというのに、ほとんど人気のない寂しさを別にすれば、特に変わった様子もない。

「なぁ、『精神作用の術』って、たとえばどんなのだと思う？」

周囲を見回しながら尋ねると、千歳はいつもどおり緊張感のない声で答えてきた。

「さぁなー。そんなん古今東西、バラエティ豊かすぎて予想はつかん」

「あっそ……。俺の話聞いてたときは珍しく真面目に考えてたから、てっきり心当たりあるのかと思ったけど気のせいだったか……」

「ないわけじゃないけど、見てみんとなんとも言えんな。………あ」

「ん？」

不意に千歳の声のトーンが変わる。隣を見上げると、ずっと前方を見据えるような緑の瞳が微かに細められた。

「天音。最近なんかおもろいことあったか？」

「………は？」

戦闘モードか、と思ったらこの質問。これから謎の現象に立ち向かおうとしているのに、隣にいる奴の思考がさらに謎とか勘弁してほしい。思わず怪訝な声を出すと、千歳はおれの方に視線を戻していつもの飄々とした顔でにっと笑った。

「天音でも一個くらいおもろかったこととかあるやろ。ほら、思い出せ」

「おれ『でも』とかどういう意味だよ。そんなこと急に言われても……」

どうせおれのテンションは年中無休で低空飛行だ。いきなり何を言い出すのかと呆れるが、千歳は足を止めてまっすぐにおれを見返している。この先に進む前に、どうしてもこの質問に対する答えが必要なんだとでも言うように。

「……それ、なんか関係あんのか？」

「念のためや。おまじない代わりとでも思って、なんか探せ。思い出したら笑えそうなこと、なんでもいい」

「………思い出したら、笑えそうなこと？」

おれにとってはまったく意義、目的が不明なうえに、かなりハードルの高い質問だ。しかしおれよりも明らかに何かの情報なり心当たりなりを持っていそうな千歳に、何かしら関係があるような言い方をされては、打ち捨てておくわけにもいかない。

おれは一応頭の中を探ってみた。

「……あ、あった」

「え！　あったんか!?」

ぽつりと呟くと、千歳はびっくりというかもはや「ぎょっとした」くらいのリアクションで聞き返す。おまえが探せと言ったんだろうが。

「言ってみるもんやなー。ちなみにナニ？」

「それ、聞く必要あんのか？」

「まったくない。けど気になるやん！　昼夜季節を問わずローテンションな天音が思い出したら笑えそうなことやで!?　気にならん関西人はおらんやろ！」

……おまえは「関西人」ではなかろうが。怪奇現象そっちのけという感じで食いつく千歳を半目で眺めたそのとき、ふと強い風が吹いた。

「……っ」

樹々を揺らし、落ち葉を掠める音がする。少しひんやりとした肌に触れる温度。それだけならただの秋の風だ。でも、何かが違った。この空間を走る風の線に混じって、黒く、息の詰まりそうなざらりとした感触が肌を舐めるように伝ってくる。

「……来たな。天音、『おもろかったこと』思い出せたんやろ？　それ、あと十分くらい頭ん中に置いとけ」

千歳が落ち着いた声でそう言い、前方を見据えながら大きな手をおれの頭に乗せた。おれの頭の中のイメージを包んで閉じ込めるように。「おまじない代わり」の意味が、ようやくわかった。

「……わかった。あの負の瘴気にあてられないように、戦闘中ずっと、千歳としゃもじのツーショットを思い浮かべとけばいいんだろ」

「おう……って、え？　まさか『おもろかったこと』ってそれ……？」

「うん。あれはけっこう笑える。『関西人』としては本望なんじゃないのか？」

ブレザーの袖をまくりながらそう言うと、千歳は微妙な表情をした。

「えー……なんやろ……。決してボケようとしたわけじゃないところで笑いを取るって、けっこう複雑というか……」

「そんな関西人理論どうでもいい」

「うーん……まぁええか。とりあえずこっから先はあの『黒いの』との勝負……もといあれが煽ってくる、自分の中の負の感情との勝負やな。どっかに親玉がいるはずや」

「瘴気をかわしながら親玉を見つけ出せばいいんだな」

「そうやな。けどたぶん逃げも隠れもせんやろうから、すぐに見つかるで。言ったやろ、

『呪いの花咲く植物園』って」

「……花？」

「そう。一気に多数の人間、かなりの広範囲に術の影響を与えられたってことは、かなり力が強いか、特殊な瘴気のばら蒔き方をしたか。でも、おれはここ最近でそんなに強い妖の気配は感じんかった……ってことは後者やろ。そしてここは自然公園の中の『植物園』。秋は風も強いからな」

「………花粉、か」

「そうや。たぶん瘴気の塊が花に寄生してるんちゃうか。それっぽい花を探すぞ」

「それっぽいってどんなんだよ……」

的確な分析の後に続くのはザ・テキトーなアドバイス。思わず脱力しながらツッコむと、千歳はそんなおれの様子を見て安心したようににっと笑った。

「見たらわかるやろ。その脱力具合のまま、行くで！」

ぐっと背中を押され、走り出す。

すぐに空気が変わり、身体にまとわりつく温度が数度下がったように感じた。おれの数歩前を走る千歳の羽織の袖が、時折目の前で鋭くはためく。おそらく、おれの目では捉えきれない瘴気を払ってくれているのだろう。

相変わらず面倒見がいいというかなんというか……その様子が、台所に立ちおれの食欲に翻弄されていた姿と重なってやっぱり少し可笑しくなった。たぶん千歳が思っているよりも、この「おまじない」はおれには効き目がありそうだ。

そんなことを考えながらひたすらに地を蹴り進むと、前方に濃い靄のような瘴気に包まれた空間が現れた。一瞬身体に重りを乗せられたかのような圧に襲われるが、千歳の蒼い羽織の色が視界を覆い、闇が晴れて青空が現れるようにふっと呼吸が楽になる。

そのままクリアになった視界の中央に、漆黒の花が重そうに頭を垂れて咲いていた。

「黒百合……」

「ビンゴやな。あれ本体よりも、周りに張ってある結界の方が厄介……か。とりあえず、結界ごとあの花に取り憑いてる瘴気の塊、吹き飛ばそか」

「…………もしかして、千歳」

立ち止まった千歳は一瞬だけおれの方を向き、はっきりと頷いた。新緑の目はこの場の異様な黒にも染まらず鋭い色を放ち、一切の迷いを感じさせない。それを見返すおれの目には、たぶんまだ往生際の悪い迷いの靄がかかったままだというのに。

千歳の目は、この間境内で向き合ったときと同じように、まっすぐにおれを見る。

「あいつが瘴気を一気に吐き出す瞬間。そこがチャンスや」

「…………」

どくん、と喉元が波打つ。こんな負の瘴気のど真ん中で揺らいではいけない、と自分を叱咤（しった）するようにおれは拳を握りしめる。

すると千歳の掌が頭に乗り、ぽんぽんと軽く叩かれた。

「大丈夫。おれとしゃもじを思い浮かべろ」

そう言ってにっと笑った千歳は、次の瞬間、地を蹴り高く跳躍した。

「……っ、千歳……！」

咄嗟に見上げ、呼んだ名前に強い声が重なる。

「天音！　あの結界を壊せそうな霊力、こっちに向けろ！」

「………！　……でも、万が一……」

万が一、おれが放った霊力が千歳を傷つけたら……。そんな恐怖が目に見えない黒い粒子よりもじっとりと肌にまとわりつく。咄嗟に口走りかけたおれの言葉を、再び被さってきた千歳の大声がかき消した。

「万に一でも十に一でも関係ない！　そんな数字なんかより、おれを信じろ！」

おれは目を見開いた。なんで……と思いかけて唇を噛む。おれはいつだって、誰かの行動に意味や理由を探してしまう。でももし許されるのなら、一度くらいはそんなものをすっ飛ばして……信じたいと思ったものに手を伸ばしてみてもいいのだろうか。

見上げると、千歳は空中で動きを止め、「来い」というようにまっすぐにおれを見下ろし、この間と同じように両手を広げた。

「…………っ。かすり傷でも残したら爆笑してやる！」

そう言って睨むと、千歳は一瞬目を丸くした。

「……おまえの爆笑ちょっと見たいけどな。まぁでも残さんよ……レアな笑いは他の機会に取っとけ！」

　にっと笑った千歳に向かって立ち、おれは小さく息を吸った。

『……現実（リアル）！』

　引き出す霊力の調節はまだ慣れない。いつもは一気に奥まで押し込んでいたギアを、ギリギリで押しとどめるイメージでぐっと奥歯を噛み締める。喉元にはいつもより少しだけ控えめな熱が灯った。

『吹くからに　秋の草木の　しおるれば　むべ山風を　嵐というらん！』

　叫ぶように詠（うた）い放つと、おれの周囲から無数の小さな空気の粒が舞い上がる。それが徐々に大きくなり、唸りを上げてひとつの巨大な風となった。

　おれが生み出した風の塊は狙いを定めるように一瞬おれのそばで蠢（うごめ）き、次の瞬間鋭い空気の槍となって千歳に向かって放たれる。一瞬感じたひやりとした恐怖は、ちらりと見えた千歳の余裕の笑みによってかき消された。

『いくで特大！　全（トータル）・裏返し（リバース）！』

　轟音をまとう風に千歳の全身が包まれたかと思ったそのとき、巨大な嵐は形状を変え、千歳の腕に絡みつくようにしなやかな姿となった。一瞬で手懐（てなず）けられた透明な龍のごとく、千歳の周囲を揺らぐように一回りし、その後千歳の腕が指した方向に再び放たれる。

　おれが放ったときよりも数倍の威力を増し、辺りの空気を激しく振動させ、結界が張られた地点を目がけて突き刺さるように鋭く撃ち込まれた。

ガラスが割れるような音が響き、辺りの空気が一瞬粉々に砕けたような感覚に襲われる。

強い結界が力ずくで破壊されたときの独特の感覚だ。しばらく身体が芯から揺らぐような感じに耐えていると、涼しげな蒼を揺らしながら千歳が隣に降り立った。

「任務完了。ようやったな」

そう言ってにっと笑い、大きな手でおれの頭を撫でる。まるで子供を褒めてあやすようなしぐさにわざと顔をしかめるが、本当のところは不思議と嫌ではなかった。

漆黒から純白に、元の姿に戻った百合の花と、その気高い姿を守るように傍らで穏やかに揺れる秋桜(コスモス)を眺めながら、しばらくされるがままに千歳に撫でられる。

「………新技のネーミングセンスも、いまいちだったな」

そう呟くと、千歳は手を止めて「えー」と不満げな声を漏らした。以前に言っていたように、「裏返し(リバース)」の能力は千歳のさじ加減で様々に効力を変えるらしい。今までのように意味をひっくり返して逆の力を起こさせることもあれば、さっきのように霊力そのもののカタチは変えずに「跳ね返す」こともできるようだ。その微妙な「裏返し方」の区別や調整のために、能力の呼び出し方に少し変化をつけたのだろう。

「じゃあ天音が考えてや。抜群にカッコいいやつ」

「嫌だよ……」

「そやけどおれの技がカッコいい方が天音かってええやん。これから相棒になるんやし」

千歳はしれっとそう言うと、おれの方を振り返った。

「…………」

「『契約』の代わり、これでいいやろ」

そう言って差し出された大きな手。霊力を交わす「契約」の儀式は本来とても厳粛で、しきたりも多くて、堅苦しいものだ。「握手」を交わしてその代わりにするなんて、聞いたこともないし思いつきもしなかった。

「…………ははっ」

「え？」

思わず噴き出したおれに、千歳が目を丸くする。千歳に向かって霊力を放ったときの、少しひんやりとした汗が微かに残る掌をブレザーでぐっと拭い、おれは差し出された大きな手を握り返した。

「おまえらしく適当だな。こんな契約、聞いたこともない」

千歳はおれが笑うのを珍しそうにしばらく眺めていたが、やがてふっと微笑んだ。

「充分やろ。おれは、天音を縛りもせんし縛られもせん。手を貸したいと思ったときに貸す。それだけや」

「…………うん。充分だ」

すぐに離せるし、いつだって振りほどける。縛りも、縛られもしない。これは、言霊師と妖の「契約」ではない。

おれと千歳の、適当で簡単な、ただの「握手」だ。

肆：解けない試験問題、溶けない雪

登場する和歌

雪のうちに　春は来にけり　鶯の　こほれる涙　いまやとくらむ

雪が降っているうちにいつのまにか春が来たのだなぁ。鶯の凍った涙も、今はもう解けただろうか／二條后　藤原高子・古今和歌集

「あー……不幸だ……」

昼休みの教室。教科書を広げて数式を睨んでいた水原が、突然呻き声を上げておれの机に倒れ込んできた。おれは机上に置いていた日本史のノートを咄嗟に引き寄せる。

「不幸を呪うのは自由だけど、おれの暗記の邪魔をするな」

そう言って普段は精悍な……今は情けなく緩み切った顔を見下ろすと、水原はがばりと起き上がりおれに詰め寄った。

「だって不幸だと思わねぇか!?　モテ期とか甘酸っぱい青春のひと時は待てど暮らせど訪れねぇのに、テスト期間だけはこうもきちんとやってくるなんて！」

「……なんだ、その虚しい発想は」

「うるせぇ！　万年モテ期の天音におれの気持ちはわかんねぇよ！　あーもうこの数字地獄嫌だー……」

ものすごく理不尽な八つ当たりをされている気がするが、それに腹を立てる気も起こらないほどの打ちひしがれ具合を眺め、おれはしかたなく机の中を漁った。

「もーわかったから人の机で息絶えるな。ほら、数Bのノート貸してやるから」

そう言って取り出した青い表紙の大学ノートで、机に突っ伏す水原の頭をぽんぽんと叩くと、単純な友人はがばりと勢いよく身体を起こした。

「マジで!?　ありがとう！　持つべきものは万年モテ期で成績優秀な親友だなぁ～」

「微妙にこだわってんじゃねーよ……。貸すのはいいけど明日には返してくれよ。おれも今回あんま余裕ないから」

「え？　そうなのか？　珍しいな」

おれは神社の仕事で授業を抜かすこともあるため、その分授業に出られるときには解説や解法をノートにメモするなどして、後で自学できるようにしている。そのため、テスト前になるとこうしておれの「解説付き」のノートは、そもそも授業内容すら思い出せない友人たちの間でちょっとした人気アイテムになる。水原はぱらぱらとめぼしいページをめくりながら意外そうにおれを見返した。

「ちょっといろいろ立て込んでて……」

いつもならそれほどテスト直前に焦ることもないのだが、今回はなんだかんだで授業をサボってしまったり、体力的に追い込まれていて家で勉強する気なんていっさい起こらなかったりで、テストを数日後に控えた今日の時点でも、まだ確認するべきことは山のように残っていた。

「ふーん。天音は今日も図書室で勉強すんのか？　たまにはウチ来ねぇ？」

おれのノートであっさりHP回復したらしい水原はいつもの人懐っこい表情でそう言ってにっと笑う。おれは今日のノルマとして付箋(ふせん)を貼ったところまでの日本史の教科書のページを摘まみ、厚みを確認した。

「……悪い。やっぱ学校でやるわ。誘惑物があったら絶対に終わらない」

「えー……。真面目だなぁ……。まぁいいや、テスト終わったらぱーっと遊ぼうな」

立ち直ったらしいのはいいのだが、悲壮感と共に緊張感も潔く手放しすっかりいつもどおりの友人を眺めながら、もうひとり心配な知り合いの顔を思い出した。

「あ、天音。鬼島呼びに来たのか？」

放課後、帰り支度を済ませて図書室に向かう途中で千歳のクラスに立ち寄ると、たまたまドアのところにいた友人が当たり前のようにそう尋ねてきた。

「え。あ……まぁそうなんだけど」

「ちょっと待ってな。あいつ今日たしか日直班で……あ、いた。おーい、鬼島」

友人が教室内を見回す間に、教室の窓際でクラスメイトに囲まれている千歳の姿はすぐに見つかった。男女数人の生徒が教科書やノートを広げ、それを覗き込む千歳に何やら楽しそうに話しかけている。隣にいる小柄な女子生徒が、テストの範囲表らしきプリントを千歳に見せるようにしながらすっと身体を寄せるのが見えた。一応、「テスト前の高校生」らしき空気の中にはいるようだ。それならば心配ないかと思い、千歳を呼ぼうとする友人に礼を言って教室を出ようとすると、後ろからぐっと襟元を掴まれた。

「……ぐぇ」

それほど強い力ではないものの、追いかけてくるとは思ってなかったので油断で変な声が出た。

「『待ち』が短い！　堪え性のない奴やなぁ」

「別に待ってたわけじゃない」

大きな手を振りほどき、よれたネクタイを直しながらそう言うと千歳は肩をすくめた。

「じゃーなんで来たんや。天音の能力値の中では劇的に低い『素直さ』スキルのレベル上げるチャンスやで。ほらほら、『千歳、一緒に帰ろう❤』って言ってみ？」

「一生言わない。っていうかおれ帰らないから」

また性懲りもなく意味不明なフリをしてくる千歳を冷ややかに眺めながらそう言うと、千歳は前半部分はしれっと流して不思議そうな顔をした。

「え？　帰らへんの？」

「図書室寄って勉強していくから。おまえがテストのことわかってないかと思って気になったけど、クラスの友達に教えてもらったんなら大丈夫だろ？」

じゃあ、と言って昇降口と逆の渡り廊下に足を向けると、千歳の呑気な声が追ってきた。

「あー、なんかクラスの奴らも最近よう言ってんな。その『テスト』っていうの、なんかのイベントか？　天音も参加すんのか？　楽しそうやなぁ」

「…………」

まさかこんなタイミングで、テスト？　何それおいしいの？　的なネタを素で見ることになるとは思わなかった。まぁイベントといえばイベントなのかもしれないが……千歳流に付け加えるとしたら、もれなく全員参加、拒否権ナシ、地獄の罰ゲームリスクあり……

という注がつくのだろうか。とりあえず、おれは無言で振り返り、千歳の腕を掴んで図書室に連行した。

静かな図書室で窓際の席に陣取り、正面に座らせた千歳の手元に数学の問題集をずいと押しやる。

「──千歳。何も言わずにこの問題解いてみろ」

今回の範囲の中では中ランクくらいの難易度の問題。「テスト」の概念がわかっていなくても、要は問題さえ解ければそれでいい。「とりあえず高校生」をやっている千歳にとっては、成績上位者として注目を浴びる必要も、一年後を見越して評定を稼ぐ必要もないのだから、要は補習や追試にさえ引っかからなければいいのだ。

まぁそれだっておれが気にすることでもないのかもしれないが、こいつが大人しく補習や追試を受けるはずもないだろうし、頼んだわけではないがおれに会うために高校(ここ)に来たという最初の経緯を思い出せば、まったく放っておくわけにもいかない。

戦闘能力・家事能力の高さに次いで、学業の方も「やってみたらあっさりできる」というい、いかにもなチート展開を淡い期待として抱きながら、おれは千歳の反応を見守った。

「問題……？　なんや、これ。算術か」

おれの淡い期待に小ダメージ。概念がすでにレトロだ。

「………呼び方はなんでもいいから、ここに式書いて」

気を取り直して大学ノートとシャーペンを差し出すと、千歳はしばらくじっと教科書の問いを眺めていたが、やがて滑らかにペンを動かし出した。おれの期待値がぐーんと音を立てて伸びあがる。しかし、身体を乗り出して千歳の手元を盗み見ると……。

「な、なんだその怪しい和風魔法陣みたいな図……」

「なんや和風魔法陣て……。天音ってたまに不思議なこと言うよな。おまえが解けって言ったんやろ」

ちらりと目を上げた千歳は呆れたように言ってまた手元の作業に戻った。時々何かを思い出すように宙に視線を泳がせながら、その手が綴るのは、甲乙丙などの漢字が異様なほどずらずらと並べられた、謎の図だ。

「これ、もしかして和算か……？」

何かの古文書でたしかこんなのを見た気がする……。和算は一部では西洋数学を凌ぐとさえ言われたらしいし、ピタゴラスの定理とか、デカルトの円定理と同じ内容の定理を使った計算が残っているとかの話も聞くが、千歳の綴る式はそういう「考え方」の次元じゃなく見た目が本当に古文書に出てくるような代物だった。とりあえず、普通高校二年の数学の問題で途中式がこんなんで書かれてきたら、たぶん担当教員の目は飛び出るに違いない。そして、正解不正解を問わずなんでこんなもの扱えるのかを追及されるに違いない。

……つまり、アウト。

「ん？」

おれは黙って腕を伸ばし、ノートの上を滑る千歳の大きな手に自分の手を重ねて止めた。

千歳は不思議そうに目を上げる。

「もうちょいで解けるけど。どっか間違ってた？」

「…………間違ってるかどうかはわからない。っていうかわかるわけないだろ！　和算はダメだ！」

「は？　じゃあどうやって解くんや」

「現代日本社会の学習指導要領に沿って西洋数学で解け！　仮にも授業受けてんだろ！」

こんな暗号みたいな数式を扱えるんなら、絶対に教科書に載ってる公式使う方が簡単なはずだ。しかし千歳はあっさりと両手を挙げて降参のポーズを取った。

「あー、あれは全然わからんねん。っていうか何語？」

「日本語だ！　とにかく教えてやるからやり方おぼえろ！」

「えー……面倒くさいな。そもそも算術は苦手なんよな……。別に解けんでも困らんけど」

「たしかにおれは困らない。『テスト』でちゃんと解けないと、休みの日も千歳がひとりで学校行って勉強することになるだけだから」

頭痛がしそうなこめかみを押さえながらそう言うと、千歳は眠そうな目を見開いた。

「はぁ!?　なんやそのおっそろしいシステムは！　そんなん嫌に決まってるやろーが！」

「じゃあちゃんとおぼえろ。言っとくけどテストは全員参加で拒否権ナシ、当たり前だけどテスト中は授業みたいに誰かに教えてもらうこともできないからな」

「……はー……学校って面倒くさいなぁ……。しゃあないから本気出して……」

「勉強するか？」

「読心術を身につける」

「落ち着け阿呆。どうやったらそこまで完璧に方向を見失えるんだよ」

「くそー……こんなんおぼえてなんになるねん……」

反抗期の中学生みたいなことを言いながら、机にごんと頭をぶつけて倒れた千歳の銀色の髪を眺める。気の毒といえば気の毒だが、そもそも考えなしに高校に紛れ込んだりなんかするからこういうことになるのだ。頭の中で自分のテスト勉強の計画と千歳の特訓を合算して練り直していると、ふと入り口の辺りに見慣れた顔を見つけた。

「あ、庵」

おれがそう呟くと、千歳は机に顎をのせたまま顔だけを上げておれの視線を辿った。一年と二年は校舎が違うから学校で庵に会うことは珍しい。しかも前回の「呪いの植物園」の一件を伝えに来て以来、庵はほとんど神社にも顔を見せなかったので、こうして顔を見るのは本当に久しぶりだ。

思わず立ち上がり庵のもとに行こうとするが、すぐに庵の隣にひとりの女生徒がいることに気づいた。女生徒は庵の隣にぴたりと寄り添い、艶（つや）のある長い黒髪を揺らして笑いかけている。

　見慣れない子だと思ったが、一年生の顔なんてほとんど知らないのだから無理もないだろう。けど、親密そうな様子からしてもただの「同級生」ではないような気がした。あの庵もそういうお年頃なんだな……と近所のじいさんのような心境で微笑ましくその様子を眺めていると、おれの視線に気づいた庵が嬉しそうに微笑んだ。隣の女の子に一言二言声を掛け、そのままこちらに小走りで向かってくる。

「天音。学校で会うの珍しいね。試験勉強？」

　遠目で制服姿を見るとずいぶん大人っぽくなったように見えたのだが、こうしてにこにこと寄ってくる姿はやっぱり人懐こい猫のようだ。おれは庵と、庵の後ろでこちらを見ている女の子を見比べた。

「うん。あの子、待たせていいのか？」

　そう言うと庵は不思議そうに首を傾げた。

「たまたま一緒に来ただけだよ。図書室の場所がわからなかったんだって」

「……ふーん」

　いや、明らかに向こうは「たまたま」じゃなさそうなんだが……。我が従弟ながら純粋に鈍いなといらぬ世話を心の中で焼いていると、庵は少し視線を泳がせて呟いた。

「おれも天音と一緒に勉強したいけど……」

「……？　じゃあ、するか？　あの子がよければだけど」

そう言って俺の背後でまだこちらを見ている女の子の方にちらりと視線をやると、俺はおれの周囲を軽く見渡して少し複雑そうに微笑んだ。

「うーん……。あの子は別にいいんだけど、やっぱやめとく」

「そっか。また神社(うち)遊びに来いよ」

そう言うと俺は「うん」と言って頷き、手を振って入り口で待つ女の子のところへ戻っていった。俺の背中越しにもう一度女の子の表情に目をやると、彼女は一瞬大きな瞳を見開いた。驚いたような、もう少し言えばなんだかぎょっとしたような、何かが引っかかる表情だった。

女の子をぎょっとさせるような顔でもしているのだろうかと自分で自分を訝(いぶか)しむが、よく見ると彼女の視線は微妙におれの顔の横を通っているようにも見える。その視線の先を辿るように振り返るが、おれの背後には特に何かがあるわけではなかった。いまだに高校生活の理不尽な過酷さに打ちひしがれているらしい千歳が、だらりとだらしなく机の上に伸びているだけだ。不思議に思ってもう一度彼女の表情に視線を戻したときには、もう笑顔に戻って俺に何かを話しかけていた。ただの見間違いだろうと気にしないことにして、おれは千歳のもとに戻った。

「……俺はいいんか？」

おれが向かいの席に座ると、千歳はやっとのそりと身体を起こしてそう言った。あれだけ邪険にされながらも、なんだかんだと俺のことを気に掛けているらしい。

「友達と一緒だったし、いいだろ。それに俺はああ見えて成績はわりといいから大丈夫。おまえは人の心配してる余裕なんかないからな。ほら、教えてやるから教科書出せ」

　そう言うと千歳は不貞腐れた大型犬のように「うー」と唸ってしぶしぶペンを持った。結局日が暮れるまで、おれは千歳を宥めたりはたいたりしながら数学の公式と解法を叩き込んだ。


　翌日もその次の日も、おれは逃げ帰ろうとする千歳をとっ捕まえて引き摺っていき、図書室での勉強会を強行した。その甲斐あってかは知らないが、千歳はテスト直前の週末にはなんとか自力で章末問題が解けるまでにはなっていた。

「解けた……。もー終わり……。もー何も頭入らん……」

　最後の問題を解き終えると、千歳はそう呟いて机に突っ伏した。気力体力底なしだと思っていた千歳がこうも精根尽き果てている姿はかなりレアだろう。力の強い妖も定期テストの前では形無しか。数学ってある意味最強なのかもしれない。そう思いながらおれは自分の解いていた化学の問題の手を止めて書架のあたりを見回す。やはり、今日もふたりの姿がそこにあった。

　書架を挟んで向こう側の学習スペースに、並んで座る俺と黒髪ストレートの女子生徒。この間ここで二人に出会ってから、校内のあちこちで一緒にいる姿を見かけたり、この図書館でも一緒に勉強しているところに出会ったりしていた。

今日はまだ声を掛けていないし、二人が座っているのはおれ達のいる場所からは対角線上の位置だからたぶんこちらには気づいていない。けれどなんとなく気になって、そちらに視線が向いた。千歳は一瞬眠っていたのか、珍しく静かに身動きすらせずに机に上半身を投げ出していたが、やがてのそりと起き上がり、正面のおれをじっと眺めた。

「ちゃんとノルマはやり切ったから、寝ててもいいぞ」

なんだかんだと投げ出さずにおれにしごかれ切った千歳を労うつもりでそう言うと、千歳はふわぁと大きな欠伸をしながらぐっと伸びをした。

「おまえはこんなに過酷な学校生活を送りながら言霊師の仕事しとったんやな……」

化学の教科書にマーカーでチェックを入れながら問題を解くおれを眺め、千歳は感心したように呟いた。てっきりここまでしごかれた愚痴なり恨み言なりをこぼすだろうと思っていたおれは意外な言葉に目を瞬く。

「いや……。普段から普通に授業受けてればそこまで過酷でもないけど……」

おれは部活にも所属していないし、「仕事」も通常運転ならそれほど忙しいわけでもない。まぁ今回はたまたま仕事が立て込んでいたおかげでいつもよりは余裕がないが、それでも特に自分の生活を過酷だとか大変だとかいうふうには思ったことがなかった。

千歳はおれの戸惑ったような答えを聞いてふっと表情を緩めた。

「天音はえらいで。よう頑張ってる」

伸びてきた大きな手が、当然のように頭に触れて柔らかに撫でる。

こうして頭を撫でるのは、たぶん千歳の癖なのだろう。疲れすぎておかしくなったのか、どこか誇らしげに柔らかく微笑みながらおれの頭を撫でる千歳も、この感触にずいぶん馴染んでしまっている自分も意味がわからない。しばらく呆然としていると、千歳は頭にのせた手を一度止めて、それからふわりとおれの髪を梳いた。髪に感覚などないはずなのに、なぜか梳かれたところから一本一本が熱くなる気がしておれは咄嗟に身を引いた。

「……………っ。なに……」

「なにって、頑張ってるから褒めたんや。えらいえらい」

「褒めなくていい……っていうかそれ完全にコドモの扱いだろ……」

「そうか？　じゃあオトナ扱いの褒め方ってどんなんや？」

「知るか！」

我に返ると一気にいたたまれなくなって（一応）小声でおれは千歳に向かって吠えた。周囲には生徒はほとんどいないものの、こんな図を見られたらまた恰好の噂話のネタになってしまう。千歳の視線から目を逸らし、手元の問題集に無理やり意識を戻そうとしたとき、千歳が「あ」と呟いた。

「え？」

思わず顔を上げ聞き返すと、千歳は書架の向こうの学習スペースに目を向けていた。視線の先には、俺と女子生徒が座っていて、ふたりで顔を寄せ合うようにしてテスト勉強をしている。

「………今日も、一緒におるな」

なぜか、二人の様子をじっと眺めながら千歳はぼそりと言った。おれもさっき同じようなことを思っていたが、千歳まで俺のことをそんなに気にしていたとは少し意外だった。

「あの女の子のことか?」

「………ん。最近よう俺と一緒におるやろ」

「そうだな。すごく仲良さそうだし」

千歳が何を気にしているのかがよくわからず、おれは千歳の視線を追うようにして二人の様子をもう一度視界に収めた。たまに目を合わせて何か言葉を交わし、楽しそうに笑い合う様子は傍目(はため)には可愛らしい恋人同士みたいにも見える。

千歳はじっと考え込むように二人の様子を見てから、意外な一言を零した。

「……あの女、ちょっと気になんねん」

「………気になる?」

「んー……」

千歳はどことなく上の空の返事を返しながら、まだじっと二人の姿……というより、俺の隣にいる黒髪の女子生徒を眺めている。色白で、ストレートヘアで、切れ長の大きな瞳。いかにも古風な和風美人という感じだ。おれは俺に笑いかける和風美人と、隣で食い入るように二人の姿を眺める千歳を見比べた。そしてある可能性に思い当たる。

「もしかして、ああいう女の子がおまえの好みなの？」

そう尋ねると千歳はやっとこちらを振り返ったが、その顔には心底呆れたような表情を浮かべていた。

「……そういう『気になる』ちゃうわ。おれと同類の匂いがするって言うてんねん」

「同類って、『エセ関西人』か？」

「ちーーがーーうーー」

呻くように言いながらおれの手元に倒れ込もうとする千歳を躱し、おれは再び手元の問題集に目を落とす。さっきまで浮かんでいたはずの解法があっけなく頭をすり抜けて消え失せていた。

ため息をつき、「図書室で騒ぐな」と小声で言いながら千歳の身体を押し返す。教科書を手繰り寄せて例題のページを探すおれを横目に、千歳はもう一度俺の方に視線を移した。

「…………気のせいやったらいいんやけどな」

そう呟いた千歳の声がやけに耳に残った。


「あ、天音先輩！」

翌日の昼休み、俺の教室を探しながら一年生の校舎を歩いていると嬉しそうな声に呼び止められた。振り返ると、いつも柔道部に顔を出したときに稽古をつけている後輩が、友人たちを引きつれて駆け寄ってくるところだった。

「こんちは！　先輩がこっち来るの珍しいですね！」

試験前で部活がなくエネルギーが有り余ってでもいるのか、いつも以上に元気な挨拶と満面の笑みに思わず微笑む。

「こんにちは。ちょっと庵を捜してて」

「あぁ、バスケ部の。そういえば先輩の従弟なんですよね。たしかE組だった……かな？」

後輩の疑問形を引き取って隣にいた生徒が答えてくれる。

「E組ですよ。この廊下の突き当たりです」

「そっか。ありがとう」

「いえ！　先輩また道場に来てくださいね！」

そう言ってびしっと頭を下げる礼儀正しい後輩に手を振り、川岸の「教育」が行き届いていることになんとなく感心しながらおれは庵の教室を目指した。

「天音！」

教室の入り口で手を振ると、すぐにこちらに気づいた庵が驚いたようにおれの名を呼び駆け寄ってきた。入り口付近にいた数人の女子生徒が通り過ぎざまに庵の腕を軽く小突く。

「庵、私たち枇々木先輩に差し入れ渡したいんだけど」

小声だけど、けっこうちゃんと聞こえている。どう反応したものかと思う間もなく、庵はあっさりと答えた。

「そんなの自分で渡しなよ。言っとくけど、天音はもう差し入れ攻撃食らいすぎて防御力馬鹿みたいに上がってるから、まったく効かないとは思うけどね」

「…………」

むぐぐと悔しそうに口を結んだ女の子たちが、俺に向かって「ばーか」と口真似をするのが見えた。本気で怒っているわけではなく、なんだかんだと仲が良さそうだ。昔から、男女問わず自然体で分け隔てなく関わって友人が多いのは、俺の長所のひとつだった。

クラスメイトの脇をすり抜けておれの前に立った俺は、不思議そうに首を傾げた。

「天音はどこにいても狙われるね。それをわかっててこんなとこまで来るの珍しいけど、なんかあった？」

「……………いや、そんな自意識過剰みたいに言われても困るけど……。ちょっと、俺に話あって」

「自意識過剰じゃなくてただの事実でしょ。言っとくけど、さっきみたいな流れ弾はちょくちょくおれが弾いてあげてるんだからね」

「それはどうも……」

礼を言うところなのかどうかよくわからないが、俺がいつもどおりにおれに話しかける様子に安心した。昼休みの時間はまだけっこうあったので、俺とおれは教室を出てぶらぶらと歩きながら、一年と二年の校舎の中間地点でもある中庭に向かった。

「天音、このあいだの仕事うまくいった？」

隣を歩きながら庵が何気ないように尋ねる。何気ないように、だけど微かに窺うようなニュアンスがあった。ずっと小さい頃からおれ達の会話はだいたいいつも庵が訊いて、おれが答えるカタチで成り立っていた。だからおれは、庵の「訊き方」の微妙なニュアンスの違いがかなり細かく聞き分けられる。

「うん。庵の報告どおりだったよ」

そう答えると、やはり一瞬迷うような間の後で庵が言った。

「……あいつが、手伝ったんだよね」

聞き慣れないトーンの声。先に中庭のベンチに座り、隣をポンポンと手で叩くと庵は少し戸惑ったように視線を泳がせたが、すぐに大人しくそこに腰掛けた。

「庵は、千歳のことが信用できないか？」

「……別に、そういうわけじゃない」

「おれのことを心配してくれてるんなら、大丈夫。たしかに霊力の扱い方は対照的だけど、だからってお互いに悪影響があるわけじゃないし」

「あいつと、契約すんの？」

庵の言葉に、おれはなんとなく自分の掌に視線を落とす。千歳と交わした握手の感触が、まだそこには残っている気がする。「縛りも、縛られもしない」おれ達の関係は、たぶん庵が思っているような言霊師と妖の契約関係ではない。

「おれはしようとは思わない。たぶん、向こうもそうなんじゃないかな」

確証があるわけではないけれど、正直千歳の力を目の当たりにするたびにその感覚は現実味を帯びてくるようになった。

妖が言霊師や霊能者と契約を交わすのは、多くの場合その力の一部を得るためだが、それにしてはおれと千歳の持っている力にはそもそもの差がありすぎる。

すでにおれよりも圧倒的に強い力を持ちながら、今さらおれと契約することのメリットが千歳にはほとんどないのだ。

正直、千歳がおれに手を貸してくれることも、いまだに理由はさっぱりわからない。それでも、おれはあのとき千歳の手を自分の意志で握った。おれにしては珍しく、今はその事実だけでいいかなと思っている。

「……契約する気もないのに、なんで天音のそばにずっといるんだ」

おれの心の内を見透かすように、庵は腑に落ちない表情で訊いてくる。

「うーん……。それはおれにもわからないけど。でも、わからなくても今はいいかなと思ってる。わかったら、そのときにはちゃんと考える」

そう言うと庵は意外そうに目を瞬いた。別に千歳の話をしに来たわけではなかったのだが、やはり庵が引っかかっているのはそこらしい。

「天音がそんな風に言うの、初めてだね。……理由もわからないのに、突き放そうとしないの、初めて」

「俺？」

「……おれ、もう少し霊力を扱えるようになるかもしれない」

ぼそりと何かを呟いたあと、俺は仕切り直すようにぱっと顔を上げてそう言った。唐突な内容に、根拠のない嫌な予感が頭の隅に微かに顔を出す。

「……どうして？」

「最近仲良くなった友達がさ、陰陽師の血筋らしくて、そういうのすごく詳しいんだ。本人も少し霊力を扱えるみたいだから、いろいろ教えてもらおうと思って」

「それって、一緒に図書室に来てた子か？」

「そうだよ」

「……大丈夫、なのか？」

陰陽師の血筋……というのもイマイチぴんと来ない内容だった。

それが本当なら、おれや祖父の耳に名前くらいは伝わってきそうなものなのに、おれは彼女に見覚えがない。しかも、急速に俺と親しくなったのはなぜなのか。漠然とした小さな違和感はぱらぱらと見当たるものの、どれも決定的でないこと自体が引っかかる。しかし、「本当は妖なんじゃないのか」と尋ねたところでどうにもならないこともわかっていた。だって、おれのそばには千歳がいる。

諸々を頭の中で中途半端に咀嚼した結果、ものすごく曖昧な形になったおれの問いかけに、俺は苦笑した。

「それ、天音が訊くの？」

「…………」

　俺の言葉に、はっきりとした苦々しさを感じておれは口を噤んだ。やっぱり俺には見透かされている。おれが俺にぶつけようとしているこの漠然とした不安は、千歳がそばにいることを受け容れているおれ自身に向けられた俺の不安と同じだということを。だとしたら、それを撥ねつけたおれに、俺の行動を制限する権利はない。

「おれにいろいろ言う権利はないけど……心配、だから」

　しかたなくそう言うと、俺は表情を和らげた。ポケットの中をごそごそと探り、取り出したミントタブレットのケースをおれの手に握らせる。

「うん、ありがと。でも別に大丈夫だよ。それより天音、絶対寝不足でしょ。午後から居眠りしないで済むように、それあげる」

「……………ありがとう」

　掌の上には、涼しげな色合いの四角いケース。きゅっと握ると、カラカラと可愛らしい音がした。昔はミントの味がすーすーして辛いから嫌だと言っていたのに、食べられるようになったんだなと思うと口元が緩んだ。

「なに、笑ってんの」

「いや、俺がミント味食べられるようになったんだなーって、成長を感じて」

　正直にそう言うと俺はあからさまに顔をしかめた。

「はぁ？　なんなのその子ども扱い。歳なんかいっこ違うだけだろ。いつまでも弟扱いしないでよ」

「そう言われてもな。なんとなくこう……じいちゃんが孫の成長をしみじみと感じるような……」

「…………弟どころか、孫なの？　たまに思うけど、天音って落ち着いてるを通り越してもはや隠居老人だよね……」

「うーん。そうかもしれない」

頬を膨らませた不満顔の俺が可笑しくて、おれは笑いをこらえながらタブレットを二、三粒掌に出し、口に放り込んだ。優しめのミントの香りがすっと頭の中を通り抜ける。

「…………はぁ。否定くらいしなよ」

呆れ声でそう言った俺は、立ち上がって制服のズボンを軽くはたいてから、校舎に向かって歩き出した。

「俺。困ったことがあったらちゃんと言えよ」

俺がくれたミントの涼やかさが、今日一番言いたかった言葉を後押ししてくれた。俺はちらりとこちらを振り返って複雑そうに微笑んだ。

「…………天音こそ」

いつから、俺はこんな大人びた表情をするようになったのだろう。チャイムが鳴ったので口の中に残るタブレットを噛み砕くと、少しの苦さが舌に残った。

「千歳、明日課題の提出あるからな」

「へいへい」

試験の前日、図書室で最後の確認を終えたおれと千歳は、並んで神社までの道を歩いていた。テスト当日に提出、という課題がいくつかあったのを思い出して念を押すと、千歳は欠伸混じりに返事をする。

「適当な返事だな……明日寝坊すんなよ？」

「いや、天音には言われたくないけどな……。おまえの寝起きの悪さもなかなかやで」

おれが弱っていたときに、何度か休日の朝から現れて朝食を作ったり掃除をしたりしてくれていた千歳は、しっかりと余計なことをおぼえている。

「学校がある日はちゃんと起きてるからいいんだよ」

「さよか。あー、眠いし、身体も動かしたい。ちょっと鍛錬でもして早よ寝よ」

「……おまえって、妖のわりにちゃんと寝てちゃんと食べるよな……」

「なんや、それ。妖差別か？　おれは規則正しい生活を好むまっとうな妖やで」

「何がどうまっとうなのかはわからんけど、まぁ……別にいいんじゃないか」

意味不明なポイントに胸を張る千歳に呆れながらも、「なんとなく」の自分の気づきに小さく驚かされる。

千歳が普段どうやって暮らしているのかとか、今までどんな生活をしてきたのかとか、そんなこと最初はまったく気にならなかったし、考えてみたこともなかったのに。

「またそういう興味なさそうな返しを……。天音が話ふったんやろーが」

「え。興味なくないけど」

呆れ声で言われ、咄嗟にそう答えてしまった。千歳はおれの言葉を聞いて驚いたように目を瞬く。

「興味なくないん？　妖の生活スタイルについて知りたいんか？」

「え……いや別にそんな民俗学的な研究をしたいわけでは……」

なんだか妙な方向に解釈され、テスト前に余計なレクチャーを受けるのも本意ではないのでやんわりと否定すると、千歳はそんなおれの様子を見て微かに口角を上げた。

「じゃあ、おれのことに興味あるんか？」

「………あるとは言ってない。じゃあな」

ちょうど鳥居の前まで来たので、これ幸いと無理やり会話を切り上げておれは千歳に背を向けた。背中から、「ないとも言わへんねんな」という楽しそうな千歳の声が聞こえてきた。


その夜、適当に夕食を済ませ、そろそろ寝るかと思ったときにテーブルの上に放り出していたスマホが振動した。

おれはテスト前日には早く寝たい主義なので、就寝前と言ってもまだそれほど遅い時間ではなかったが、それでももう外はとっぷりと夜の闇に覆われている。

てっきり友人の誰かからのメッセージか何かかと思ったのだが、見ると意外な人物からの着信だった。通話につないだ瞬間、慌てたような声が飛び込んでくる。

『もしもし、天音くん？』

「叔母（おば）さん、こんばんは。……どうかした？」

電話の相手はおれの叔母……俺の母親だ。いつもは明るく快活なその声が妙に焦りを帯びていることが、続きの言葉を聞くよりも前に、おれの体温をじわりと奪い、喉元で感じる鼓動のリズムをいたずらに速める。

『あのね、庵が帰ってこないんだけど、天音くんのところに行ってたりしない？』

「…………来てないよ」

そう答える自分の声がひどく遠くで響いた気がした。叔母が次の言葉を紡ぐまでの一瞬が異様に長く感じられる。

『…………そう。あの子も小さい子じゃないんだし、ちょっと遅いくらいはと思ったんだけど……最近ちょっと、様子がおかしかったから』

「叔母さん、庵のスマホは？」

『それが……一度帰ってきたみたいでスマホも荷物も全部、家に置いてあるの……。どこかに遊びに行くにしても変だから、いつもみたいにふらっと天音くんのとこに行ったのかと思ったんだけど』

「…………」

どくんどくんと体内を打つ早鐘が、不安で揺れている叔母の声をかき消してしまいそうで、おれはスマホをぐっと耳に押し当てた。

俺は、連絡もなしにこんな時間までふらついて、意味もなく家族に心配をかけるようなことをしない。それは叔母も、おれも知っていることだ。だから返すべき言葉が見つからなかった。自分の心臓の音を振り払うように顔を上げ、息を吸う。

「叔母さん、今からおれも俺を捜す。叔母さんは家にいて、叔父さんに連絡とってこの近くを捜してもらって。何かわかったら必ずおれに連絡してほしい。……特に、人間相手じゃなかったら、おれが行くまで絶対に手を出さないで」

そう言うと、叔母は一瞬言葉を詰まらせたが、すぐにしっかりとした声で「ありがとう。でも、無理をしないでね」と答えた。

俺の母親は枇々木家の出身だが、霊媒の能力はほとんど持っていない。それでも、おれを含めた一族のことはよくわかっていて、幼いころからおれの理解者のひとりでもあった。

たぶん、おれに連絡をするのを彼女は躊躇ったのだと思う。おれの「力」も、おれが「言霊師」としてすでに独り立ちしていることもわかっていて、それでも俺を捜させることを躊躇った叔母の優しさがスマホ越しの声から感じ取れた。

そして同時に、その葛藤の上で叔父や警察よりも先におれに連絡をしてきた彼女の「勘」が、おれと同じ結論に向かっていることを強く感じさせた。

おれは電話を切り、スウェットのまま手近にあった上着だけをひっつかんで家を出た。

微かに月明かりが零れるだけの真っ暗な境内で、スマホの地図アプリを立ち上げる。おれの勘は嫌な方に嫌な方に想像を膨らませるだけで、庵の居場所についてのヒントは一切閃いてくれない。ダメ元でこの付近に「陰陽師」に関わる場所がないかどうか探してみるものの、まったく掠りさえもしなかった。

もしこの「予感」が当たっていて、庵が妖の力によって連れ去られたり隠されているのだとしたら、おれが闇雲に走り回って見つけられるはずがない。暗闇に押しつぶされるように、不安が全身にのしかかってくる。

気づけば、応えるはずのない暗闇に向かって、おれは咄嗟に声を振り絞っていた。

「…………千歳……っ」

こんなところで千歳を呼んだって、あいつに届くはずがない。

おれは、千歳が普段どこに住んでいるのかも知らないし、いつ眠っているのかも、何を食べているのかも、どうやっておれの前に現れるのかも何も知らない。

それでも千歳の名を呼んだことで、微かに呼吸のしかたを思い出したような気がした。

ぐっと唇を噛んで顔を上げると、頭上でざわっと樹々が揺れた。

葉が擦れ合う音がして、ふっと月明かりを遮るように影が落ちる。

「どうした？」

「…………え？」

目の前には、ぼんやりと浮かび上がる背の高いシルエット。暗闇のせいかいつもより少し落ち着いて聴こえる声は、相変わらず不思議なイントネーションで言葉を紡ぐ。

「なんやそのバケモノ見たような顔は……。天音が呼んだんやろ？　それにしてもようわかったな、おれがいんの」

「…………わか……らなかったけど」

「え、だって今呼んだやろ？」

「…………今のはなんか……つい、咄嗟に……」

「…………」

千歳は驚いたように目を瞠った。暗闇の中でも色を失わない緑の光がゆらりと揺れる。

「……なんかあったんか？」

しばらく黙っておれを眺めた後、千歳は心持ち低い声でそう尋ねた。

おれは混乱した頭をどうにか回転させ、油断すると焦りで掠れそうな声を振り絞る。

「庵がいなくなった。やっぱりあの女の子が妖だったのかもしれないけど……庵の居場所が、おれにはわからなくて……」

「天音。ちょっとじっとしてて」

そう言うと千歳はおれの後頭部に手を当て、そのままぐっと引き寄せる。

おれの首筋に顔を埋めるようにして、すっと息を吸った。

「……………なに……っ」

突然近づいた気配に驚いて、とっさに身体を引こうとすると大きな手に力が籠もり、いとも簡単におれを拘束する。耳元で、暗闇に溶け込むような静かな声が聞こえた。

「もうちょい。天音と、俺の匂いはよく似てる。ちゃんと探したるから、おまえの匂い、おれにおぼえさせて」

そう言って、千歳は鼻先をおれの耳元に擦りつけるようにしながら顔を寄せる。

たしかにおれと俺は血縁者だし、そもそも特殊な一族ではあるし、よく似た「匂い」というのもあながちないわけではないのかもしれないが……新たに垣間見る千歳の「妖」の顔に、ただでさえ混乱している頭はとうてい追いつかず、潔く回転を止める。

しばらくすると千歳の身体が離れ、大きな手が頭に触れてぽんぽんと軽く叩かれた。

「びっくりさせて悪かったな。ちょっとそのまま待っとき」

そう言うと千歳は地面を蹴って夜空に溶け込むように高く跳躍した。ぼんやりとした月明かりに、羽織をはためかせながら宙に留まり、周囲を見回す背の高いシルエットが照らされる。しばらくすると、千歳は音もたてずにおれの近くに舞い降りた。

「俺のところに連れていく。大丈夫か？」

はっきりと頷くと千歳はおれの腰に腕を回し、ぐっと引き寄せると再び強く地を蹴り、いつかのようにおれを抱えたまま高く跳び上がった。

「ちょっとスピード上げるから、目瞑っときや。酔ったらまともに闘えへんやろ」

「車にも酒にも酔ったことないし、酔う気もしない」

おれに気を遣うよりも、早く庵のもとに辿り着いてほしいという気持ちを込めてそう言うと、千歳は苦笑した。

「……なんやその変な自信は。おれは車でも酒でもないけどまぁええわ。しっかり掴まっときや」

千歳がそう言ったのと同時に、身体のまわりの重力が根こそぎ奪われたような奇妙な感覚に襲われた。一瞬で、闇を一直線に切り裂くように視界が変わる。自分の身体が風を切る音すら、拾うのが追いつかずに遥か後ろに取り残していく。自分の向かう先を見ようとするが、瞬きをした次の瞬間には切り離されたように景色が変わっているものだから、次第に自分の思考も切り離されていくようにわけがわからなくなってきた。

忠告どおりに目を閉じ、千歳の身体に回した腕に力を込めると耳元でふっと小さく笑う声が聞こえた気がした。

しばらくジェットコースターとエレベーターと遊園地のコーヒーカップを合体させたような奇妙な感覚に耐えていると、不意に風の音がきちんと聞こえるようになった。無意識に詰めていた呼吸も次第に戻ってくる。耳元で千歳の羽織が風に煽られる音がして、顔を上げると整った顔がすぐそばにあった。

「停止の前はきちんと減速。もう着くから、深呼吸して感覚戻しといてや」

「……千歳は急には止まれない、んだな」

「そういうこと。おれは急ブレーキ対応可能やけど、それしたらおまえは一時間くらい立ち上がれへんからな」

「…………お世話かけます」

「ん？　珍しく殊勝やな。心配せんでも、そもそもこのスピードに耐えられてる時点で充分普通ではないで。やっぱり枇々木の一族は人間やない」

「断定すんなよ……。じいちゃんはともかくとして、おれはまだ人間でいたい」

そう言うと千歳は間近からおれの顔をじっと見て、安心したようにふっと笑った。

「……よし。いつもの感じに戻ったな」

「……ありがと」

「降りたらすぐ動けるな？　わりと強い妖の気配がある。天音に似た匂いも同じ場所から微かにする」

「わかった。大丈夫、ちゃんと落ち着いて闘える」

「それでこそ天音や。おれもちゃんと手伝うからな。どんな奴か知らんけど、この数日の『テスト』に対する鬱憤を全部ぶつけて晴らしたる」

「むちゃくちゃ個人的な八つ当たりだな……」

相変わらずなマイペースぶりに脱力しかけたとき、足がとんと地面に触れる。

周囲には鬱蒼とした樹々が生い茂り、葉が風に煽られ鋭くぶつかり合う乾いた音が響く。

月明かりに照らされて幻想的に浮かび上がるのは、見慣れない竹林だ。

　身体に回されていた千歳の腕がするりとほどけ、自分の両足で地面を掴むと一瞬だけ頭の中がぐらりと傾いだが、すぐにいつもの感覚が戻ってきた。千歳の絶妙な配分に感心していると、前方から異様に冷たい空気が漂ってきた。

「やはり、そなたが手を貸していたのだな」

　頭の中に直接響くような、妖艶で冷たい声。竹林の奥の方に、純白の着物に身を包んだ美しい女性が佇んでいた。

　雲が晴れ、かなり鮮明になった月明かりに浮かび上がる黒髪は艶やかで地に着くほど長く、透き通るほどの白い肌に、血に染まったような紅い唇が愉しそうに歪められる。いかにも妖特有の、思わずぞっとするような美しさだったが、その瞳だけはどこか幼く、そして見覚えがあった。

　図書室で、廊下で、中庭で……見かけるたびに俺に笑いかけていた、あの瞳だ。

「やっぱりはこっちの台詞やな。さっさと庵を返してもらおか」

　彼女の視線はおれの脇を通り抜けて、隣に立っている千歳のもとに注がれている。この感覚にも、おぼえがあった。図書室で最初に会ったとき、ぎょっとしたような目でおれの方を見た視線。辿った先には何もなく……千歳が机に突っ伏していただけだった。彼女は最初から、千歳を見ていたのだ。

「なぜ、そなたがあの者を取り返しに来るのだ」

「そんな理由をなんでおまえが知る必要があんねん。どっちみちもう来てもうたわ」

千歳が面倒くさそうに言い捨てる。寒気がするほどの美女、もとい強力な妖を目の前にしても、千歳のマイペースぶりは変わらない。ついでに、緊張感のなさも変わらない。

すさまじいほどの冷気と威圧感を惜しげもなく放ち続ける妖と、会話すら面倒そうなただの試験ストレスフルな天邪鬼。

この異様な温度差の中で自分のテンションをどっち寄りに保てばいいのかを完全に見失ったおれは、とりあえず庵の姿を捜そうと周囲に目を凝らした。

「…………っ！」

竹林に降り注ぐ月の光が、突然ある一点で鋭くきらめく。

おれと千歳の立っている場所からは少し距離のある、妖の陰になっている部分に透明な、宝石のような塊が見えた。さっきから周囲に漂っている、肌を刺すような冷気が嫌な予感を助長する。咄嗟にポケットに押し込んでいたスマホを取り出して簡易のライトを起動し、光の強さを最大にして前方を照らした。

純白を纏った妖の後ろに、静かに目を閉じ、穏やかに眠っているように佇む庵の姿が見えた。そしてその姿を覆う、月の光を受けてキラキラと輝きを零す、巨大なクリスタルのような……氷の塊。

「……庵！」

咄嗟に叫び走り出したおれに向かって、妖がその美しい表情を崩しもせずに一本の指を向ける。次の瞬間、指先から鋭い氷の刃が放たれた。しかたなく一度踏みとどまり竹林の中に跳び込むと、妖が放った氷はさっきまでおれがいた場所に鋭く突き刺さり、一瞬で空気中に溶けていった。

正面からは近づけなそうなので竹林の中から別のルートを探るが、まだ闇に慣れない眼ではこの鬱蒼とした樹々の間を抜けられる気がしない。しかし、せめてもう少し近づかなければおれの霊力では俺も、おそらく術の「本体」であるあの妖自体も捉えきれない。

落ち着こうとするほど氷漬けにされている俺の姿が浮かび上がり、焦りで思考が霧散する。妖はおれの方に憐れむような目を向けた。

「……所詮、無力」

再びすっと指が動き、おれの周囲の空間を捉える。

少し遠い距離が、一瞬の視線や息遣いを読ませてくれない。放たれた瞬間にイチかバチかで動いた方向に、きっちり鋭い光が追いついてきた。やっぱりおれの「勘」は当てにならないと地味にへこむが、あんなものを一発食らったくらいで立ち止まるわけにはいかない。

とりあえずダメージを最小限に抑えるべく腕を盾にして備えるが、予期した衝撃は訪れなかった。顔を覆う腕の隙間から窺うと、いつの間にかすぐそばまで来ていた千歳がおれの前に立ちはだかり、こともあろうに二本の指だけで氷の刃を受け止めている。

「俺に、えらい悪趣味なことしてくれてんな。風邪でも引いたらどうするん？」

「……そんな次元の状況なのか？」

「悪趣味」にはおれも異論はないのだが、後に続いた内容がえらくライトだったので思わず怪訝な声が出た。千歳は指で挟んだ鋭い氷を一瞬で砕き、おれの方に視線を向けた。

「あいつは『雪女（ゆきめ）』。俺が閉じ込められてる氷の塊はあいつの『術』や。すぐに命を奪うようなもんではないけど、このまま放っといたら、俺の生命力はあの氷ごとあいつに喰われてまう。はよ助けたらんとな」

「………絶対、喰わせたりなんかしない」

怒りを込めて前方の妖を睨みつけると、妖はおれをちらりと一瞥してつまらなそうに呟いた。

「………ふん。まさかとは思ったが、やはりその人間に加担しているのだな」

それから、もう一度おれの隣に立つ千歳に目を移す。

「しばらく大人しくしていたかと思えば、こんなところでこんな小童（こわっぱ）に使われているとは……。そなたほどの妖が、ずいぶんと落ちたものよ」

「ふーん。おれのこと知ってんのか」

「………そなたの名を知らぬ者など妖の中にはそうそういまい」

「ずいぶんおれを買ってくれてるみたいやけど、そこまで言うんやったらもうちょい警戒しといた方がいいんちゃう？」

不敵に口角を上げた千歳は、突然おれの腕をぐっと引き寄せた。

「おれほどの妖が選んだのが、こいつやで。おまえごときが、見くびらん方がいい」

蒼白な女の顔が悔しそうに歪められる。千歳は腕を引き寄せた勢いで一瞬おれの耳元に顔を近づけ、短く囁いた。

「熱で溶かすと庵が危ない。本体狙って『雪解け』を起こさせるで」

「…………わかった」

頭の中で「武器」になりそうな和歌を引き出す。雪女はおれを冷ややかに見つめた。

「……ふん。勝手なものよ。この者が誰のせいで苦しんでいたかも知らずに」

雪女は冷たい視線だけを動かし、氷の中に囚(とら)われて眠る庵を眺める。

「…………なに？」

「この者は、おまえの力になれぬと嘆いておった。力を持たぬ自分はおまえの役には立てぬと。だから、わたしの霊力に惹かれたのだ。この者を追い込んだのは、おまえ自身ではないのか」

「……っ」

冷ややかなその問いかけが、最近の庵とのやり取りを蘇らせる。

見慣れない表情、聞き慣れない声。それを庵にさせていたのは、きっとおれ自身なのだ。

「……おれの、せい……」

そう呟きかけたとき、いきなり後頭部をはたかれた。

「……痛(いった)っ」

わりと強めの衝撃に、咄嗟にはたかれた場所を庇って隣を睨むと、千歳はおれをじっと見て落ち着いた声で言った。

「おい、天音。しっかりせんか。誰よりも俺のこと知ってるはずのおまえが信じてやらんでどうすんねん」

「………」

「俺が、おまえが悲しむようなことするはずないやろ。ただ純粋に、おまえの力になりたかっただけや。それを利用したのが誰なんか、惑わされんとちゃんと見ろ」

「…………わかってる」

「あいつぶっとばして、俺を連れて帰るぞ。そんでちゃんと言ってやれ、『霊力がなんぼのもんや』ってな」

「……霊力が必要ないって言うために、霊力で闘えってか」

「そうや。そういうのは持ってるもんが言うから説得力があるんやぞ」

しれっと言い切った千歳に、思わずおれまで緊張感の糸が緩む。

「相変わらず適当な理屈だな……」

「おれの適当さなんかそろそろ慣れたやろ。俺ほどじゃないにしても、けっこう短期集中の濃いつき合いやんか」

余裕の表情でにっと笑った千歳を眺め、おれは小さく息を吸った。

大丈夫。大事なことは、もうわかった。

「…………胸焼けするほどな。行くぞ！」

同時に地を蹴る。

正面から放たれた霊力の塊を躱し、おれ達は二手に分かれた。千歳は重力を無視したような跳躍で入り組む樹々を足場にしながら跳び回る。縦横無尽に、ランダムな動きで的を絞らせないつもりだ。

雪女は霊力で氷の塊を次々と作り出し千歳に向かって放つ。鋭利な刃物のような氷の槍が四方から千歳を狙うが、はためく羽織の裾にすら掠っていないようだ。段々と氷の放たれる速度が増してくると、それを躱す千歳の動きもおれの目ではほとんど追えなくなった。

時折樹々の葉ががさりと大きな音を立てるのが、おそらく千歳が知らせてくれている「居場所」の合図だ。

おれは耳で千歳の位置を掴みながら、相手の攻撃を避けるために細い木々の間を縫うようにして走った。雪女はちらりとこちらを見て何度か氷を放つ指先をおれに向けたが、そのたびに忌々しそうに舌打ちをしてまた頭上に視線を移した。どういう仕組みかはわからないが、千歳が氷による攻撃をほとんど自分の方に誘導してくれているようだ。

時々流れ弾のように飛んでくる鋭い破片を注意深く躱しながら走り続け、遂におれの霊力で捉えきれるほどの距離に近づいた。

「俺は君を怖がらなかった！　妖だからって、むやみに遠ざけようとしなかった！」

留め金を外さなくても、勝手に溢れ出てきそうな怒りをぐっと押しとどめる。

代わりに雪女の目を見て言い放つと、彼女の少しだけ幼い瞳が微かに揺れた。

「………っ！」

細く白い指先から、氷まじりの霊力の波動が放たれる。これだけ近づいてしまえば、相手の動きを読むのは容易(たやす)かった。横に跳んでそれを躱すと同時に、受け身の勢いを利用して背後に回り込んだ。少し先に、月の光が宝石のように零れて撫でる、氷に包まれた庵の姿がある。

『俺は返してもらう！　……現実(リアル)！』

喉元に熱がのぼる。おれがこの力を持っていることが俺を追い詰めたのだとしても、自分勝手に俯くわけにはいかない。それならせめて、おれはこの力の使い方を誤らない。今は、俺を助けるために使うだけだ。

目を見開いた雪女の頭上に、夜の帳(とばり)よりも鮮やかな青色が降りてくる。おれは暗闇の中でも見失わない二つの鮮やかな若葉色の光を見返した。

「千歳、跳ね返してくれ！」

「りょーかい」

宙で動きを止めた千歳は、おれの霊力を受け止めるべく腕を大きく広げる。

『雪のうちに　春は来にけり　鶯(うぐいす)の　凍れる涙　いまや解(と)くらん！』

おれの周囲の冷気がふわりとほどけ、雪女が放った氷の粒が鮮やかな桃色の花びらに変化する。暖かな陽だまりのような球体が、千歳の周囲の空間をめがけて放たれた。

『全・裏返し！』

千歳の声が轟くと同時に桃色のガラス玉のような霊力が弾け、巨大な鳥の姿となって雪女に向かう。鶯の羽のようにも、千歳の瞳の色のようにも見える美しい若葉色の光の筋がほとばしり、彼女が纏う純白を染め変えるように、辺りが一瞬の春色に包まれた。

暗闇に慣れた目に、強すぎる光が突き刺さる。咄嗟に顔を覆った腕を下ろすと、雪女がいた場所には一輪の梅の花が落ちていた。

「………………消えた？」

「あるべき季節に還ったんや。完全に消えたわけやないけど、しばらく……今年の冬くらいは大人しくしとるやろ」

「………………」

おれと千歳が放った霊力の残像が姿を変えた、春を告げる梅の花。この花が愛らしく健気に咲くのは、きっと冬の厳しさを知っているからなのだろう。

ブレザーのポケットに小さな花をそっと入れ、庵のもとに駆け寄る。閉じられた庵の目元に手を伸ばすと、一瞬で巨大な氷が砕け散り、庵の身体はふわりとおれの腕の中に倒れ込んできた。しっかりと抱きとめた庵の身体は思っていたよりもずっとちゃんと温かくて、耳元ですーすーと穏やかな寝息が聞こえる。

安堵の息を吐きながら、相変わらずふわふわの庵の髪をくしゃりと撫でた。

「……んー……」

　おれの布団で眠っていた庵の微かな声が、真夜中の時間を刻む秒針の音に重なる。おれが覗き込むと、重そうに瞼を押し上げた瞳がはっきりと開いた。

「庵、だいじょ……」

「天音！　大丈夫⁉」

　がばりと勢いよく上半身を起こした庵の声に、おれの隣で柱にもたれて舟をこぎかけていた千歳の目がぱちりと開いた。

「……………え？　おれ？　大丈夫……だけど」

　どう考えても今のはおれの方の質問だろうと思うのだが、庵の真剣な表情と声色に押し負けたおれはとりあえずそう答えた。

「………………よかった。おれのせいで天音がケガしてたら、どうしようかと思った……」

　庵はそう呟いて、目元を隠すようにぐっと擦った。千歳がふっと微笑み、おれの背中を軽くぽんと叩くと、立ち上がっておれの部屋を出ていった。

　おれは、目の前で俯く庵の頭に手を伸ばし、優しい色合いの髪をぎこちなく撫でる。

「…………おれは、庵が思ってくれてるようなすごい『言霊師』じゃない」

　そう呟くと、庵は顔を上げた。

赤い目元が、いつもおれのそばで泣いたり笑ったり怒ったり、くるくると表情を変えていた姿を思い出させる。庵がおれの「力」を「いいなぁ。すごいなぁ」と言ってくれるように、もしかしたらそれ以上に、おれには庵のそういう素直さが眩しかった。キラキラして、あったかくて、いつだって大切だった。

「力を……持っててよかったと思うのは、それで庵を助けられたからで……だから、もし……」

もしおれに、こんな厄介な力がなくても、きっと庵に助けてもらいたいことはいっぱいある。庵を助けたくて必死になることも、変わらないだろう。

おれは、自分の中に在るものに無責任になるわけにはいかないから、この力を投げ出したり、目を逸らしたりすることはできない。

だけど、どんな自分であったって、大事にしたいものはきっと変わらないはずだ。

相変わらず頼りなく紡がれるおれの言葉を、庵はじっと聞いてくれていた。どう言えばいいのかわからなくて言葉を切ると、庵は身体を乗り出してふわりとおれに抱きついた。

「…………庵?」

「…………ありがとう、天音。おれ、ちゃんとわかった。天音がおれに伝えようとしてくれてること、ちゃんとわかったよ」

庵はおれの耳元で嬉しそうにそう囁く。意外としっかりとした腕に抱きしめられながら、おれは目を瞬いた。

「……ちゃんと言えてないのに？」

「あたりまえでしょ。おれを誰だと思ってんの？　天音の言葉足らずなんて今に始まった話じゃないし、おれには昔から『天音翻訳機』が搭載されてるんだから」

　庵は鼻声で、でも得意げにそう言ってさらにぎゅうぎゅうとおれを抱きしめる腕に力を込める。おれと千歳が放った春色の霊力の残り香か、柔らかな髪からは仄かな梅の香りがした。

「………だから、ちゃんとわかる。手の掛かる弟分だけど、これからもよろしくね」

　庵が、本当におれの言いたいことを全部読み取ったかどうかはわからない。

　でも、迷いのない声で告げてくれた言葉におれは微笑んだ。こうして、庵が元気で笑顔でいてくれる限り、少しずつでも伝えていけばいいのだ。そうできることにただただほっとして、嬉しさが込み上げた。

「弟扱いは嫌なんじゃなかったのか？」

　中庭での拗ねたような呆れたような表情を思い出して笑い混じりにそう言うと、庵はおれを抱きしめていた腕を解いて、正面からじっとおれを眺めた。

「嫌だよ。でもまぁそれを返上するには時間かかりそうだからね……。とりあえずは孫よりはマシと思って甘んじてあげるだけ」

「？」

「ぶっ。孫ってなんや。庵、おまえ孫扱いされたんか」

不意に噴き出さんばかりの声が頭上から聴こえ、顔を上げるとしばらく席を外していた千歳が戻ってきて、部屋の入り口からおれたちを眺めていた。

「……………うるさい。一応お礼言っとこうと思ってたのに、なんで嫌なタイミングで戻ってくるわけ？」

「あー、悪い。おれの『おもろいことセンサー』が反応してしまってな。ってそれより、庵の両親もうすぐ着くって。天音のスマホにメッセージ来たで」

「あ、ありがと」

術の影響がないかどうかを見極めるために、とりあえず神社（うち）に戻ってきたのだが、同時に庵の両親にも連絡を入れて無事を知らせ、こちらに向かってもらっていた。その連絡を伝えるために戻ってきたのだろう。相変わらず眠そうな表情で、千歳は入り口の柱に寄りかかり大きな欠伸をした。

「あーあ。絶対ふたりにめちゃくちゃ怒られるよ。特に母さんはおれに警戒心がないっていっつも言うんだ。『妖がすべて悪いわけじゃないけど、あんたは見極めるってことを知らないからだめなのよ』って。それっておれに人を見る目がないってこと？　失礼じゃない？」

母親の口真似をしながら、庵が憤慨したようにおれに詰め寄る。どうやら、すっかりいつもの調子に戻ったようだ。

「見る目がないっていうより、庵が全部受け容れちゃうから心配なだけじゃないか？　ほら、今回みたいにたまたまタイミングとか……運が悪いことだってあり得るだろ」

「たしかにそうかもしれないけど……じゃあそういう天音はどうなんだよ？　見る目があるって言える？」

そう言いながら俺はちらりと千歳を見やる。入り口の柱に寄りかかって今にも眠りに落ちそうな「規則正しい生活推し」の天邪鬼は、俺の視線を感じたのか「んあ？」とすでに寝ぼけた声を上げてこちらを見た。

「………ちょっと自信なくなってきたな」

相変わらず緊張感のない様子に苦笑しながらそう言うと、俺は「ほら」と勝ち誇ったように言って千歳を眺めた。それでも、千歳を見る俺の目は以前とは少し違う。それがなんだかくすぐったくて、嬉しかった。

「ん？　なんか楽しそうやな」

自分が流れ弾に当たっているとも知らず、千歳は呑気に目を瞬きながらそう言った。思わず俺と目を合わせると、俺はふっと微笑んだ。

「……でもおれは、おれの見る目は確かだと思ってる。おれの大事な人は……やっぱり、すごい人だから」

「？　そうなのか？」

突然大人びた表情でそう呟いた俺に首を傾げると、千歳がぐっと伸びをしてから俺の方を向き、にっと笑って頷いた。

「そうやな。庵の見る目は確かかかもしれん」

「……そこで共感されると複雑なんだけど、一応感謝はしてる。……ありがと。それに、まぁ……おまえも、人を見る目だけはあるんじゃない」

「お、遂におれを認めてくれたんか」

「『だけ』って言っただろ。調子に乗るな」

ぴしゃりと千歳に言い返した庵は、布団から出て立ち上がると、おれと千歳を交互に眺めてからおれの方をぴっと指さした。

「つまり、見る目がないのはこの中で天音だけだよ」

「…………そうかもな」

おれが笑いながらそう言って千歳の方を向くと、千歳はどこか腑に落ちないような表情を浮かべた。

「ん？　なんか回りまわっておれが一番褒められてない気がすんねんけど、気のせい？」

「気のせい気のせい」

そう言って笑う庵は、やっぱりおれが一番よく見てきた、いつもおれをほっとさせてくれた、あったかくて優しい笑顔をしていた。

伍：祖父の帰還

登場する和歌

我を待つと　君が濡れけむ　あしひきの　山のしづくに　ならましものを

――私を待っている間にあなたを濡らしたという山の滴になって、あなたと一緒にいられればいいのに／石川郎女・万葉集――

夕暮れ時のスーパーマーケットは、日常の心地よい疲れと活気が絶妙な割合でブレンドされているようだ。さまざまなトーンの話し声が鮮やかな野菜の彩りに重なり、馴染んで穏やかに広がっていく。おれは制服のネクタイを緩め、ゆったりと呼吸をしながらその空気を味わった。

おれの食欲はほぼ通常運転に戻っていたが、それでも枇々木家の食料は日々着実に消費されていた。祖父から生活に必要な分は使っていいと言われて預かっている金はあるものの、おれの食費が急増しているとなれば帰ってきたときの祖父の目はごまかせそうにない。千歳ですら気づいたおれの異変に祖父が気づかないはずはないだろうから、なるべくなら不自然でないくらいのエンゲル係数に抑えておきたいというのが本音だった。

とはいえ、千歳にこの近辺の山の山菜やら魚やらを狩りつくさせるわけにもいかないので、おれは久しぶりに大掛かりな買い出しに訪れている。「特売」コーナーと割引シールの貼られたトレイを中心に物色しながら、買い物かごに食材を詰め込んでいった。

レジに並んで順番を待つ間、なんとなく視線が近くの陳列棚を彷徨う。暖色で飾られた棚に並ぶカラフルな包みが目を惹いた。ふと目に留まった商品を手に取り、しばらく考えてから山盛りのカゴの中にそっと加えた。

ずしりと重みのあるレジ袋を両手に提げ、がさがさと音を立てながら鳥居をくぐると、前方からひやりとするような気を感じた。殺気にも近いようなそれは、ふたつの色を纏ってぶつかり合うように空気中にほとばしる。

一瞬物の怪の類でも現れたのかと思ってスーパーの袋を持ったまま身構えたが、すぐに耳と目が聞き覚えのある声と見覚えのある姿を捉えた。

「…………あいかわらずやなぁ、おっさん」

「おまえこそ、あいかわらず妙なしゃべり方しよって……。力に見合うだけの品位くらいは身につけたらどうだ。それから、おれのことは神主と呼ばんか」

「……は、おまえに『品位』なんて言われたないわ。こんなガラの悪い神主がいてたまるか」

「まぁこんな嘘くさい妖がいるんだから、ガラの悪い神主くらいどうってことないだろう」

「はぁ!? 誰が嘘くさいねん! もういっぺん言ってみろ!」

「…………何やってんの、ふたりとも」

ものすごく洗練された強さの気迫をぶつけ合いながら、ものすごく程度の低い会話を交わすふたりの知り合いにため息がこぼれる。正直この展開に関わりたくはないのだが、無視するわけにもいかないので、しかたなくおれは近づいて声を掛けた。

「おぉ、天音。久しいな。留守中変わりはなかったか?」

奥にいた壮年の男性がこちらに気づき、嬉しそうに手を振る。

髪には微かに白い筋が交ざり、日に焼けた顔をくしゃっと崩して笑顔になる祖父は、出掛ける前と同じように力強く元気そうだ。おれは安心して微笑んだ。

「じいちゃん、お帰り。こっちは特に何も……」

しれっと嘘をつきかけて、祖父とにらみ合っていた背の高い後ろ姿を視界に捉える。そういえば、この二人は面識があったんだったな。おれの前ではいつも余裕綽々（しゃくしゃく）といった体の千歳が、グルルと唸り声が聴こえそうな表情で祖父を睨んでいる図は斬新（ざんしん）だ。

かなりの迫力に関係のないおれまで微かに身構えそうになるが、祖父はそんな千歳の様子などお構いなしといった感じでにこにことおれを眺めている。相変わらず、強心臓を絵に描いたような強者（つわもの）ぶりだ。おれは千歳の隣に並んで、「落ち着け」という代わりに肘で軽く小突いた。

「…………おう、天音。お帰り」

千歳はおれを見下ろし微かに表情を和らげた。千歳とおれを見比べる祖父に向かって、おれはへらりと笑う。

「……この、千歳に手伝ってもらってたし、大丈夫」

「千歳？」

祖父が怪訝そうに復唱する。そういえば千歳の名はおれと同じ高校に通うためにつけたもののようだったから、祖父には馴染みのない響きだったのかもしれない。祖父は、千歳の本当の名を知っているのだろうか。そう思うとなぜか少し心がざわついた。

「おっさんには関係ないわ」

すげなく言う千歳の、常にない子どもっぽい返答を聞き流しつつ、おれは重みで手からずり落ちそうなレジ袋を持ち直して二人を眺めた。

「……そういえば、二人知り合いだったんだな……。で、この異様な空気は何？」

「特に何もないぞ。しいて言えば、こいつの家事が思ったより上達していなくて失望した」

祖父が笑顔で言い切った言葉に、一旦トーンダウンしかけた千歳の声が再び荒ぶる。

「うっさいわ！　いきなり帰ってきて人の作業に口出すな！」

「口を出されるような出来だからだろう。掃除の仕方は甘いし、和食の味付けもまだまだ雑だ。おれが直々に仕込んだというのに、この程度では話にならん」

「……頼んでもないのに勝手に教え込んだだけやろが。口に合おうが合うまいが、どうせおまえには食わせせんわ！」

「…………」

もはや程度が低いとかいう次元ではなくなってきた。なんなんだ、この会話……。おまえらは嫁姑かと心の内でツッコむが、巻き込まれたくないので口に出すのは踏みとどまる。

千歳は苛立ちを隠しきれていない表情でぐるりと振り返り、こちらを向いた。

「あー腹立つ！　天音、おれ帰るわ！　メシは台所に置いてあるから、おまえが食えよ！　頼むからこのおっさんの口には入れさすな！」

これほど苛立ちを露にする千歳も珍しい。早口でしゃべりながら、千歳はおれの横を足早に通り過ぎようとした。

「……あ、千歳」

「ん？」

思わず呼び止めると、千歳は立ち止まって振り返った。おれに向けるのはいつもどおり、どこか飄々とした表情だ。

「あー、ごめん。何もない」

呼び止めたものの、両手が塞がっていることに気づいた。ブレザーのポケットにつっ込んだ包みを取り出すことはできず、しかたなくそう呟く。

「なんや、それ。ほんならまた明日な」

千歳はおれの無意味な呼び止めに苦笑したが、特に気にする風でもなくいつもどおりひらひらと後ろ手に手を振りながら帰っていった。


「あー！　ぎりぎりセーフ！」

担任から試験結果の個票を受け取った水原が恐る恐る手元を眺め、それから腕を水平に広げて高らかに宣言した。最近の覇気のなさが嘘のように満面の笑みでおれの席に近づいてくる。

「見ろよ！　天音のノートのおかげだ！　さんきゅーな」

そう言ってずいっと差し出される個票を見れば、他の教科はともかくとして、数学はボーダーラインすれすれの点数だ。おれは友人を労うべきか戒めるべきかの判断に悩んだ結果、中間地点をとった。

「よかったな。けどそれ、期末油断できない感じ……」

「あー、天音、みなまで言うな。おれは今を生きる主義なんだ」

「……あっそ」

そんなキリッとした顔で言われてもな……。まぁ本人がそれでいいなら別にいいかと思い、自分の個票を小さく折ってペンケースにしまう。

俺の件で初日は寝不足のまま臨むことになったとはいえ、それほど点を落とさずにすんだ。特に点数にこだわっているわけではないが、おれの仕事に関する「特例」を学校側に黙認してもらうためには、そこそこの成績をとっておく必要がある。そのための基準で言えば、まぁ合格ラインだろう。

歓声を上げたり、打ちひしがれたりと様々な声でわいわいと賑やかな教室を見回しながら、おれは終業のチャイムを待った。


「…………帰った?」

帰りに千歳のクラスに寄って「鬼島いる?」と尋ねると、予想外の答えが返ってきた。

ちなみに言っておくと、おれは断じて千歳流の「一緒に帰ろう」を言いに来たわけではない。そしてハートのマークとかは絶対につけない、っていうかそもそもおれの使用可能言語に含まれない。ただ、あいつが試験を無事乗り切ったかどうかの確認をしたかっただけだ。千歳のクラスメイトでもある友人は、拍子抜けしたようなおれの表情を興味深げに眺めた。

「さっき嵐のように去っていったぞ。たしかなんか……『家事の特訓や！』とか言ってた気が……」

「はぁ？」

「なんかよくわからんけど、家事って……。アイツ、花嫁修業でもしてんの？」

「さぁ……。っていうかおれに訊くな」

なんでそういうことになったのか……おおよその見当はつくものの、相変わらずよくわからん思考パターンに思わず疲れた声が出た。とりあえず、そんな理由で飛び出していったのなら試験の方はたぶん大丈夫だったのだろう。

友人はため息をついたおれを眺めて悪戯っぽく笑った。

「えーだって……天音のためなのかなと思って。前にも弁当とか作ってきてたしさ」

「……そんなわけないだろ。これからの時代、家事ができる男がモテる……ってこの間テレビで言ってた。そういうの観ただけだ、たぶん」

面倒なのでとりあえず話題をかわすために出鱈目にそう言うと、友人はニヤニヤを引っ込めて、真面目な顔でぐっと身を乗り出した。

「マジで？　そんなモテの条件が……天音、その話ちょっと詳しく……」

つくづく、おれの友人たちはみんな素直すぎる。


ひとりで神社までの道のりをぶらぶらと歩きながら、千歳の「家事特訓」をなんとなく思い浮かべた。たぶん……というか十中八九、原因は昨日の祖父とのやり取りだろう。単に負けず嫌いなのか、ただの馬鹿なのか、あれほど怒っていたくせに結局祖父に乗せられるのかと思ったら可笑しくなった。「頼んでもないのに仕込まれた」というそもそもの経緯が目に浮かぶようだ。

「………あいつ、料理も掃除も充分うまいのにな」

千歳の作ってくれた食事の味を思い出すと、思わずそんな呟きが零れた。千歳が作ってくれた料理は、どれも素朴で優しい味をしていた。身体にすっと沁み込んで温まるような気がしたのは、おれが弱っていたからというだけではないような気がする。それに、台所に立っている姿もなんか新鮮というか、和むんだよな……とそこまで考えかけて、おれは自分の思考に絶句した。

台所に立つ姿を思い浮かべてほのぼのするとか、自分の思考として信じがたい。……絶対に試験疲れだ。思わずこめかみに手を当てて深いため息をつきながら鳥居をくぐると、竹箒を構えた千歳が「おう、お帰り」と言った。

「……ただいま」

「よし、天音が帰ってくるまでに掃除完了。ミッション1クリアや」

そう言って汗をぬぐう千歳は、なんだか無駄にキラキラと達成感に溢れている。人の家で何やってるんだと言いかけて、言う前に腑に落ちた。

「………まぁ、そうだよな。おまえが『家事特訓』するなら、神社でするしかないか」

どうやら友人の聞き間違いではなかったらしい千歳の特訓、その試練場はつまりおれの家ということになるのだろう。別にいいのだが、家に帰ってきたときに掃除とかしながら出迎えられるとなんとなく……妙な感じがする。

「次は晩飯な。天音、何食べたい？」

「……おれに訊くのか」

「おまえ以外におらんやろ。あ、先に風呂沸かそか？」

「やめろ！　新妻かおまえは！」

ついに「妙な感じ」に全力でツッコんでしまった。「花嫁修業」とか変なことを言われたからかもしれないが、どう考えてもおかしいだろ、この状況。

千歳は不思議そうな表情で首を傾げた。

「は？　つま？」

「はぁ……。なんでもない……。何をそんなにムキになってんのか知らないけど、おまえの家事の腕前、もう充分すごいと思うぞ」

どうやら本人はいたって真面目に頑張っているらしいので、あまり無下にするのもどうかとは思いながらしかたなくおれはそう言った。まぁ正直千歳が境内や家の掃除をしてくれたり料理をしてくれたりするのはありがたいのだが、それが「修業」みたいに課せられたものになるのはさすがにちょっと可哀そうだと思ったのだ。

「……え、ほんまに?」

千歳は驚いたように目を瞬いてそう訊き返した。いつもの飄々とした感じとは少し違う、どこか窺うようなニュアンスがなんだか可笑しい。祖父の言葉をそんなに気にしていたのかと思うと、なんとなく「勝手にしろ」とは言えなくて、おれは千歳の目を見て頷いた。

「うん。飯とかすごく美味いし。じいちゃんはああ言ってたけど、おれは今の味がいい」

正直にそう言うと、千歳は目を瞠る。ちょっとストレートすぎたかもしれないけど、本当に思っていることだからしかたがない。

千歳はしばらく黙っておれを眺めていたが、それから嬉しそうに笑った。

「そうか。天音がそう言うんやったら、おっさんに振り回されたる必要はないな」

「…………うん」

特に深い意味はないのだろうが、おれがいいならいいと言った千歳の言葉が耳に残る。

千歳が嬉しそうに微笑みながらおれを見るのが少し落ち着かなくて、所在なくカバンを持つ手を動かすと、ブレザーのポケットに入れたままの包みがかさりと微かな音を立てた。

「………あ、千歳」

「ん？」

包みを取り出そうとポケットに手を入れた瞬間、何気なく振り向いた千歳の目が大きく見開かれる。

「……天音！」

大声で名前を呼ばれ、素早く伸びてきた千歳の手に腕を掴まれ引っ張られた。次の瞬間、背後で何かが裂けるような鋭い音が響く。

「え……っ」

強く引かれてバランスを崩しかけたおれの身体を、千歳は軽く受け止めて支えてくれる。そのおかげですぐに体勢を立て直すことができたおれは、咄嗟に防御の構えを取って背後を振り返った。

「……えらい数で来たな」

おれの隣で同じように構えた千歳が、苦々しげにぽつりと呟く。

いつの間に囲まれたのか、おれ達の周囲には十数体ほどの妖が現れ、凶暴な顔つきで唸り声を上げながらこちらを狙っていた。

「……こいつらは……？」

一見猿のようにも見える、毛むくじゃらの顔と身体に、鋭い爪。毛で覆われた顔の奥に、血のような紅い瞳が光っている。おれがさっきまで立っていた場所には、真っ二つに裂かれた通学カバンと、そこから溢れた教科書やペンケースが転がっていた。

「……異獣っちゅう妖怪に似てるけど……あいつらはこんな風に群れへんはずやし、人を襲うこともあんまりない」

千歳は訝しげな声でそう呟く。だんだんと近づいてくる妖は、人と同じような動きはしているものの言葉が通じそうには見えなかった。

「……特殊な瘴気に当てられてるとか、そういう可能性は？」

「ないとは言えんな。しかしあのあほ神主……結界張り直すの忘れとったんちゃうか」

おれの質問に答えたついでに、千歳は忌々しそうにつけ足した。

たしかに、神社には祖父が張った結界の力が働いている。それは妖を無条件に遠ざけたり拒絶するものではないが、それでもこれほど多くの、しかも強い殺気を纏った妖の侵入を許しているということは、少なくともその力が弱っているか、意図的に破られたかのどちらかだろう。そしてどちらにせよ、その事実によっておれの行動の選択肢は狭まった。

「……千歳」

「ん？」

「悪いんだけど、移動にちょっと力貸してくれるとありがたい」

「移動、って……」

千歳がちらりと目だけでおれを見下ろし、眉をひそめる。周囲の妖を鋭く睨みつけながらも、自分から仕掛けてはいかない千歳も、おそらくこの状況は理解しているはずだ。

『現実(リアル)！』

「ちょ……待てって天音！　今方法考えて……」

『我を待つと　君が濡れけん　あしひきの　山の滴(しずく)に　ならましものを』

　千歳の抗議を遮るように一気に詠み切ると、妖の身体に美しい滴がふわりと舞い降りる。きらきらと輝き、ほのかに甘い香りのする宝石のような滴は、撫でるように妖のまわりを漂ったあと、おれの周囲の空気に溶けるように吸い込まれた。その見えない軌跡をたどるように、おれ達を囲む妖の目が、一気におれに向けられる。

「あー！　このあほ！　そんなことしたらおまえが狙われるやろ！」

　千歳が怒ったような声で言って、おれの腕を引いて自分の背に隠そうとする。おれはその手を押しとどめて、千歳を見上げた。

「それでいいんだよ！　ここで闘(や)り合うわけにはいかないだろ！　結界が効かないなら、街や近所の人たちに被害が出るかもしれない……こいつらを引き付けて、ここから離れる！」

「だからってなぁ……！　この数がおまえひとりに向いたらさすがに厄介やぞ……あーもう！　この妖タラシが！」

「はぁ!?　人聞き悪いこと言うな！『攻撃の的になりたい』なんて和歌があるわけないだろ！　敵を引きつける効果を出すには、こういう歌しかないんだよ！」

　ぎゃんぎゃんと言い合う間にも、妖は明らかにおれに向かってじりじりと歩を進める。

千歳はおれを怒鳴りつけながらも鋭く周囲を見回し、「チッ」と舌打ちをするとおれをぐっと引き寄せて腰に手を回した。

「もう発動してもうたもんはどうしようもない！　説教は後や、絶対におれから離れんなよ！」

そう言うが早いか、千歳は強く地面を蹴り、一気に神社を見下ろす本殿の屋根まで跳躍した。獲物を見失った妖が辺りを見回して戸惑う一瞬の隙に、おれの身体を抱え直して今度は前方に鋭く跳び出す。おれの周囲に漂う甘い香りを嗅ぎつけたらしい妖が一匹残らずこちらに向かって跳躍してくるのを、おれは千歳の肩越しに確認した。

とりあえずあいつらを引きつけて、神社から離れさせるしかない。確かに千歳の言うとおり、あれだけの数を捌く(さば)のはかなり骨が折れそうだが、近所の人たちを怯えさせたり巻き込んだりしないためにはこれぐらいしか思いつけなかった。

それでも、勝手な判断に千歳が怒るのも無理はない。間近にある表情をちらりと窺うと、猛スピードで跳躍を繰り返しながら千歳は呆れたようにため息をついた。

「咄嗟に周りのことから先に考えんの、天音の悪いクセやで」

「………そう、だな」

いつもより心持ち強い口調でそう言われ、おれは俯くしかなかった。

こうしている間にも、千歳にしがみついているだけで景色は流れるように変化していく。

おれひとりでは、たぶんあの妖たちから逃げきることもできなかっただろう。周りのみんなを巻き込みたくないというのは間違いなくおれの意志ではあるけれど、最初から千歳に力を貸してもらう前提でしか、おれはその意志を貫けない。

人に力を貸してもらわないと貫けない自分の意志なんて、信念とは到底呼べない、ただのわがままだ。それは充分わかっていたので、おれは千歳の言葉に同意して頷いた。

「そうや。けど、そのクセはおまえの……いいところでもあるんやろうけどな……」

耳元で激しく響く風切り音に千歳の呟きが混ざった気がしたが、うまく聞き取れなかった。

「え？」

「なんもない。とりあえず、街から離れた山に向かう。さっきの言霊が効いてるうちは、あいつらは全員おまえに向かってくるはずや。たぶんこんだけ時間経ったら『裏返し（リバース）』の力使っても完全に無効化はできんやろうから、背中おれに預けて、天音は正面のやつから捌け。それ以外の方向はおれが蹴散らす。いいな？」

「……わかった」

わかった上でおれの身勝手に巻き込まれてくれる千歳に対して、言わなければいけないことがあることはさすがのおれでもわかる。でも、今はその前にやらなければいけないことがある。初めてこうして千歳に運ばれたときの感覚を思い出し、目を閉じて呼吸のリズムを調整しながら着地に備えた。

千歳は徐々に速度を緩めると、開けた草地にふわりと降り立った。

この場所なら、こちらからの死角は少なく、四方からの攻撃には備えやすい。何しろ数が多い上に相手の生態が読めないので、一気に薙ぎ払うにはかなりの力が必要になる。闇雲に霊力を放っていてはこちらが持たないだろう。

ある程度引きつけたうえで、相手の弱点なり隙を見極めてから霊力による攻撃を判断するとして、とりあえずは接近戦で少しでも敵を減らすしかなさそうだった。

おれと千歳が背中合わせに構えをとったところで、追ってきた妖がおれ達を囲んだ。

千歳のあのスピードにそれほど時差なくついてくるところを見ても、決して楽に追い払われてはくれなそうだ。

神社の境内では多少間合いをはかるように動いていた妖たちは、おれの放った言霊の影響か、躊躇わずに一気に踏み込んで跳びかかってくる。鋭い爪を躱し、みぞおちに蹴りを入れるとぐうと唸って後方に飛び退いたが、すぐに他の妖が位置を引き継ぐように迫ってくる。

千歳は背後からおれを狙う妖を体術で次々と倒しながら、時折おれの死角から現れる妖に素早く掌を向け、そこから強い霊力の波動を放って吹き飛ばした。

そんなこともできたのかと感心している余裕はないが、千歳の立ち回りには一切の無駄がない。ただ、それにもかかわらず妖の攻めの手が緩まないのはかなり不気味だった。

「……ち。キリないな」

忌々しそうに千歳が呟く声が聞こえる。たしかにこのままでは埒が明かない。次の一手を打とうとした瞬間に、二匹の妖が同時におれに向かって踏み込んできた。

伸びてきた鋭い爪が、おれのブレザーの裾を掠めた。

視界の端に、破れたポケットからカラフルな包みが零れ落ちるのを捉えて、頭で考えるよりも先に咄嗟に手を伸ばす。その一瞬、おれの視線と意識が正面の妖から逸れた。

「しまった」と思ったときには、次の攻撃が繰り出されていた。片手に包みを握ったまま、思い切り重心を横に振り身を躱すが、完全には避けきれずに首筋に焼けるような熱が走る。

「………っ……！」

痛みを自覚したときには、もう身体中が侵食されていた。

あっけなく全身の力が抜け、視界がまだらに黒く塗りつぶされる。

その場に崩れ落ちそうになったとき、背後で鋭く何かを裂くような激しい音が響き、おれの身体は大きな腕で支えられた。

「………こいつに触んな」

視界が覚束ない分、耳元で響く声に神経が集中する。ぞっと肌が粟立つような、怒りを込めた冷たく低い声だった。

正面からおれを狙っていたはずの妖がその気迫に押され、たじろぐ気配がする。片方の腕で力の抜けたおれの全体重を支えながら、千歳は正面に向けて掌をかざした。

次の瞬間、底知れない霊力の波動が正面に向けて放たれる。いつもの千歳の霊力とはまったく違う色の、黒く禍々(まがまが)しい力に、呼吸すらままならない状態でありながら一瞬息を呑む。

黒い斑点がじわじわと広がっていく奇妙な視界に、恐怖に慄(おのの)き散り散りに去っていく妖の姿が映った。

千歳はおれの身体を支えながら首筋の髪を掻き上げて傷口に触れた。心臓が早鐘を打ち、全身が焼かれるような感覚と、四肢が凍り付きそうな感覚が同時に襲ってきてうまく呼吸ができない。

微かに残る意識をなんとか繋ぎ止めようと呼吸のリズムに集中していると、ふわりと身体が浮いて、背後の岩肌に柔らかく押しつけられる。おれは力の入らない身体を、背中に触れる堅くひんやりとした感触に預けた。

千歳の名前を呼ぼうとしたけれど掠れた息が零れただけだ。狭まっていく視界の隅で、千歳が羽織の袂(たもと)から数枚の色鮮やかな葉を取り出すのが見えた。

「……ちょっと厄介な毒や。神社(うち)まで帰る時間はない。……頑張るんやで」

千歳は耳元に顔を近づけ、言い聞かせるようにそう呟くと大きな手でぽんぽんとおれの頭を撫でた。慣れた感触に気が緩んでしまい、辛うじて残っていた僅かな力も溶かされるように抜けていく。

背中に回された腕の安心感に身をゆだね、おれは落ちてくる瞼の重みに逆らわずに目を閉じた。

一〇一：記憶（千歳side）

おれの腕の中で眠る天音を連れて神社に戻ってきたときには、もうすでに日は沈みかけていた。

おれが一緒にいながら天音をこんな目に遭わせたとあっては、枇々木のおっさんに百発くらい殴られるか、必殺技を食らうか、いっそ封印でもされるんじゃないかと冗談抜きで思ったのだが、あいにくあの多忙極まりない神主はいつものとおり何かの仕事に出ているらしく、まだ神社を空けたままだった。

「…………天音、もう大丈夫やからな。おまえの家に帰ってきたで」

耳元に顔を寄せそう呟く。穏やかな表情で眠る天音を眺めながら、神社で初めてこいつを見かけたときのことを思い出した。


「おい、天邪鬼」

うららかな春の午後、気に入っているひときわ大きな古木の上で惰眠を貪っていると、足元から思いきり雑に呼ばれた。

「………」

返事の代わりに睨みつけても、下から見上げる屈強な男は怯まない。

「呼んでいるんだ。人の家の庭でだらけるなと何度言わせる」

「……呼び方からしてありえへん。おまえは知り合いに『おい人間』って声かけるんか」

「かけるわけがないだろう。おまえだけだ」

「……喧嘩売ってるんやったら、特価で買うけど」

「おまえと喧嘩するほど暇じゃないんだ。だから呼んでいる。いいから早く降りてこい」

昔からちっとも変わらない、むしろ年々ひどくなっていくような気がする横暴ぶりにため息が零れる。従ってやる義理もないのだが、こいつのことだからここで突っぱねるとしばらくこの木に結界張るとか、嫌がらせの術かけるとか本気でしそうで面倒くさい。ここで昼寝ができなくなるのも嫌なので、欠伸をしながらしぶしぶおれは地面に降り立った。

「毎日毎日だらだらと……いい身分だな」

呆れたようにそう言っておれを眺めるのは枇々木早雲。この神社の神主で、霊媒師で、不本意ながら昔からの顔見知りだ。初めて顔を合わせたのは、たしかこいつがこの神社を継いだ、三十歳くらいのときだったか。おれの外見はその頃からたぶんほとんど変わっていないはずだが、一応人間であるこいつの顔にはずいぶんとしわが増えた。

「なんでおまえにそんなこと言われなあかんねん。あくせく働くのがそんなに偉いか。そんなん人間の勝手な思い込みやろ」

「働くのが偉いとまでは言わんが、個人的におまえの生活がだらしないと思ってるだけだ」

「……それはそれで腹立つな。で、なんか用か」

相変わらずの失礼な物言いに苛立ちながらも、とりあえずそう聞き返す。腹は立つものの、こいつの人間離れした能力の高さは嫌というほど知っている。

鍛練でもするのならなかなか骨のある相手になるが、生憎今のおれはあんまりそういうテンションじゃない。こんなのどかな昼下がりにわざわざこちらから喧嘩を売るような相手ではない。売られたら、一応買うけど。

「用があるから呼んだ。天音、こっちに来なさい」

枇々木が境内の隅に向かってそう呼びかけると、幼い子どもが顔を出した。艶やかな黒い髪と、同じ色の大きな瞳。そいつは枇々木の隣まで来ると、じっとおれを見上げた。

「なんや、誘拐業でも始めたんか」

「ばかもの。この子はおれの孫だ」

「…………孫」

下からまじまじと観察されながら、オウム返しに呟いた単語は奇妙な響き方をした。おれにとっては一瞬の、大して変わり映えもしなかった数十年の時間は、ひとりの人間を青年から「父親」に、そして「祖父」に変えるらしい。

それにしても、おれを見上げる子どもの顔は、目の前の精悍だがどこか野性味溢れるというか、剛直な感じのする男の面影を残してはいなかった。

「ふーん。とりあえず、ジジイに似んでよかったな」

ちっこい背で、首がつりそうなくらいおれを見上げている子どもの前に屈んでそう言うと、枇々木が「どういう意味だ」と顔をしかめた。どういうと言われても、そのまんまの意味だ。

子どもは屈んだおれの顔をじっと見た。別に怯えているわけでも興味がなさそうなわけでもないのに、まだ一言も声を発していない。これほど幼い子どもにしては珍しいなと思った。そのもの言いたげな視線がおれの顔の一点に注がれているのに気づき、おれは自分の目を指さした。

「目の色が珍しいか？　おまえのとは違うもんな」

そう言うと、子どもは驚いたように深い黒の瞳を見開いた。

「…………うん」

「おまえ、名前は？」

「……あまね」

子どもが自分の名前を言葉で紡いだ瞬間、一瞬周囲の空気がゆらりと揺らぐ。おれは目を瞠った。やっと「用」の意味がわかり、おれは立ち上がって枇々木を見返す。

「かなり『強い』みたいやけど、おれにどうしろって言うん？」

「それについては、別にどうも。この子は、自分の力をコントロールできている」

「……この歳で？　そうやったらすごいけど、じゃあ尚更(なおさら)なんの用なんや」

「ちょっと仕事に出るから、今日一日この子の様子を見ていてくれ」

「は？　おれに子守りさす気か？　っていうか暴走せんのやったら放っといても……」

「阿呆！　こんなに可愛らしいんだぞ！　霊力とか関係なく攫われたらどうするんだ！」

……出た。これが人間界で数々の黒歴史の引き金になるという「親馬鹿」なる現象か。いや、こいつ爺さんだから「ジジ馬鹿」だな。およそ人とは思えない能力の数々を誇るこの恐ろしい生き物も結局はただの人間だったのだと、おれはこのときはっきりと悟った。

「というわけだから。夜には帰るから鍛練でも見てやってくれ」

「……へいへい」

馬鹿馬鹿しいとは思ったが、ただでさえ面倒くさい奴なのにこの子どもが絡むとそれが五割増しくらいになりそうだ。断っても時間と体力の無駄にしかならなそうなので、おれは諦めて欠伸を噛み殺しながら生返事をした。

とはいっても、実際のところはおれは昼寝の場所を、木の上から境内の長椅子に平行移動しただけで済んだ。

祖父の面倒くささから考えれば、本当にあいつの血をひいているのかと疑いたくなるほどに、その子どもは物静かで、ただただひとりで熱心に体術の型の練習を繰り返していた。境内に緩やかな風が吹くたび、柔らかそうな黒髪がふわりと揺れた。

「……ようやるな。ちょっとくらい遊んどってもばれへんで。おれは告げ口なんかする気ないし」

しばらくその様子を眺めていたが、こんなに幼い子どもが何をそんなに熱心に鍛えようとしているのだかよくわからずにおれは声を掛けた。まだ学校に行くか行かないかくらいの年齢のようだし、わがままを言ったり、好きなだけ遊んだり、やたらとおしゃべりをしたり、そんなふうに過ごしている方がよほど自然なんじゃないかとなんとなく思ったのだ。

子どもはおれが突然声を掛けたのに驚いたのか、大きな目をぱちぱちと不思議そうに瞬いてこちらを見た。表情はわりと豊かなのだが、相変わらず言葉での反応が薄い。

「……遊んでても、じいちゃんはたぶん怒らない」

「じゃあ遊んだらええやんか。何かしたいんやったら付き合ったるで」

「……でも、練習しないと強くなれないから」

そう呟いた言葉が、周囲の空気の温度を変える。樹々のざわめきや風の線や、花の香り。そういうものがこいつの放つ言葉に引き寄せられるように、やたらと鮮明さを増す。

「……そんなに強くなって、おまえは何に勝ちたいんや？」

思わず、そう尋ねていた。こんな人間の子ども相手に、マジに聞くような内容じゃない。そうは思うものの、おれの呟きは意外なほどはっきりとした「問い」になった。

子どもは小さく首を傾げ、心底不思議そうにおれを眺めた。

「……？　別に、勝ちたいわけじゃない。負けないように、強くなりたいだけ」

そう言ったそいつの目が、おれにはすごく不思議な色に見えた。不思議で、変な奴だと思った。でもなぜか、その拙い響きが頭に残った。

　そのことをずっとおぼえていたわけじゃない。むしろ忘れかけていた。おれは自分が自由で、何者でもないままにただただ流れていく時間をけっこう気に入っていたし、それを変えようという気も特になかった。

　あの日昼寝の邪魔をする五月蠅(うるさ)い風をしぶしぶ鎮めに行ったのも、見慣れない霊力を扱う見慣れない人間に声を掛けたのも、ただの偶然と気まぐれの為せる業だ。

　天音が「言霊」の力を使ったときに、初めてあの妙な子どものことを思い出した。たしかに面影はあって雰囲気も重なる部分が多かったが、天音が霊力の発動に「和歌」を使ったのは意外だった。おれの記憶にあるあの子どもは、自身の発する言葉すべてに霊力をのせることができていたからだ。

　そんなことをつらつらと考えながら闘(や)り合ったら、相手の駆け引きにまんまと乗せられ、一発勝負に負けてしまった。やはり、頭を使いながら探り探り、なんて慣れない戦い方はするもんじゃない。かといって大人しくひれ伏すつもりなんてさらさらなかったのだが、自分以上に相手があっさりと引くもんだから、ついつい食いついてしまった。

「おれは別に霊力を上げたいとか、何かを従えたいとか思ってないから」

　そう言った天音の表情に、はっきりとおぼえがあった。やっぱりこいつは今でも、「勝つためじゃなく、負けないため」に闘っているのだろうか。天音が背を向ける直前にちらりと見せた表情は、あのときよりももっと強くもあり、同時に脆くも見えた。

　少し伸びた黒髪を風に揺らしながら去っていく後ろ姿を眺め、おれはあの拙い響きを思い出す。あのとき、おれがもう一言尋ねていたら、返ってきたであろう言葉の続きが見えた気がした。

「……じゃあおまえは、何に負けないために闘ってるんや」

　そう尋ねたら、きっとあいつは答えたに違いない。「自分に」負けないためだと。

　そんな天音を、おれは単純に「おもろい」と思った。でもたぶん、それだけじゃなかったのだろう。あのときにはまだ、それ以外の「何か」の正体はわからなかったけれど。


「…………ん」

　灯りを消した部屋で、布団に寝かせた天音が小さな声を立てて身じろぎする。顔を覗き込むと少し苦しそうな表情をしていた。かなり念入りに解毒はしたはずなのだが、何しろ感覚に作用する毒性だ。呼吸や痛覚に少し影響が残っているのかもしれない。

　背中に手を添え、身体を傾けて軽くさすってやると次第に呼吸が緩やかに、安定したものになった。それとともに表情も力が抜けたように穏やかなものに変わる。いつもの大人びた表情よりも、今は少しだけ無防備に見えた。汗で額にはりついた黒髪をそっと掻き分けてやると、目元が微かに紅くなっていることに気づいた。

「……しんどかったな。よう、がんばった」

　こいつの背負っているものは、けっこう重い。それに気づかないほど無邪気でもないし、気づいて平気でいられるほど浅はかでもない。だから天音の目はいつだって、自分自身を信じていない。でも、かと言ってそれを悲観するとか、後ろ向きに捉えて俯いているわけでもない。おれがこいつのことをすっかり忘れていた年月の間に、どこかで「それ」を選んだのだろう。

　自分を信じずに、信じないからこそずっと目を逸らさずに、闘うこと。

　それが、天音の選んだ強さと脆さだ。そっと撫でた漆黒の髪は意外なほど柔らかかった。

　天音の様子が落ち着いたのを見届け、音を立てないように立ち上がると、部屋の隅に無造作に投げ出されたままの天音の制服のブレザーが目に入った。

　皺になるかと思い広げて畳もうとしたのだが、ふと見ると裾のところが裂けてポケットが破れている。おそらく、今日の戦闘中に切られたんだろう。

　枇々木のおっさんに修繕を頼むかと思いながら他に破損個所がないかぐるりと点検すると、無事だった方のポケットに何かが入っていることに気づいた。

　取り出して掌にのせてみると、カラフルな包みの球体と小さな星形の銀紙のようなものが三つほど、透明のフィルムに収まり小さなリボンで口を留めたものだった。

　天音が戦闘中に、一瞬何かに気を取られたらしいことには気づいていた。もしかしたら、ポケットにでも入れていたこの包みのことを気にしたのかもしれない。

何かはよくわからないが、シンプルとはいえプレゼントのようにも見えるその包みを眺めていると、天音に掛けた自分の言葉が頭をよぎった。

——周りのことから先に考えんの、天音の悪いクセやで。

責めようとしたわけじゃない。でも、正直理解ができなかった。天音はいつも周りの誰かのために行動する。呼吸をするように相手を守ろうとする。それはおれにはない感覚だった。そんな風に思ったことも、思われたこともおれにはない。そしてそんなものを望んだこともなかった。それなのに、天音がおれのそばでそういう決断をするたびに、呆れながらも少しこいつが眩しく見えて、結局いつも放っておけない。

カラフルな色彩の小さな包み。こんなものを握りしめたって、天音の見ているものの意味が自分にわかるわけでもないのに。それでもなんとなく手に馴染んで離せなくて、そのまま袂に隠すようにしておれはそっと部屋を出た。

月明かりにぼんやりと照らされた廊下に枇々木のおっさんが立っていて、天音の部屋から出てきたおれに気づくと庭からこちらに視線を移し、じっと見据えた。

昔から、こいつの眼力に捕らえられると自分の身体が透けてしまうように感じて非常に居心地が悪い。出会った頃はまだ青年の面影を残していたから（少しは）可愛げもあったものの、歳を重ねた今は威厳と迫力ばかりが増して尚更生身の人間には思えない。黙って目を合わせただけで、おれに無意識に警戒心を起こさせる人間なんて、後にも先にもこいつくらいのもんだろう。

枇々木は感情の読めない瞳でじっとおれを観察した。月明かりが、微かに刻まれた威厳の象徴のような皺を浮き立たせ、今なお衰えを知らない鋭い表情に影を落とす。

「天音に、手は出してないだろうな」

口を開いたかと思ったら突拍子もないことを尋ねられ、おれは顔をしかめた。

「………この状況で言うような冗談か。センス疑うわ」

吐き捨てるように返すと、枇々木はふっと口角を上げて落ち着いた声色で答えた。

「冗談じゃなく真剣に聞いている」

「………尚更、神経疑う」

「そう睨むな。おまえが天音のそばにいることの意味は………おまえが思っているより簡単じゃない」

「そんなんはおれの知ったことやない。何を思って何をしようが、おれの勝手や」

「勝手……というのは少し違うんじゃないのか。なぁ……天清日子殿(アメノキヨヒコ)」

「その名で呼ぶな。おれは鬼島千歳や。ほんであいつは枇々木天音。それ以外のもんやない」

「………そうか。ところで、おまえは、まだ『半身』なのか」

「やったらなんや」

「天音の十八歳の誕生日まで、一年を切った。明らかにあの子の周囲はざわついている。正直おまえがどんなつもりであろうと、このタイミングで現れてくれたことはありがたいと思っている」

「…………ありがたいと思ってる態度やないけどな」

「まぁそう言うな。おれだって面倒な仕事を息つく間もなく片づけて戻ってきたんだ」

「……そういうこと言うと、おまえでも一応人の子に思えるもんやな。孫には甘いか」

「あの子のことが好きだからな。おまえの理由はわからんが」

「おまえと一緒や。おれかってあいつを………気に入ってる」

そう言って横を通り過ぎたおれの逃げ道を、枇々木は簡潔な問いであっさりと塞ぐ。

「それは、『鬼島千歳』として、か？」

おれは振り返って枇々木を睨んだ。これだから、この神主は厄介なのだ。的確な質問しかしない。そしてその質問は、答えるほどに見たくもないものを浮き彫りにする。

「くどい。おれの言葉は全部おれのもんや」

吐き捨てるように言って、視線を合わさず立ち去ろうとすると、背中から静かな声が追ってきた。

「……迷いはすべてを脆くする。肝に銘じろ」

「…………誰に向かってもの言うてんねん。黙って神社の結界守っとけ」

袂に入れた小さな包みが微かな音を立てる。自分の掌に馬鹿みたいに鮮明に残っている天音の髪の感触を振り払うように、おれは足早に歩いた。

陸：月明かり

鮮やかに街を彩っていた紅葉も樹々を離れ、少し寂しくはあるものの静けさの似合う季節が訪れようとしていた。……が、おれのメンタルはそんな世間一般の季節感とは関係なく、まったく逆の変化を辿っていた。

「……ね、あーまーねー」

「…………えっ!?」

聞き覚えのある間延びしたリズムで名前を呼ばれ、弾かれたように顔を上げる。前の席から、呆れ顔の水原がおれの顔を覗き込んでいた。

「……なんだ、水原か」

思わず安堵の息をつく。手元のノートには、ミミズ化した文字が情けなく這っていた。

「あー、その反応傷つくんですけど。っていうか散々無視した挙句『なんだ』はないだろ」

「…………ごめん。おれそんなにぼんやりしてた?」

「ぼんやりってレベルじゃなかったけどな。もはや放心状態。まだ体調戻ってないのか？」

「…………いや、体調はもう戻った……」

水原がさらりと口にした「体調」は、最近のおれにとって地雷ワードのひとつだった。

おれは「仕事」以外の遅刻早退欠席は今まで一度もなかったのだが、ここに来て数日間学校を欠席していた。原因は、つい先日の妖の襲来で受けたあの傷だ。

「………。ごめん、やっぱりちょっと調子悪いから保健室で寝てくる」

そう言って立ち上がると、水原は心配そうに眉尻を下げ、

「よし、世界史のノートは任せろ」

と言って見送ってくれた。水原が世界史のノートを取るなんて、おれの「体調不良」と張るくらいのレアな図だなと、どさくさに紛れて失礼なことを思いながら教室を出た。

保健室で「一時間休みたい」旨を伝えると養護の教師からはあっさりと許可が下りた。普段ほとんど保健室に来ることなどない上に、正確には「体調不良」が原因ではないものの、この覇気の欠片もない情けない状態の顔だ。人目にはまさに保健室の厄介になる権利と条件を網羅しているようにしか見えないだろう。作業で少し離れるが自由に休んでいていいと告げられ、おれは空のベッドに倒れ込んだ。

ぼすんと枕に顔をうずめた拍子に、糊のきいた堅めのシーツが首筋を掠める。もはや痛みもなく、傷跡もうっすらとしか見えないはずだ。おれは突っ伏したまままため息をついた。

あの日あの山の中で、おれはこの傷から全身を妖の毒に蝕まれかけた。それが今こうし

てここにいるのは、千歳がなんらかの手段であの妖たちを退け、毒を消し去り、おれを神社まで運んでくれたからだ。それなのに、おれはその顛末を何も知らないままだった。

千歳の言葉を思い出す。いつも周りのことを優先するのは、おれの「悪いクセ」だと千歳は言った。でも、おれの「クセ」は、本当はもっと悪い。おれは、この「力」で周囲を守りたいと思いながら、同時に同じ力で周囲を傷つけることに怯え続けている。だからいつだって、すべてを解放できなくて……結局何も貫けない。それでも、千歳に会うまではその「貫けなかった」ことのツケは、なんとか自分でやりくりしてきたはずだった。

千歳がいることを前提に、おれは妖を惹きつける歌を詠んだ。そして、自分の不注意で受けた傷に倒れ、千歳に身を委ねてあっさりと意識を手放した。それはもう、「気が向いたら」「手を貸す」約束を遥かに超えているはずだ。

おれは、知らぬうちに千歳がいることも、千歳に頼ることも、当たり前に感じてしまっている。

「………おれ、今までどうやって闘ってたんだっけ……」

零れた呟きが真っ白なシーツに呆気なく溶けて消えていく。情けないと思うのに、じゃあ千歳がいなかったらどうしていたのかということを、あの日から何度考えようとしてみても、うまく想像することができないままだった。この「力」を背負うと決めたとき、おれはその重さを誰にも預けないと……ひとりで立つと、決めたはずなのに。

居心地のいい姿勢を探してもそもそと布団に潜り込む。丸二日寝ていたので眠気はまったくなかったが、おれは無理やり目を閉じた。瞼を貫通して入ってくる蛍光灯の光のせいで落ち着かない薄暗がりの中で、「しっかりしろ」と何度も唱える。ここ最近の「相談」の頻度から考えれば、近いうちにまた言霊師としての仕事が舞い込む可能性が高い。そのとき、こんな状態で「力」を使えばどうなるか。おれはぐっと唇を噛み締めた。

本当に怖いのは、妖でも千歳に会うことでもない。この不安定な状態の自分自身だ。千歳がきれいに消してくれたはずの毒が、不安という名の黒い斑点に変わり、じわじわと身体を蝕んでいくような気がした。


一時間休んで教室に戻ると、机の上になぜか菓子やパンが山と積まれていた。

「…………ん？　何これ」

一番上に載っていたメロンパンの袋を摘まみ上げると、可愛らしいイラスト付きの付箋に「元気出してください」と丸っこい字で書かれたものが貼られていた。

「おれらと、女子からの供物（くもつ）」

おれの席を囲んでいた水原や川岸らが顔を上げ、簡潔に答える。

「供物って……死んでねぇわ」

「死にそうな顔しててんじゃん。おれらなりに心配してんだぞ」

「…………ありがと。っていうか、とりあえずおれって弱ってたら食料不足って判断されてるんだな……」

「それ以外の理由があんまり思いつかねぇからな。でも、女子の間ではちょっと違った情報が流通してるらしい」

「へー、どんな？」

なんだかんだと優しい友人たちの気持ちに感謝しながら、手に取ったメロンパンの袋を開封し、一口齧った。久しぶりに食べるメロンパンのクッキー生地はほろりとほどけ、絶不調の脳にじんわりと甘みが沁み込む。もしゃもしゃと咀嚼しながら聞き返すと、水原と川岸は意味ありげに視線を交わし、おれに顔を近づけて抑えたトーンで呟いた。

「おまえが鬼島千歳と破局したらしいって」

「…………っ」

メロンパンの欠片を噴き出しそうになり、慌てて飲み込むと喉の水分が勢いよく攫われた。数回咳き込んで、慌てて顔を上げる。

「……はぁ!?　はきょ……ってそもそもどんな前提の話だよ！」

「え、付き合ってるんじゃないのか？」

「ねぇわ！　なんでそういうことになってる!?」

「えー……だって、なんか雰囲気というか、オーラというか……」

「いやいやいや、そんなオーラ発した覚えはまったくないし、それ以前に男同士だし！一緒にいるからって、そういう方向に思わないだろ！」

正確には、さらに男同士とかいう以前に人間同士ですらないし、と付け加えたいところだが、さすがにそれは踏みとどまった。

「まぁそうなんだけどさ。でも天音なら応援するぜ。なんか、そんなに違和感ないし」

「んな寛大なこと言われても、そもそもそんな事実ないから……。しかも破局って……」

「あー、それはなんか、最近一緒にいないよなって。うちのクラスにも、鬼島来ないし」

「………」

「ってわけでこのチャンスにつけ込もうとするおまえのファンが差し入れ攻撃に……っていう流れなんだけど、まぁそんなわけないよなー。あれ、天音？」

「………あ、いやごめん。とりあえずないから。でも食料はありがたくいただく」

そう言ってへらりと笑ってみせ、食べかけのメロンパンを再び齧る。なぜか、甘さが三割くらい減った気がした。


放課後、靴箱に向かう途中でなんとなく千歳のクラスを廊下から窺う。どこにいても目立つ、背の高い銀髪の姿はそこにはない。肩に掛けたカバンのストラップをぐっと握った。昼に聞いた噂話に当てはまるような事実はないにしても、千歳がここ数日おれに会いに来ていないのはたしかだった。あの日以来……もう一週間近く、その姿を見ていない。

「………やっぱ、いくらあいつでも引くよな……」

ぽつりと呟いた自分の言葉が身体の内側にやけに響く。千歳がおれに呆れる理由なんて、今ならいくらでも思いつけた。千歳の制止を聞かずに勝手な判断で動いたことも、戦闘中に迂闊に気を逸らして足を引っ張ったことも、そしてこんな風にひとりでぐるぐると考えるだけで、礼のひとつもきちんと言いに行けないことも。

いつか交わした握手を思い出す。あのとき、千歳はおれに「縛らないし縛られない」と言ってくれた。いつでも離せるし、どちらからでも振りほどけるつながりで、おれ達の関係は成り立っていた。

「手を貸したいときに手を貸す」約束は、裏を返せば「手を貸したいと思えなくなったらそれまで」ということと同義だ。

でも、千歳がそういう決断をしたのだとしてもおれには何も言えなかった。だっておれは、勝手にその約束以上のものを千歳に背負わせていたのだ。おそらくそれが露見してしまった今、千歳がおれのそばから離れていくのはしかたのないことのように思えた。

ずっと自由に生きてきた妖である千歳が、今さらそんな面倒なものに縛られたがるわけがない。これ以上おれのそばにいることを、あいつ自身が望むようには思えなかった。そして頭ではきちんと理解できているはずのその結論に、なぜか胸は懲りずに痛んだ。

重い足取りで鳥居をくぐる。いつかのように不機嫌顔の千歳が立っていないだろうかと少し考えたが、見慣れた境内にその姿はなかった。いつも千歳にじゃれついていた顔なじみの三毛猫が少し退屈そうに陽だまりに寝ころび、責めるような声で「にゃあ」と鳴いた。

「天音、体調はもういいのか？」

夕食の席で祖父に尋ねられ、おれは顔を上げた。

「うん。もう全然いつもどおりだけど」

そう答えながら箸を動かす。祖父はふぅむと小さく唸っておれを眺めた。

「そのわりには食が細いな。おまえが蔵の米を食いつくすのにこれほどかかることはほとんどないだろう」

「……おれの体調のバロメーター、それなんだ……」

大食い性能は否定しないが、今日は昼間にも同じような扱いをされたものだからなんとなくデジャヴを感じる。

祖父は自分の手元の茶碗から勢いよく飯をかきこみ、箸を綺麗に揃えて置いた。

「あいつのことを気にしているんなら、心配ないぞ」

「……あいつ？」

「あのやかましい天邪鬼だよ。おまえはたしか……『千歳』と呼んでいたか」

思いがけず告げられた名に、思わず煮物をのどに詰まらせそうになって慌てて茶を飲み流し込んだ。祖父はそんなおれの様子を感情の読み取りにくい眼でじっと見る。

「……っ。千歳が、どうしたって？」

「ちょっと遠くまで使いにやった。おまえのことを気にしていたから、すぐに帰ってくるだろう」

「……………使い？」

「そうだ」

箸を持つ手から、可笑しいほど簡単に力が抜ける。祖父はそんなおれを見て、少し困ったようにふっと表情を緩めた。

「……天音は、あいつのことが気になるのか」

「え？」

「いや、なんでもない。眠るときはきちんと鍵を掛けておけよ」

よくわからないいちぐはぐなアドバイスに、おれは首を傾げた。

「…………ん……」

頬をひんやりとした風が撫でる。昼間の気温はまだそれほど低くはないが、夜はしっかりと冷えるようになってきた。寝る前に雨戸は閉めた気がしたのだが、確信的に入り込んでくる風の音が半分眠ったままの頭の芯を冷やす。薄目を開け、布団を手繰り寄せようとして伸ばした手に、ふとさらりとした感触が触れた。

薄く開いた窓から月明かりが漏れる。静かな光の粒が、銀色の髪に零れて小さく弾けるようにきらきらと繊細な輝きを放つ。触れた指先をそっと動かすと、千歳の髪はさらりとほどけて掌を撫でた。

「……ちとせ……？」

静かに目を閉じ、穏やかな寝息を立てる千歳の整った顔が目の前にあった。

いつもの青い羽織姿で布団の横の畳に寝ころび、おれの頭を撫でようとするように大きな掌を微かにこちらに伸ばしたまま眠っている。銀色の髪に触れていた手を離すと、涼しげな目元に長めの前髪がはらりと掛かった。

「……………おかえり」

穏やかに眠る千歳を起こさないように、小さく呟く。若葉色の瞳を見たい気もしたが、こんな風に眠っているということはたぶん疲れているのだろう。めくれた掛布団を手繰り寄せ、自分と千歳の身体を半分ずつ覆っておれはもう一度目を閉じた。


「天音ー！　朝やでー！」

「…………うるさい」

「おまえが起きひんからうるさくしてんねん！　相変わらず寝起き悪いなー。遅刻すんでー！」

そう言いながら勢いよく襖をあけ、大股で部屋に乗り込んでくる千歳を寝床から見上げできた。千歳はおれの視線に気づいて一瞬首を傾げ、それから急に身体を屈め、顔を覗き込んでる。

「……もしかして、まだ体調悪いんか？」

いつもどおりの表情と、心配そうに尋ねる声に不覚にも口元が緩む。まだ手を離されていなかったことに、これほど安堵する自分がなんだか子どもっぽくて滑稽だと思ったが、それすらも自然と込み上げる笑みを押しとどめてはくれない。

「大丈夫。……千歳のおかげで」

そう小さく呟いて、おれは布団から出て千歳の正面に座った。朝の光に映える新緑のふたつの光。この目を見て、ちゃんと言える機会があってよかったと思いながら。

「千歳、いろいろ……迷惑かけてごめん」

そう言うと千歳は目を瞬き、その後微かに眉間にしわを寄せた。はーとわざとらしくため息をつき、大きな手をおれの頭に乗せる。

「あほ。おまえがかけたんは『迷惑』やなくて『心配』やろ。毎回言ってる気がするけど、もう無茶すんな」

「……ん」

少し乱暴に髪を搔き混ぜられる。その感触すら心地よくて、おれは目を閉じた。すると不意に千歳の掌の動きが止まる。目を開けると、千歳は少し困ったような表情でおれを眺め、それからぼそりと呟いた。

「………よっぽど、大事なもんやったんやな」

「？」

どこか言い淀んだような様子は、千歳にしては珍しい。千歳はおれの頭から離した手を羽織の懐に忍ばせ、ゆっくりと小さな包みを取り出した。

「……あ、それ」

千歳の掌にのっているのは、カラフルな菓子の包み。透明のフィルムに包まれ、オレンジ色のリボンがかかっている。てっきり、あのまま落としてきたのだと思っていた。

「拾ってくれたのか？」

「……天音が拾ったんやろ。おれが持っててもしゃあないし、返すわ」

なぜか少し機嫌悪そうにずいっと差し出され、おれは首を傾げた。

「返さなくていいけど。どうせ千歳にやるためのものだし……」

「……………え？」

「あ、それ千歳は見慣れないだろうけど棒付きのキャンディ……飴だよ。おまえ、飴好きなんじゃなかったっけ？」

「………飴？　……………おれに？」

千歳は鳩が豆鉄砲くらったような表情で手元の包みとおれの顔を交互に見比べている。

このドタバタの前、スーパーに買い出しに行ったときにたまたま見つけ、なんとなく千歳が喜ぶだろうかと思ってつい買ってしまったのだ。季節は秋、ハロウィンのイベント用のコーナーだったらしく、カラフルなパッケージのころんと丸い棒つきキャンディと、小さなチョコの包みがいくつか詰め合わされてラッピングされていた。

結局その後、祖父の帰還により怒りマックスだった千歳に出会ったものの、なんとなく渡しそびれて今に至るわけだ。

「そうだけど………別に、深い意味はないから無理には……」

動きを止めた千歳の様子が気になり、そう付け足して手を伸ばす。本当に深い意味もなくつい買ってしまっただけなのだが、なんだか不機嫌そうにこの包みを眺めていたところを見ると余計なことだっただろうかと不安になってきた。

こんなふうに、誰かに何かをあげたいと思うことなんてあまりないし、プレゼントなんていうほどのものではないとはいえ自分のチョイスにもだんだん自信がなくなってくる。

千歳の手から包みを取り返そうとすると、指先に触れた感覚ごと、強く握られ腕を引かれた。

「……ぅわ!」

「…………もー、なんなんやおまえは……。そういうの反則やで……」

「は？　ちょっ……千歳！　離せって！」

腕に力を込めて押し返そうとするが、やはり予想どおり千歳の身体はびくともしない。

しばらく暴れてみたものの体力の無駄遣いにしかならないと判断したおれは諦めて身体の力を抜いた。悔しいけれど、不覚にも慣れてしまった千歳の腕の中は心地よくて、らしくもなく気が抜ける。するとそれを感じ取ったのか、耳元で千歳が可笑しそうに噴き出した。

「……ふはっ。そんなに諦め早くていいん？」

「…………体力の無駄遣いだろ。どうせ、千歳には敵わない」

「そうでもないで……。おまえは、やっぱりすごい。ありがとうな、天音」

耳元で囁くようにそう告げられ、その真摯なトーンに少し驚く。

「そんなに好きなのか？　飴……」

目を瞬きながらそう聞くと、千歳はそっとおれの身体を解放して、少し困ったように笑った。

「んー……まぁそうやな。ちなみに、あと十分で遅刻確定やけど、学校行くんか？」

「は!?　行くに決まって……ってそういうの先言えよ！」

慌てて千歳の腕を抜け出す。今度はあっさりと拘束が解けた。急いで洗面所に向かおうとすると背中から千歳の声が追ってくる。

「朝飯はちゃんと食べ。じゃないとまた弁当箱に入れて天音のクラスに突撃すんで」

「それはやめろ！」

昨日月明かりに照らされていた千歳の銀色の髪が、明るい朝日の下できらきらと光る。

騒々しいこんな朝をものすごく大切なものみたいに感じるなんて、やっぱりおれの思考は毒か何かでやられてしまったのかもしれない。

そう思いながら、おれは慌ただしく準備に取りかかった。

漆：イエナイコトノハ

登場する和歌

来ぬ人を　月になさばや　むばたまの　夜ごとに我は　影をだに見む

会いに来てくれない恋しい人をいっそ月にしてしまいたい。そうして、毎夜姿だけでも見せてほしいのです／紀貫之・新勅撰和歌集なんだか厄介なことになった。

これはおれの言霊師生命を揺るがすかもしれない由々しき事態………………かもしれない。


「おーい、天音ー」

「うわっ！」

昼休みの教室、購買で買ったパンの袋を開けようとしたところで入り口から名前を呼ばれ、思わず指先の感覚が狂う。

「……っと。何してんねん。大事な食料で曲芸の練習すんのはやめ」

宙を舞いかけたおれのあんぱんを、いつの間にか傍(そば)まで来ていた千歳がきれいにキャッチする。そのまままなぜか口元にずいと差し出され、おれは固まった。

……まさか、このまま食えってことか？　いやいや、あり得ない。一瞬浮かんでしまった馬鹿馬鹿しい思考に辟易(へきえき)しながら、掠めるように素早く千歳の手からパンを奪い返す。

「あ、鬼島じゃん。また遠征か？」

巨大な弁当箱を持っておれの席の近くに現れた水原と川岸が千歳の姿を見つけて親しげに声を掛ける。どうやら、すっかり顔なじみになったらしい。千歳は制服のネクタイを緩めながら、ふたりに向かってにっと笑った。

「そうや。今日、天音遅刻ぎりぎりやったやろ。やから朝はしゃべる時間なかったんよな」

そう言いながら、あんぱんを頬張るおれの頭を大きな手でぽんぽんと軽く叩く。水原と川岸は千歳とおれの顔を交互に見比べた。

「はー。おまえってほんと天音のこと好きなー」

「……な……」

何を馬鹿なことを、という前に、頭に触れた千歳の掌がぴくりと動く。一瞬の強張りのようなものを感じて斜め上の顔を見上げると、千歳はおれの視線に気づいてふっと笑った。

「ほんまに美味そうに食うよな。あんぱんも本望や」

ふたりの揶揄には答えず、また意味不明なことを言いながら千歳はじっとおれを見る。スルーしてくれたのはありがたいのだが、千歳の言葉は珍しく半分しか正解していない。おれはあんぱん好きだし、いつもはたしかに美味しく食べているけど……正直今は、味がよくわからない。

「軽々しくあんぱんの意思を代弁するな」

この謎の症状も、顔を見なければ少しはマシかと思って千歳から目を逸らせながらそう言うと、不本意そうな声が降ってきた。

「ちょお待て。なんでおれよりあんぱんの肩持つんや」

「おれの大切なエネルギー源となってくれるんだから当然だ」

「くそー……。おれかってそこそこ役に立ってるやろ！」

「……本気で張り合うなよ……あんぱん相手に」

不満げな訴えに呆れながらそう言うと、水原と川岸が口にくわえた箸をゆらゆらと揺らしながら顔を見合わせた。

「まぁ……とりあえずよかったんじゃないか？　ヨリが戻って」

「戻ってねぇ！」

丸めたパンの袋をぐしゃりと潰しながら怒鳴ると、水原と川岸は「またまた～」と言いながらおれと千歳を眺めて笑った。


「……で、結局なんの用だったわけ？」

放課後、神社までの道を並んで歩きながらそう尋ねると、千歳は「ん？」と首を傾げた。

「……昼、うちのクラス来てただろ」

「あぁ、あれな。言ったやろ、朝からしゃべってなかったって」

「…………ほんとにそれだけのために来たのか？」

「それだけやけど」

「あっそ……」

しれっと言われれば、もうそれ以上ツッコみようがない。自分のクラスにいたって常に人に囲まれているくせに、そんなことでわざわざおれのところに来る意味がわからない。

来たってどうせ、おれはこんな反応しかしないことだってわかっているだろうに。

「……千歳ってよく喋るよな」

「え、そう？　そりゃあ天音と比べたら世の中の八割方の生物はよく喋ると思うけど」

「せめて『人間』に限定しといてくれ……」

千歳に言われるとあながち冗談に聞こえないのが怖ろしい。

思わずこめかみに手を当てて呟くと、千歳は可笑しそうに笑った。

「えーしゃあないなー。それより、なんで急にそう思ったん？」

「いや……昼休みとか、こっち来てもおれロクに喋らないし……暇じゃないのかと思って」

そう呟くと千歳は突然足を止めた。不思議に思って顔を上げると、なんだか唖然とした顔をしていた。

「？　なんだよ」

「…………天音。体調悪いんやったらちゃんと言い」

「は？　別に悪くないけど」

「じゃあどうしたんや！　おまえがそんな……おれに気ぃ遣うようなこと言うなんて！」

「……おまえの中のおれって、一体なんなんだ」

ちょっと思っただけの呟きにここまで過剰反応されるって……。たしかにどれだけ良心的に見ても千歳に愛嬌を振りまいた記憶なんて欠片もないが。

　まぁ、自分で思い出しても欠片もないんじゃ、こう言われてもしかたがないかとため息をついて歩き出すと、千歳はすぐに追いついてきて再び隣に並んだ。

「まぁそれは冗談としてやな。別に天音に饒舌トークとか期待してないで」

「………う」

　もちろん期待されても困るのだが、何かが突き刺さってきた。

「だって天音、お喋りじゃなくてもちゃんと聞いてくれてるやろ。おれはそれでいいんやけど」

「………」

　自分ではこういう風に言えないから、千歳の言葉はどこか特別に聞こえてしまうのだろうか。こういう風に言えるこいつが羨ましいから、まっすぐに顔を見られなくなってしまうのだろうか。とりあえず横並びの位置でよかったと思いながら、おれは視線のやり場を探すように少し俯いて歩いた。


「天音。おまえ何班に入んの？」

「何班……？　あぁ、学祭の担当のこと？」

　教室移動をしながら、隣を歩く川岸が尋ねてくる。一瞬なんのことかわからなかったが、すぐに学祭の出し物の準備班のことだと気がついた。なんとなく、廊下や教室がふわふわと浮足立って見えるのも、テストが終わりちらちらと見え出したイベント効果なのだろう。

「そう。おれは部活もあるし、あんまり放課後参加できないからなー」

そう言いながら、川岸はわいわいと学祭話で盛り上がっている他のクラスの集団を、少し羨ましそうにちらりと眺めた。もともと気質的にお祭りごとは大好きだろうから、本当は準備から全力で参加したいのだろう。

「そうだよな。おれは別にどこでもいいけど……おれが準備班にいた方が顔出しやすいんだったら、そうしようか？」

おれ自身は今のところ仕事を抱えているわけでもないし、普段から学校生活のリズムは周りと少しずれがちだから、こういうときくらいはきちんと参加しておくべきかもしれない。

それにいつもつるんでいるメンツがいれば、なんだかんだで生真面目なこの主将も、部活の合間やオフのときだけでも気軽に合流できるんじゃないだろうかと思ってそう言うと、川岸は目を瞬いた。

「天音！　おまえって奴はなんて優しいんだ……！」

「…………はいはい」

がしっと手を握られ、キラキラとした目で見つめられて苦笑する。いちいち感情表現の豊かな奴だ。

「おい、やめとけよ。そのへんの女子と鬼島を敵に回すぞ」

そう言いながら川岸の頭をクリアファイルではたいた水原は、隣にいる友人に「なぁ？」と同意を求めておれの方に向き直った。

「天音が準備班行くならおれもそうしようかな」

「水原は部活いいのか？」

「あー、うちは柔道部と違って弱小ゆるゆるだからなぁ。たぶん他の奴も部活よりそっち行くだろうし、顧問もわりと放置だし……」

「化学の山内（やまうち）先生だっけ？　確かにバスケばりばりって感じでは……ないな」

先生の顔を思い浮かべてみたが、背景にバスケットコートを合成することはできなかった。連想されるのは縁側、陽だまり、茶柱を見つけて微笑んでいそうな……とても穏やかな先生なのだ。

「まぁな。山ちゃんはおれらの癒（いや）しおじいちゃんだからそれでいいんだけど。あ、でも天音のイトコ殿が入ってからだいぶチームの雰囲気は変わったけどな。上手いな、あの子」

「俺？　あいつミニバスからやってるからな」

「小柄だけど動きキレあっていいんだよなー。性格素直で可愛いし……いやマジでああいう後輩はありがたい。けど、もっと強い高校（とこ）行けたんじゃねーのかな？」

「うーん……。たしか『バスケは好きだけど、それ専門にやってこうとは考えてないから』って言ってたな」

「へぇ。なんかちゃんと考えてんだな。とりあえずすごいな、おまえの一族」

水原は感心したように言っておれを眺める。おまえも充分バスケだってうまいし、性格素直だし、そうやって純粋に誰かを褒められるとことかもけっこう「すごい」と思う。そう言うと水原はでれんとした表情になって「えー、そうかな」と言った。

そんな水原を川岸と周囲の友人が冷ややかに眺めている。

「デレデレすんな。おまえだってきっちり天音にタラされてんだろうがよ」

「タラしたつもりは一ミリもないぞ……」

不本意な冤罪に抗議すると、川岸は肩をすくめた。

「天音、それはタラシの常套句だ」

「…………理不尽」

「まぁまぁ。とりあえず天音を準備班に引き込めば、女子からのお褒めの言葉があるかもだし」

「なんか、言っててちょっと虚しいけどな」

「……違いない」

わいわいといつもどおりに騒がしい時間は、穏やかに過ぎていく。おれは友人たちの楽しそうな声を聴きながら、テストすら「イベント」呼ばわりした千歳も、たぶんクラスの盛り上がりの中にいるんだろうなとぼんやりと考えた。

「へー、天音は学祭の準備に参加するんか？」

「うん。できる範囲でだけど。千歳は？」

「おれは当日の客引き要員って言われたで。準備はまぁ……気が向いたら手伝うわって言ってきた」

そう言う千歳は、すでに帰宅準備万端という感じでおれのクラスの前にいる。なんとなく勝手にお祭り好きそうなイメージを構築していたため、少し意外だなと思いながらおれは千歳を眺めた。

「そうなのか。……まぁたしかに客引きは適材適所だよな。準備も楽しいから参加すればいいのに」

そう言うと千歳はにっと笑う。

「天音の手伝いやったらするで」

「…………」

深い意味はない、はずだ。おれの手伝いに関しても「気が向いたら」のハードルはかなり低い千歳のことだから、なんだかんだでちゃんと参加するんだろう。

「……とりあえず、今日はちょっと残るから、先帰っといて」

おれがそう言うと千歳は小さく肩をすくめた。

「んー。しゃあないな。あんまり頑張りすぎたらあかんで」

そう言って、ひらひらと手を振って去っていく後ろ姿を見ながら、ほっとしたようなそうでもないような、なんとなく妙な感覚を咀嚼していると後ろからぽんと肩を叩かれた。

「天音、おれらは看板づくりだってさ。サブグラウンドの倉庫に資材あるらしいから、取りに行こうぜ」

「あ、うん」

咄嗟に返事をしてから、そもそもの疑問に思い当たった。

「ところで、うちのクラスって何するんだ？」

「………今さらかよ。天音って、たまにものすごいボケかますよな」

呆れ顔でそう言いながらも、クラスの出し物である「和風喫茶」について説明してくれる親切な友人と並んで、放課後の賑やかな廊下を歩いた。


学祭の準備期間に入って数日。クラスの作業は順調に進んでいた。おれ自身は特に芸術的なセンスがあるわけでもないので、「ここ塗って」とか「それ取って」とかいう周りのお願いに応えているだけではあるのだが、それでも看板や装飾がだんだんと仕上がっていく様子にはそれなりの達成感がある。川岸ら部活に勤しんでいる面々も顧問の許可を得てちょくちょく顔を覗かせ、この独特の行事感を味わっているようだった。

「柊々木くん、そっちのメニュー立て、今日中に仕上がりそう？」

隣のグループで作業をしていたクラスメイトに声を掛けられ、おれは手元の作業の進捗具合を確認して顔を上げた。

「うん。たぶん大丈夫。終わったらどうしたらいい？」

そう聞き返すと、声を掛けてきたクラスメイトとその周辺の視線が同時にこちらを向く。

「えーっと、私たち倉庫の方に運ぼうと思うんだけど……ちょっと重そうだから、手伝ってくれる？」

なんとなく周囲と意味ありげに視線を交わしながら探り探り、という感じの訊き方に苦笑した。普段はほぼ男連中としか絡まないから、ちょっと話しにくいのかもしれない。そうだとしたらなんだか少し申し訳ない。

誰からとかあんまりよくおぼえてないけど、時々ノート貸してくれたり、たしか前にはパンの差し入れ（友人曰く「供物」）も置いてくれたりしてたよな……そう思ってせめてもの礼に仕事を買って出ることにした。

「いいよ。他にも運ぶものあったら言って」

繊細な作業よりは、力仕事の方が性に合っている。そう言うと女の子達はぱっと表情を綻ばせた。

「ありがとう！　やっぱり枇々木くんって優しいね」

「……うん？　……そうか……？」

嬉しそうに告げられれば悪い気はしないのだが、今の会話の中にそれほど「優しい」ポイントってあっただろうか……。よくわからずに曖昧に首を傾げると、横から水原の呆れたような声が割り込んできた。

「はい、そこまでー。集団で天音を誑かそうとするのはやめなさい。どーせ無駄だから」

「は？　そんなことしてないし！　っていうか水原には関係ないじゃん！」

さっきまでにこにことしていた女の子が、大きな目をきゅっと吊り上げて水原を睨む。

おれと話すときよりずいぶん気心が知れている感じがしてなんだか微笑ましい。

「おいおい、扱いの差ありすぎんだろ。おれだって荷物持ちくらいしてやるって」

「あんたのは下心があるからありがたくないの」

「ねーよ！　人権侵害だ！　おい天音、なんとか言ってくれ！」

「ははっ。仲イイな」

誰にでもフレンドリーな水原と、元気な女の子たちの掛け合いがおもしろかったので思わず笑いながらそう言うと、みんなは目を丸くした。

「……天音、おまえが笑うと反則だな」

水原が脱力したようにそう言って、呆れ顔でおれをまじまじと眺める。

「え？」

「……いいもん見られたから、水原の人権は認めてあげてもいいわ」

水原と言い合っていた女の子がそう言って、水原の肩をぽんと叩いた。

　その後もこつこつと作業を進めながら、合間になんとなく周囲を見渡す。準備期間ももちろん授業は通常どおり行われるため、作業スペースは授業に支障の出ない範囲に限られていて、そこに各クラスが必要なものを持ち寄って活動を進めている。なので、同じ学年の他クラスはだいたい見渡せる範囲内で同じように作業を進めていたが、ここ数日、この作業場に千歳の姿はない。なんだかんだと言いながら結局はどこかで参加するのだろうと思っていたおれの予想は外れたままだ。

　あいかわらず昼休みや授業の合間にはちょこちょこと顔を見せるし、家に帰れば飽きずに家事をしていたりもする。それなのに、このどこか非日常の賑わいの中でその姿を見かけることはなかった。

「天音？　何か探してんのか？」

「え？」

　不意に声を掛けられ、またぼんやりとしていたことに気づく。けっこう重症だな……とため息をつきながら手元の作業に戻ろうとしたとき、頭上で戸惑ったような声が聞こえた。

「……あれ？　おれ、資材取りに行ったんだよな……？」

　刷毛（はけ）を持った手を止めて見上げると、困惑した表情の水原が空の両手を見下ろして不思議そうに眉を下げていた。

「うん。たしかさっき、女子に頼まれて張り切って倉庫に向かっていってたような……」

　数分前の記憶を辿るようにそう言うと、水原は首を傾げて「うーん」と唸った。

「……そうだよな？　あれ？　おれ、何してたんだっけ……」

水原が中庭の奥の方にある倉庫に向かって歩き出すのは見た気がするのだが、ある程度のところからは死角になるため、そこに辿り着いたかどうかまではわからない。ただ、姿を消していたにもかかわらず、水原が手ぶらで戻ってきたことは事実らしい。

「おいおい、ボケるにはまだ早いだろ」

「あー、あんた仕事もせずに戻ってきたの？　やっぱり頼りになんないわねー」

周囲のツッコミに苦笑いする水原の表情はやはりどこか腑に落ちないというか、困惑しているようにも見える。おれは水原の袖を軽く引いた。

「水原、倉庫にはたしかに行ったのか？」

「え？　……あー、それが……倉庫に向かおうとしたとこまではおぼえてるんだけど、中庭に差し掛かったあたりから、なんかあんまり記憶にないんだよな……。で、気づいたら手ぶらだった」

「…………」

水原の話はなんとなく気になる。けど、こうして見る限りでは本人は特に変わったところはなさそうだ。

じっと観察するように水原を眺めていると、隣から違う友人が声を掛けてきた。

「え？　水原、おまえもなの？」

「え……ってことは山城（やましろ）も？」

隣にいる穏やかな表情を見返すと、友人は頷いた。

「そう。おれもさっき倉庫の方に行ったんだけど、用事忘れて戻ってきちゃったんだよな……」

そう言って記憶を辿るように宙に目を走らせる友人を見て、水原は身を乗り出す。

「しっかり者の山城が忘れるくらいなんだから、しょうがないよな！　おれが悪いんじゃない、たぶんおれら頑張りすぎて疲れてんだ！」

「……山城を盾にするなよ」

味方を得たとばかりに主張する水原に呆れながらも、やはりその「現象」は気がかりだ。

まぁそれほど危険な感じはしないし本当にたまたまなのかもしれないけれど、たぶん他にも件の「倉庫」に用事がある生徒は多いだろうし、念のために様子を見ておくかと思い、おれは作業を中断して立ち上がった。

「とりあえず、『疲れてる』水原は休んどけ。おれちょっと身体動かしたいから、その資材取ってくる」

そう言って水原の肩をぽんと叩くと、水原はなんだかキラキラとした目でおれを見た。

「天音が優しいっ！　惚(ほ)れてまうやろ～！」

「……うるさい。元気ならこっちの作業やっといて」

なんとなく知人の顔が浮かぶのでやめてほしいイントネーションで叫ぶ水原を軽くはたいて、おれは中庭に足を向けた。

普段生徒たちが寛いだり昼食を食べたりしている、渡り廊下近くのスペースを通り抜けて進んでいくと、だんだんと生い茂る草の丈も高くなり、鬱蒼とした茂みが姿を現す。

年に一度の学祭シーズン以外はほとんど生徒が立ち入ることのない倉庫近くのエリアは、他の場所からはあまり目にもつかず、ひっそりとしている。

おれ以外には特に生徒の気配もしなかったので、ただただざくざくと草を踏み分けて進んでいくと、あるポイントに差し掛かったときにふとおぼえのある気配を感じた。

立ち止まって辺りを見回す。人影はなかったが、目の前のひときわ高い木の上で、きらりと何かが光った気がした。

柔らかな銀色。木の葉の間から零れるには不自然な色彩に、おれは樹上を見上げてため息をついた。……一応姿隠しの術は使えたみたいだが、その他の霊力の扱いと比べると決して上手だとは言い難い。なんとなく、逃げたりとか隠れたりとかは苦手そうだもんな……と思いながら、おれはすっと息を吸った。

『……現実(リアル)』

わざとはっきりと声に出すと、がさりと木の葉が揺れる音がした。しばらく待ったがそれ以上はなんの反応もない。どうやら無条件降伏する気はなさそうなので、しかたなくおれはそのまま和歌を詠んだ。

『来ぬ人を　月になさばや　むばたまの　夜ごとに我は　影をだに見ん』

『……裏返(リバー)…………あ』

「……やっぱり。何してんだよ、千歳」

「姿を見せろ」という言霊を無効化しようとして声を出して見つかるという、なんとも素直な降参のしかたをした千歳が、高い木の上から気まずそうにおれを見下ろす。

「…………あー、天音。いい天気やな。作業は順調か？」

そんなところから、とってつけたような挨拶をされてもな……。

「ちょっとクラスメイトが記憶喪失になったみたいで。その犯人がこの辺にいそうな気がするんだけど」

ため息混じりにそう言うと、千歳は笑顔を引きつらせた。……怪しい。

「ちゃうねん！　おれは何も……あっ、こら！」

「？」

勝手に無実を主張しかけた千歳の、制服のセーターがもこもこと動く。何事かと思って見ていると、襟元を押さえようとした千歳の手の隙間から、見慣れないふわふわの生き物が顔を出した。

「…………猫？」

金色の眼、少し朱の混じった銀色の毛、首元はふわふわとした金色のたてがみのようなもので覆われていた。小さな前足で、千歳の手をくいくいと押している。

千歳は周囲を見回してから、おれの目の前にふわりと降り立った。セーターの中から出ようともがくその生き物を両手でそっと包み、おれの方に向けて差し出す。

「こいつは？」

おれが顔を近づけると、くんくんと匂いを嗅いで鼻先をぺろりと舐めた。ただの猫ではなさそうだが、とりあえず可愛い。

おれは千歳に呆れていたことも忘れてついつい表情を緩めた。

「さっき神社に迷い込んできた……たぶん、『化け猫』の一種やろ」

「それが、なんでここに？」

小さな顔の前で指を揺らしてやると、そいつは千歳の手の中から前足を伸ばしてじゃれついてくる。その様子に癒されながら尋ねると、千歳はどこかバツの悪そうな顔で答えた。

「……それはやな……害もなさそうやし、天音って猫好きやろ……。帰ってきたら見せたりたいなーと思ってちょっと手懐けようと……猫又用の強力マタタビを……」

「……なんだ、その需要の低そうな謎アイテムは……」

「いや、意外と役立つねんで。今度見せたるわ……けど、天音にも効いてまうかな？」

「効くか！　おれは猫又じゃない！」

「えー……けど、天音ってなんか猫っぽいし……」

ピント外れなことを抜かしながら、千歳は手の中でもふもふした身体を伸びあがらせるようにしておれの指を狙う猫とおれを見比べる。ため息をついて話の軌道を戻した。

「——で、その変なアイテムでこいつを刺激してしまったんだな？」

「……わざとやないで。けどちょっとこいつには効きすぎたみたいで、ちょっと目離した隙に逃げてもうて……で、たまたま高校にいたのを見つけたんはいいんやけど」

「『すでにこいつが人間に悪戯の術をかけた後だった』と」

「………そういうことや」

「じゃあ、おれの捜してた犯人は」

「こいつや」「千歳だな」

千歳とおれの声がきれいに重なる。千歳は猫を抱いたまま不満げにおれに詰め寄った。

「なんでやねん！　おれは無実やって！」

「おまえが変なもん使うからだろーが。こんなに可愛い生き物に罪をなすりつけるな」

「ひどっ！　あんぱんにも猫にも負けるおれの扱いってなんやねん……」

がーん、と一昔前の効果音が聞こえてきそうな表情でうなだれた千歳の手から、小さな化け猫を受け取る。化け猫とひとくくりに言ってもいろんな奴がいるもので、人に姿を変えたり悪さをするような奴もいれば、長年生きた猫がなんらかの妖力を得て姿かたちを変えたくらいの、あまり攻撃性のないものも意外と多い。

おそらくマタタビに酔って、自分の「縄張り」に入り込んできた人間を追い返すために術をかけたのだろうが、こうして触れてみてもそれほど危険なようには思えなかった。それにそもそも千歳が「害がない」と判断したのなら、たぶん大丈夫なのだろう。

「おまえ、人懐っこいな」

腕に抱いて額をカリカリと撫でてやると、化け猫は気持ちよさそうにゴロゴロと喉を鳴らして、おれの頬に頭を摺り寄せた。光の加減で繊細に輝いて見える、ふわふわの毛並みがくすぐったい。

「癒されたか？」

おれと化け猫のじゃれ合いを隣で眺めていた千歳が、ふっと笑ってそう尋ねる。

「……癒された。方法はともかくとして、ありがと」

そう言って、千歳の視線から逃れるように手元のふわふわに目を落とした。掌にすり寄る柔らかな感触と同じくらい、こんななんでもないやり取りが心地よく感じられる……そんな自分を、「まずい」と感じた。

「ほんじゃあ帰ろか。おまえも帰るで。今度は天音が神社(うち)にいる時間に遊びにおいで」

千歳はおれの腕から化け猫を抱き上げるとさっきと同じように制服のセーターの襟元に押し込んだ。中で暴れているのか、奇妙にもこもこと動くセーターを眺めていると、千歳がこちらを振り返った。

「天音はまだ作業すんのか？」

「……え、あぁ。……千歳は、やっぱり準備には参加してないんだな」

問いかけに答えた続きに、なんとなく気になっていたことをつけ足すと、千歳は目を瞬いた。

「おれ、こう見えてほんまにやりたいことしかせん主義やから」

そう言ってにっと笑った千歳に、ついつい訊いてしまいそうになる。

じゃあ、おれの「手伝い」は？　メシ作ったり、掃除したりするのは？

おれのクラスに、ちょこちょこ顔出しに来るのは？

それが千歳の「ほんまにやりたいこと」だと、おれは言ってほしいのだろうか。

そんなことを期待して、言葉が零れそうになる。頭で考えるよりも先に。

……その感覚は、おれには絶対に、あってはいけないものなのに。


その日の夜、夢を見た。

もう自分でもほとんど思い出せないくらい幼い姿のおれが、神社の境内で小さな蕾を眺めている。ほんのりと色づいて、早く咲きたいと背伸びをするような堅い蕾。撫でるように指で仄かな春色に触れ、「綺麗に咲いてね」と呟くと、花弁は一気に綻び、周囲にふわりと甘い香りが立ち込める。風の色が深くなる。鳥の鳴き声が鮮明になる。自分の力が何かを「与える」感覚に、おれは嬉しくなって微笑む。そんな夢だ。

――……ぼんやりと目を開けると、視界にはただただ真っ暗な部屋が映る。おれは手探りで布団を引き寄せ、頭から被って強く目を閉じた。

この「力」が何かを与えるだけではなく、同じくらい……もしかしたらそれ以上に、何かを「奪う」側面を持っていると気づいたのはいつだっただろう。

はっきりとはおぼえていないけれど、それに気づいた瞬間からおれの世界の色は変わった。

もし友達と喧嘩をしたり、家族に叱られたりしたときに、自分が感情的に相手に「言葉」をぶつけたとしたら？

たとえば、おれが咄嗟に、相手を傷つけるような言葉を使ってしまったとしたら？

それからしばらくは、ただひたすらに自分の力が怖かった。もともと口数が多いわけではなかったが、さらに言葉を口にすることに用心深くなった。

感情を揺さぶられるのも怖かった。「咄嗟に」「口走る」ことが、おれにとっては取り返しのつかないことだと知ったから。

それでもまだ、おれにはこの力を誰かを助けるために使いたいという気持ちもあった。

ずっとそうしてきた枇々木の一族のように、そして遠く離れている両親や、おれを育ててくれた祖父のように。

だからひたすらに自分を鍛えた。自分を、自分の言葉を、言葉に現れる自分の気持ちを、完全にコントロールできるように……自分に、負けないように。

でも、結局その不安を拭いさることはできなかった。

おれが自分から「力」の一部を封印したいと言ったとき、祖父は反対しなかった。

ただ、しばらくの間おれを抱きしめて、黙って頭を撫でてくれた。おれは泣いていたのかもしれない。師としてはいつも厳しかった祖父だが、おれの限界を見誤ったことは一度もなかった。だからたぶんあのときも、おれの限界を祖父は感じ取ってくれたんだと思う。

祖父はおれの霊力の一部を封印する儀式を行い、その結果おれは、自分の霊力を自分の言葉で発現させることはできなくなった。代わりに「和歌」という、他の誰かが思いを込めた言葉を介してだけおれは力を引き出し、具現化することができるようになった。

千歳に出会った頃に指摘をされた「引き出す力」と「持っている力」のアンバランスさは、おそらくそのときに生じたものだ。元々大きな力を引き出していた感覚はそのままに、引き出される方の力の大部分は抑え込んでしまったのだからそうなるのも無理はない。

こうしておれは、封印によって力を暴走させるリスクを大きく下げることができたものの、それは完全になくなったわけではない。おれの力の大部分は「消えた」のではなく、あくまでおれの中に、奥深くに、無理やり眠らせて押し込めてあるだけなのだ。

そしておれはその儀式によってある「制約」を受けている。

おれが自分の思いや気持ちを言葉で偽ったとき、つまりは「嘘」をついたとき、力の制御（コントロール）を失うというものだ。

「制約」による反動は、おれが偽ったものの大きさに比例する。自分にとって大きな気持ち、大切な思いほど、それを「嘘」に変えたときの報いは大きくなり、暴走する力は強大なものとなってしまうはずだ。

だからおれには昔から、どんな妖よりも、どんな怪奇現象よりも、ずっと怖いものが在る。それは、おれの心を揺さぶるものだ。心を揺さぶり、おれを惹きつけ、おれを衝動的にしてしまうもの、理性を上回る感情を呼び起こしてしまう存在が怖い。

……そんなものをつくれば、おれはいつかきっと、その「大切なもの」を自分自身で傷つけることになるだろうから。

瞼の裏に涼しげな青色と優しい銀色が滲んだ気がして、無意識に、布団を握りしめる手に力が籠もった。


「天音ー。起き……」

聞き慣れた呑気な声が聞こえると同時に、部屋の扉が外から開く。すでに制服を着てぼんやりとしていたおれを見て、千歳が目を丸くした。

「えっ！　起きてるやん！　どうしたん？」

「……別に。たまには早く目が覚めることくらいあるだろ」

日頃の行いから考えれば無理もないとはいえ、失礼な挨拶に顔をしかめてみせる。それでも、やっぱり千歳の顔を見ただけでほっとしている自分に呆れてしまう。もう少しだけ、もう少しだけと思いながら、今日もこの感覚を投げ出せないでいる。

「たまに……っていうか稀（まれ）に？　ごく稀に？　まぁ早起きはええことやけどな」

そう言う千歳はすでに制服姿で、開け放したドアの向こうからはほんのりと美味しそうな香りが漂う。おれは吸い寄せられるように立ち上がった。

「今日の朝飯、千歳が作った？」

おぼえのある優しい匂いをくんと嗅いで尋ねると、千歳は表情を崩した。

「そうや。天音、毎日準備とか頑張ってるからな。今日はおまえの好きな卵焼きとめざしとほうれん草の和え物と……」

得意げに胸を張りメニューを読み上げ出した千歳の背後から、迫力の不機嫌顔がぬっと現れ、おれは一瞬息を呑んだ。

「おはよう、天音。…………おい、そこの天邪鬼。あれはなんの嫌がらせだ」

祖父はおれに向かってにこりと微笑んでから、再び鬼の形相になり千歳を睨む。

わけがわからずふたりの顔を見比べると、千歳は祖父の不機嫌な様子を見てそれはそれは満足そうににっと口角を上げた。

「え？　なんのことや？　おれは天音の好物をやな……」

「そっちじゃない！　なんでおれの分だけ別メニューなんだ！　納豆にもずくにとろろ……味噌汁までアオサにしよって！」

「神主には長生きしてもらいたいからな、健康食材や」

そう言う千歳の顔は清々しいほどわかりやすくニヤついている。……このふたりは、それぞれにすごいはずなのに顔を合わせればまるで子どもだ。

「嘘をつけ！　おれがネバネバ系食材を忌み嫌っていることを知ってるだろうが！」

祖父が涼しい顔をした千歳に詰め寄る。泣く子も黙る枇々木の鬼神主に「ネバネバ系食材」という弱点があることを、この地球上で知る者はほとんどいない。そしてその弱点を自ら喚かせる者はもっといない。おれは今改めてこの天邪鬼の恐ろしさを知った。

「……っていうか、千歳、じいちゃんに嫌がらせするために朝からそんな品数つくったのか……？」

おれは別にそういうメニューが嫌いなわけではないのだが、さっきの会話の感じからするとおれの分とは別にわざわざ用意したような言い方だった。そう尋ねると千歳はおれに向かって満足げににっと笑った。

「そうや。おれはこういうとこで手は抜かん」

どういうとこだよと呆れるが、しっぽを踏んづけられた猛犬さながらに千歳を睨みつける祖父と、してやったりと言いたげな満足顔の千歳のコントラストに、おれは思わず噴き出した。

「……っ、ははっ、毎回思うけど、おまえの嫌がらせって無駄にクオリティ高すぎなんだよな」

おれが笑いながらそう言うと、祖父は目を瞬いた。千歳はそんな祖父には構わずにおれの方を見て口角を上げる。

「クオリティは高いに越したことないやろ。このおっさん自らおれに家事を仕込んだ結果の嫌がらせや。あー、すっきりした。さ、こんなん放っといておれらはさっさと食べよか」

「……わりと根に持つんだなっていうのも、毎回思うよ……」

このへんはやっぱり妖の感覚なのか、元来が「悪戯好き」の天邪鬼の性質なのか。呆れながらも、こんな風におれにはまったく思いつきもしないことをやってのける千歳の行動力に、結局丸め込まれて笑わされて流されてしまう。

いつもの調子のおれたちのやり取りを、祖父はどこか驚いたように、そして少し複雑そうに眺めていた。

その日から、おれは少しずつ千歳と一緒にいる時間を減らしていくことにした。とはいっても、あからさまにすべての接点を断とうとしたわけではない。ただ、これ以上おれにとって千歳がいることが「あたりまえ」にならないように、注意深く一定の距離を保ちたかっただけだ。

放課後はなるべく学祭の準備や、部活の助っ人などを引き受けて過ごした。

昼休みは、三日に一回くらいの頻度でひとりで屋上に上がり、飯を食って昼寝をした。

家に帰れば千歳がいる、ということも珍しくはなかったが、そんなときは今までどおりに普通に過ごした。学祭の時期という恰好の言い訳もあって、特に不自然ではなかったと思う。以前のように友人に破局だなんだと揶揄（からか）われたりすることもなかった。

今日も、おれは屋上の特等席に陣取り、三つ目の購買のパンを頬張りながら、まばらに雲が浮かぶ昼下がりの空を眺めている。

この場所に侵入する知識と技術を習得済みの生徒はほとんどいないはずだが、念のためにこちらから鍵を掛けた。天気が悪い日はここでの昼寝も肌寒くあまり快適とは言えない季節になってしまったが、今日はいい具合に陽も当たっている。食い終わったら、腕時計のアラームかけて十分くらい寝るかなと、呑気な計画を立てていると、不意に強い風が吹いた。

「…………？」

砂ぼこりが舞い上げられる乾いた風に、一瞬目を伏せる。顔を上げると、目の前に銀髪の不機嫌顔があった。

「うわ！」

「…………」

咄嗟に叫んで身体を引く。背中が緑のフェンスに当たってがしゃんと音がした。眼下のグラウンドからは見えないはずだが、念のためあまり動かないようにしていたのに。

「……………ち、とせ……？　おまえ、どっから……」

千歳はきらきらと光る銀色の髪を風に揺らしながら、無言でじっとおれを見る。不機嫌……というよりは、何か腑に落ちないというか、もの言いたげな表情にも見える。

今日は朝から顔を見ていなかったが、「ブレザーより楽だ」と言って愛用しているセーター姿に、ネクタイもいつもどおりゆるゆるだがしめてはいる。こうして見ると一応「高校生」の姿かたちはしているのだが……それに騙されてはいけない。普通の「男子高校生」は、完全施錠済みの屋上に突如風と共に現れたりはしない。

千歳はふーとため息をついておれの正面に胡坐をかくと、ちらりと目だけで眼下の中庭を指した。この間おれが千歳と化け猫を発見した辺り、あの倉庫の古びた屋根が小さく見える。

「あの辺から跳んだ」

「……跳んだ……って……馬鹿か、おまえ」

どうせまともな返答なんて期待はしていなかったが、それにしても予想以上にまともじゃない答えにおれは脱力した。千歳はおれの言葉にぴくりと眉尻を上げる。

「天音がご丁寧に鍵まで掛けるからやろ。そうでなくてもおれは前の一件から屋上には近寄りにくいんや。なんでかいっつも階段の辺りで教師に見つかる」

「それはまぁ……マークされてるんじゃないか……？　おまえ、目立つし」

「そうやな。おれが一番近づきにくい場所やって、ちゃんとそこまでわかってるんよな。じゃあそれわかった上で最近ここに入り浸ってんの、なんで？」

「…………」

相変わらずの勘のよさに呆れる。どうしてもう少しの間くらい騙されていてくれないのだろう。もう少し……もう少しおれは千歳と距離を取らないといけない。自分の「力」から守るための……必要最低限の、距離。おれはなるべく表情を動かさないようにしながら肩をすくめた。

「入り浸ってるっていうほどじゃないだろ。最近眠いから、静かに昼寝したかったんだ」

「ふーん。20点やな」

「………は？　何が……」

「その言い逃れの点数や。そんなクオリティでおれを出し抜けると思いなや。仮にも妖族最強の『鬼』やで、おれは」

「……今、それが何か関係あんのか？」

千歳の言い分はいつもどおりイマイチわけがわからない。どう考えても、こいつは「鬼」を前面に出す場面を間違えている。いつもどおりに呆れたいのに、緑の目に捕らえられて喉元で鼓動がうるさく響く。目を逸らさないことだけで精いっぱいだった。

千歳はじっとおれを眺めて、小さく息をつく。

「……わかった、自白する気はないねんな。じゃあ質問変えるわ。天音、おれのこと避けてるよな？」

「……っ……」

「……ちょくちょく屋上にいるからとか……それだけで言ってるわけやないで。最近、普通にしゃべっててもなんかよそよそしいっていうか……距離置かれてる、みたいな気がする」

必死に逸らさずにいた自分の目が、咄嗟に見開いてしまったのを感じる。やっぱり千歳は強い妖で、鬼なのだ。おれの逃げ道なんて、弱気な最後の望みなんて、簡単に断ち切ってしまう。できればまだずるずると先延ばしにしておきたかったのに、千歳の確信的な質問は簡単におれを追いつめた。

「避けていない」と言えば嘘になる。「避けていた」と言えば理由を問われる。そうして理由を言えば、このお節介で優しい天邪鬼はきっとおれを突き放さない。……おれは、そのことが何よりも怖い。

喉に貼りつくようなひんやりとした空気を吸った。

おれはもう、この手を離すべきなのだ。往生際悪く、中途半端に距離を取ってでもできれば千歳のそばにいたいなんて、そんな浅はかなことを考えるからこうなる。逃げ出したい気持ちをこらえて、千歳の目を見返した。

「……そうだよ。千歳を避けてた」

「なんでや」

「そのまんま。……離れたいと思ったから」

「なんで、離れたい？」

おれは、「制約」により嘘がつけない。正確には、嘘をつくとその反動によって報いを受ける。でも、その言葉が嘘かどうかを決めるのはおれ自身なのだ。おれの「気持ち」と「言葉」が反発し合ったとき、おれが紡ぐ響きは「嘘」になる。だから……その気持ちを認めてしまわなければ、今から告げるべき言葉ひとつ分くらいは耐えきれるかもしれない。そのひとつでこの手を離してしまえれば、千歳とのつながりを切ってしまえれば、その「報い」が千歳に向くことはない。それでいい、はずだ。

「……おれは、おまえのことなんか……」

嫌い、だからだ。

続きの言葉がのどに詰まる。

簡単なはずなのに。少しだけ傷つけるかもしれない。でも、それで守れるはずなのに。声にはならないくせに、確実におれの喉を焼くその言葉の熱で思考が侵食されていく。ふっと頬に触れた感触で、初めて千歳がおれに向かって手を伸ばしたことに気づいた。

「……やっぱり、なんか隠してんな。もう八割方ばれてんねんから、しょーもない嘘つかんとほんまのこと言い」

「八割も、ばれてないだろ……」

「はい、今ので隠してんのは白状したな。後な、天音は自分を守るための隠しごとはせん。おまえの無茶と隠しごとは全部人のためや。言葉少ない分、表情は正直。合計八割」

「…………」

「そんな泣きそうな顔するほどのことやのに、なんでひとりで抱えるん？　そうやってギリギリでバランス保って距離取って……おれは、そこまでして天音に守ってもらわなあかんような奴やないで」

「……！　……なん……で」

　さらりと核心をつかれ、咄嗟にこぼれたおれの言葉に、千歳は呆れたように微かに目尻を下げた。

「……やっぱりな。おまえはずっとそうやって……自分の持ってる『言霊の力』から周りの人間を守ってきた。でもな、天音、おれは今までおまえが守ってきた奴らとは違うで。立てこもって鍵かけたくらいでは追い返せんし、騙し合い化かし合いもおまえよりなんぼか場数踏んでる。……おれほどの妖に目つけられたんやから、もういいかげん観念し」

　そっと触れている千歳の手が、優しくおれの頬を撫でる。おれの中に在る、今もはっきりと蠢く、手懐けられない猛獣のような言霊の力を宥めるように。

　この「力」は、おれが手綱を緩めれば、周囲の人間に呆気なく牙をむくだろう。だからこそおれは、いつだって大切なものとの間に、見えない壁を築いて、巧妙に距離を置いてきた。ずっとそうやって、自分と周りを守ってきた。

　それなのに、築いたはずの壁は粉々にぶち破る、置いたはずの距離はひとっ跳びで越えてくる。千歳だけが、いつだって簡単におれに触れてしまう。

　千歳の言うとおり……千歳は、本当におれが今まで守ろうとしてきた人たちとは違うのだ。でもその「違い」こそが、危ういほどにおれを揺さぶる。

「大切な家族」、「尊敬する師」、「可愛い弟分」、「気の置けない友人」……。おれは、自分の知っている「言葉」で、その人たちとのつながりを名づけられた。大切だと思う理由も、紡ぐことができた。それなのに千歳とのつながりを、おれはどうしても同じように名づけることができない。どうしてこの手を振りほどけないのかも、説明することができない。

おれがコントロールすべき理性のカタチそのものであるはずの「言葉」は、このつながりを、おれが辛うじて持てるくらいの安全な大きさに収めてはくれない。

いつもの調子でにっと笑う千歳の表情をぼんやりと見ているうちに、完全に言いそびれた出来損ないの「嘘」が喉の奥で覚束ない熱に変わる。その熱にじわじわと侵食されるように視界が熱くぼやけてくるのを感じて咄嗟に身体を引こうとすると逆に引き寄せられ、柔らかく抱きしめられた。

「…………おまえがいなくても、おれは平気だ」

柔らかなセーターに顔をうずめながら、独り言のように呟く。自分に言い聞かせるように。呟いた瞬間に、喉の奥がちくりと痛んだ気がした。耳元で千歳がふっと小さく笑うのが聞こえる。

「裏返し（リバース）。天音は、自分で思ってるよりずっとわかりやすいんやで」

霊力を発現させるわけでもないのに、千歳はいつもの馴染んだ響きを小さく呟く。この天邪鬼は、いつもおれの心を見透かす。騙されてくれないし、おれが自分自身を騙そうとするのすら、許してくれない。この拘束は、いつだって柔らかくて温かくて……そして今のおれには、少しだけ残酷だ。

爽やかな樹々の緑のような香りがする千歳の腕の中で、投げつけられなかった言葉の代わりに込み上げる湿った熱が零れ落ちないように、おれはきつく目を閉じた。

翌朝洗面所で鏡を覗き込み、おれは小さくため息をついた。自分の顔なんてそんなに熱心に眺めることはないけど、それにしても今日、一段とひどい顔をしているということくらいはわかる。腫れぼったい目元も、顔色も、情けない表情も、すべてがひどい。蛇口をひねり、冷たい水を掌に掬って顔を浸す。肌に触れるひんやりとした温度が、繰り返すうちにだんだんと痺れるような冷たさに変わり感覚を奪っていった。

「天音。今日は放課後準備ナシやろ？」

「……え？　そうだっけ？」

昼休み、購買に向かって歩いていると千歳のクラスの前で呼び止められた。昨日の今日だから、ついつい視線が彷徨ってしまう。千歳は気まずそうなおれを見てため息をついた。

「朝から連絡されたやろ。職員会議かなんかで今日は全クラス居残りなしやって。それとも、この期に及んでまだおれを撒こうってか？」

「…………別に、そんなことは」

単にぼんやりとして、ＨＲの連絡を聞き逃しただけだ。あれほどすべてを見透かされた上で、さらに千歳から逃げようとしているわけではない。でも、もう逃げないと腹をくくれたわけでもない。昨日までの、浅はかとはいえ一応の意図を持ち千歳と距離を置こうとしていた自分よりも、今のおれはもっと何も持っていなくて、情けなくふらふらしている。

「あー、またひどい顔色して……。メシ食ったんか？」

千歳はおれの顔を覗き込み、呆れたように目尻を下げた。その視線から逃れるようにして、おれは俯いていた顔を上げる。

「今から買いに行くとこだよ。早く行かないと売り切れるから、もう行く」

「まぁそれはいいねんけど……。とりあえず、今日は帰りそっち行くから」

「…………わかった」

断る理由は思いつけなかったのでおれはそう呟いて千歳の横を通り過ぎた。通り過ぎるとき、仄かに柔らかな樹々の緑の香りがした。昨日その香りに包まれたことを思い出し、頬に熱が集まるのは気がつかないフリをして、購買に向かう足を速めた。

ＨＲが終わり、教室のざわめきが動き出す。のそのそと帰り支度をしていると、後ろからクラスメイトに肩を叩かれた。

「天音、ほんとーに悪いんだけど、今日のゴミ出し当番頼んでいい？」

同じ班の友人は、顔の前で手を合わせて頼み込むように頭を下げる。そういえば、今日は日直班だった。おれは移動時の鍵係かなんかだったけど、今日は移動の教科がなかったからまったく仕事をしていない。

「いいよ。っていうかおれ、今日なんもやってなかったし」

そう言って苦笑すると、友人はぱっと表情を輝かせた。

「さんきゅー、助かる！　最近学祭の準備言い訳にして部活サボってたからさ。早く行かねぇと顧問に干されそうなんだ」

「……なんか大変だな。ちゃんとやっとくから早く行け。無事を祈る」

簡潔にそう言ってそいつの背中を教室の入り口に押しやると、友人は「ほんとありがとな！」と言って笑顔で手を振りながら走っていった。

そういえば、なんとなく教室から人がはけるのがいつもよりスムーズな気がするなと思いながら、プラスチックのゴミ箱のふたを開け、満杯のゴミ袋をふたつ取り出して口を絞った。

少し迷ってから、一応教室にカバンを置いていくことにした。ゴミ捨ての間に千歳とすれ違っても、机の上にカバンがあれば少しくらいは待っているだろう。たまたま仰せつかったゴミ捨てを言い訳にしてそのまま帰ってしまうこともできたのかもしれないが、なんとなくそうしたくはなかった。

「…………おれって、ずるいな」

ひとりになった教室で、やたら鮮明に響くビニールの擦れ合う音を聞きながらおれは呟いた。結局は、こうして千歳が来てくれるのを心のどこかで待っているみたいだ。

そういえば、千歳がいつかおれのことを「猫っぽい」と言っていたなとふと思い出す。

構うと逃げようとするくせに、そっぽを向くと寄ってくる。たしかにそうかもな、と思わず苦笑した。まぁそれでも猫だったら可愛いから許せるんだろうけど、こんな無愛想なDKではどうにもならない。大して重くもないゴミ袋を両手にひとつずつ持ち、ずるずると引き摺るようにして教室を出た。

ゴミ捨てのコンテナは中庭の外れ、校舎の裏側に位置している。滅多に来ないから場所を思い出すのに少し手間取り、なんとなく同じような場所をぐるぐるとして、やっと奥まったその場所を見つけた。あまり手入れが行き届いているとは言い難い花壇に囲まれ、四方を囲む校舎の壁の間から、少しだけグラウンドの風景が見える。

おれがのろのろとしていたからか、同じような「ゴミ捨て当番」の生徒の姿もなく、伸び切った雑草が風に揺れて擦れ合う微かな音だけがあたりに響いていた。

がこん、というどこか間の抜けた音を鳴らしてコンテナの蓋を開け、持ってきたゴミ袋をふたつ投げ込む。透明のビニール越しに見えるカラフルなメモ帳やら、折り目のついたプリントやらをぼんやりと眺めていると、背中から声がした。

「あ、いた」

「…………」

振り返らなくても、声の主はすぐにわかる。こんな一言ではいつもの独特のイントネーションすら聞き分けられないはずなのに、今はもう声だけで、すぐにわかってしまう。

「こんなとこで何してるん？　天音って狭いとこが好きなん？」

　また、人を猫みたいに……。おれは小さく息を吸ってから振り返った。

「ゴミ捨て当番頼まれた。一応教室にカバン置いてきたんだけど、よくここがわかったな」

「あれ、今さら？　天音、大事なこと忘れてるやろ」

「……？　大事なこと？」

「おまえが屋上にいようが校舎の裏側にいようが、簡単に見つけられんのなんでやと思う？」

「……さぁ……って、あ。もしかして……」

　咄嗟に、掌で耳元に触れた。なんか、気づきたくないことに気づいてしまったような感じがする……。千歳は気まずそうに顔をしかめたおれを眺めて可笑しそうに口角を上げた。

「おれ、一回おぼえた匂いは忘れへんからな」

「…………ものすごく語弊があるな。頼むから、おれの匂いをおぼえてるとか人前で言うんじゃねーぞ……」

　ため息をつきながらそう言うと、千歳は悪戯っぽい表情で肩をすくめてみせた。

「ええやん。そのおかげで、ちゃんと庵を見つけられたんやろ？」

「……まぁ、それはそうだけど」

　たしかに、庵が妖に攫われたとき千歳はおれと「似ている」らしい庵の匂いを辿って居場所を突き止めてくれた。おれの匂いを「おぼえさせて」と言われ、首筋に顔を寄せられたことを思い出す。改めて考えるとこいつの行動はイチイチ心臓に悪い。

「やから、残念ながらどこにいてもおれには見つかるで。かわいそうに、天音はかくれんぼでは一生おれに勝てへんなぁ」

そう言って、千歳はいつもの調子で笑う。その、いつもどおりのワケのわからない発想といつもどおりの穏やかな表情に力が抜けていく。

そして、力の抜けた頭は、ふっとある答えを紡いでしまった。…………やっぱり、こいつがいないとおれは「平気じゃない」んだと。

「心配してくれなくても、おまえとかくれんぼすることは一生ないけどな……」

苦笑しながらそう言うと、千歳はおれの表情を見てどこか安心したように微笑んだ。

「人生は何が起こるかわからんで。なんなら、今からするか？」

「しない」

ばっさりと言いながら千歳の方に向かって足を踏み出そうとした途端、一瞬視界がぐらりと揺らいだ。

「…………？」

眩暈（めまい）、というのとは少し違う。何か……身体の内側から、自分の身体のカタチに合わないものが殻を突き破ろうと暴れるような、奇妙な感覚……。咄嗟に足を止め、掌で自分の喉を掴んだ。

……おかしい。

リミッターを外したおぼえなどないのに、勝手に込み上げてくる熱がもう喉元まで来ている。おれが霊力を発現させるときの熱……。そう思った瞬間、血の気が引いた。

自分の言葉を思い出す。昨日おれは、千歳に向かって言ったはずだ。

『おまえがいなくても、おれは平気だ』

それなのに、千歳がいないと平気じゃないと感じてしまった。

……あの言葉を、おれはたった今、はっきりと「嘘」に変えてしまった。

おれが「力」を抑えるために受けている制約は、「言霊師」として、言葉を愚弄しない……自身の意思を言葉で偽らないこと。それが強い想いであればあるほど、制約を破ったときの反動は大きくなり、おれは「言霊」をコントロールする術を一時的に失う。

自分の気持ちに蓋をし続けることができれば、あの一言くらい堪え切れると思ったおれの読みは甘かった、ということだろうか。

「天音？　どうかした……」

千歳がおれの様子に気づいたのか、近づいてきて顔を覗き込み、驚いたような表情になる。おれは咄嗟に千歳から距離を取るように後ずさった。

「……っ、どうしたんや。顔色真っ青やで……」

「来るな!!」

千歳が心配そうな表情でこちらに手を伸ばす。おれは熱の去らない喉元を押さえながら叫んだ。

「……天音？」

「………来ないでくれ。危ない……から」

そう呟いた瞬間、おれの方に向けられた千歳の掌が、目に見えない鞭で弾かれたように空を切る。

「…………え？」

千歳ですら目で追えなかったのだろう。若葉色の瞳が驚きに見開かれる。おれの身体から溢れた霊力が風切り刃となり、一瞬のうちに千歳の掌と、腕に数本の赤い傷を刻んだ。

呆気に取られたような表情でおれを眺める千歳の腕から、紅い滴がはらりと落ちて制服のカッターを染めた。

「言葉は凶器だ」と、最初に言ったのは誰だったのだろう。

そのとおりだとは思うのだが、その人はきっと知らないだろう。比喩じゃなく、気の利いた言い回しじゃなく、本当にそのままの意味で自分の言葉が大切なものを傷つける……傷つけ血を流させる。そんな救いのない恐怖があることを、おれ以上には知らないだろう。

千歳は弾かれた自分の手を、視線だけで素早く確認してすぐにおれの方に向き直った。

「……び……っくりした～……」

出来のよくないサプライズを受けたくらいの感じで、どこかおどけたように、軽い調子で目を瞬きながら千歳は言う。

「………ごめん……おれ……」

「いや、ちょっと油断してて避け損なったけど。そんな言うほどの傷やないで？」

千歳はじわりと滲む血を反対の手の甲で素早く拭き取り、血の付いたカッターの袖口を隠すようにまくり上げると、掌をぐっと開いたり閉じたりしてみせた。

「それよりおまえの方がよっぽどやばそうなんやけど。歩けるか？」

そう言いながら千歳はおれの方に歩いてくる。一度力が放たれたことによって治まったのか、先程のような暴走の兆候はもうなかったが、それでもおれの身体は恐怖で強張った。

千歳が一歩進む分、力の入らない脚で一歩後ずさる。数歩下がると、背中が壁に触れた。

「天音……。そんなに怖がるな。おれは大丈夫やから」

優しい声が、宥めるようにおれの名を呼ぶ。いつもおれの頭を撫でる大きな掌がためらうことなく伸びてくる。

たった今自分を傷つけたおれに、千歳はいつもどおりに手を伸ばそうとする。

「………っ、……ひとりで戻れるから。……だから、来るな」

「……そんな状態で放っとけって？　いくらなんでも、それはできん相談やな。そもそも、今のは天音のせいやないやろ」

「……違う。今のはおれの、せいで……おれの、せいだから」

「天音」

「もうこれ以上、おまえに近づかな……」

「天音！」

「……っ」

千歳の強い声がおれの言葉を遮り、新緑の瞳はまっすぐにおれを見る。その視線が痛い。そんな風に見てもらう資格は、おれにはないのに。自分でも信じられないくらい、掠れた弱々しい声を振り絞る。

「……千歳は、どうしてそこまでして……おれのそばにいようとするんだ」

わからなくてもいいと思っていた。それなのに、おれの言葉は問いのカタチを紡いでしまう。

頭では訊くべきではないと思っているのに、制御できない言葉は勝手に唇から零れ落ちる。この「力」を自覚してから、これほど自分の意思で言葉を抑えつけられなかったことなんて、こいつに会うまでは一度もなかったはずなのに。

「……千歳にとって、おれはなんなんだ……」

「…………」

千歳は何も答えずに、ただ痛そうな顔をした。行き場を失くしたおれの言葉が、力なく足元に落ちて転がっていく。

「…………ごめん。気にしなくていい……。……ケガ、させてごめんな」

千歳にこんな顔をさせたかったわけじゃない。困らせたかったわけじゃない。……じゃあ、どうしてほしかったのか。

……おれは、この期に及んでまだ、千歳がおれのそばにいる特別な「理由」が欲しかったんだろうと思う。そしてどこかでそれがもらえることを期待したんだと思う。

傷つけるかもしれなくても、千歳のそばにいていいと思える何かが欲しかった。


千歳に背を向けてぎこちない足取りで歩きながら、喉元に込み上げるさっきとは違う種類の熱に可笑しくなる。涙を流す権利なんてないくせに。

守りたいのに突き放せもしない。突き放せないのに守れもしない。

紡ぐことのできない理由、名づけられない関係、抑えつけることのできなかった衝動……。おれと千歳の間には、手を離すための条件しか降り積もらない。おれが恐れていたものしか現れない。

それなのにもう、はっきりとわかってしまったのだ。

この想いが「言霊師」としておれが守ってきたすべてを覆すとしても、それでもおれは、あのとき交わした「握手」を解きたくない。

これからもずっと、千歳の手を離したくない。

一〇〇二：「馬鹿で愚かな天邪鬼」ですが、何か？（千歳ｓｉｄｅ）

一生の不覚一生の不覚一生の不覚。

……と、大事なことだから三回言ってみた上で、おれは生まれて初めて土下座をしている。

「…………いい眺めではあるが、いい気分ではないな」

頭上から聞こえる声は、百戦錬磨の神主らしく威厳に満ち、そして孫を溺愛する祖父らしく怒りに溢れている。

「……怒りは、百も承知」

畳に額を擦りつけながら言うと、枇々木はそれはそれは深いため息をついた。

「百どころでは足りん。億、兆、京（けい）……不可思議、無量大数……」

「慣用句やろが！　めんどくさい奴やなぁ！」

数の最大単位をずらずらと並べ出した性悪神主に、思わず顔を上げて抗議するとものすごい形相で睨まれた。表情一つで妖に血の気引かせるとか、つくづく本気でありえない。

「誰が顔を上げていいと言った。一生そこで頭（こうべ）を垂れていろ」

「……くそー……人が下手に出れば……。神主っちゅうのは人を救うもんやないんか……」

「人を救う……そのとおりだ。可愛い孫を悩ませる愚かな妖怪はその限りではない」

さっきからこの調子で、まったく取りつく島もない。随分耐え忍んだものの、さすがの仕打ちにおれは身体を起こして詰め寄った。

「だから、その可愛い孫をこれ以上泣かせんために頼んどるんやろ！　天音のためじゃなかったら、誰がおまえなんかにここまで頭下げるか！」

「開き直るな。そもそもおまえが、おれに頼まないとどうにもならんような方法を選ぶから、無駄に天音を傷つけてるんだろう。自分の浅はかさを骨身に刻め」

「……………うぅ～……。…………それは、充分わかってる……」

「『わかってた』のか、『わかった』のか、どっちだ」

「…………『わかった』。天音にあんな表情させて、初めてわかった……」

言いながらも思い出すと、身体の奥深くがひどく痛む。今まで受けたどんな傷よりも、鋭く抉られるような痛みにおれは唸った。

枇々木は黙っておれを眺め、また飽きもせずに長いため息をついた。もちろん、こいつの胸中も複雑極まりないだろうということは容易に想像がつく。正直、本気で斬りつけられても文句は言えないと覚悟の上でここに来た。

それでもその上で、おれはこいつに頼らざるを得ないのだ。おれが天音に「伝えられない」ことについてあいつに話してやれるのは、この神主しかいないから。

枇々木は何かを見定めるように鋭い視線でじっとおれを見る。こいつの目は何もかもを見透かしそうで、生憎おれはそんなに大層な倫理観など持ち合わせていないままに年月だけは長く生きてきた気ままな妖だから、見透かされると都合の悪いことはけっこうある。

でも、今回ばかりは面倒だと引くわけにはいかなかった。

おれは黙って、枇々木の万物を焼き払いそうに鋭い視線を見返した。

無言の応酬がどれぐらい続いたか、かなりの時間が経ってから、枇々木はふぅと小さく息をついた。それから、姿勢を正して座り直し、静かな口調で告げた。

「おれには、枇々木の家長として天音の『力』を守る義務がある」

「…………」

こいつが守り抜いてきたものを、まったく知らないわけではない。人間離れした強さは、つまりはこいつの……こいつの一族の背負っているものの重さでもある。

枇々木は一度言葉を切り、微かに目を伏せた。そして、ただのひとりの「人間」の顔つきになった。

弱いくせに、何かのために強くなろうとする。

ちっぽけなくせに、大きなものを掴もうと手を伸ばす。

愚かなくせに、ときにたまらなく愛しい。そんな、ただの「人間」の顔。

「……ただ、あの子の祖父としては、あの子の笑顔が何よりも大事だとも思っている」

「…………」

それから、枇々木は顔を上げて正面からおれを眺め、一瞬だけ、その厳しい表情を微かに和らげた。

「天音はおまえといるとき、あんな表情で笑うのだな。…………少し、驚いた」

「……おっさん……」

おれが呟くと、枇々木はすっと表情を引き締めて淡々と告げた。

「神主と呼べ。言っておくが、おれはおまえを認めはせん。ただ、天音が望むなら、馬鹿で愚かな天邪鬼の昔話はしてやる。それだけだ」

「……ありがとう、ございます」

「ただし、もし天音がこれ以上おまえと共にいることを望まないのなら、おれの霊媒師としての能力と経験のすべてを駆使し、全身全霊を懸けておまえを駆除する」

「…………駆除て……」

ものすごい気迫で告げられた内容に脱力しながら、おれはもう一度、目の前のおっかない人物に頭を下げた。

静かな廊下を歩きながら、無意識に天音の部屋に向きそうになる足をぐっと抑える。

顔を見たい、けどきっと天音はおれを見たら辛い顔をするだろう。そしてその顔を笑顔に変えてやれる自信が今はない。

「……おれ、おまえのことが――」

カタチにならない言葉は、辺りの空気すら震わすことができない。この気持ちの正体がなんなのかはよくわからなかったが、「言葉で紡げない」こと自体が、おれにとってははっきりとした「答え」だった。

言えない言葉は喉の奥で熱となり、身体を焼く痛みに変わる。でもおれに俯く資格はないことも知っている。その「言葉」を……なんのためらいもなく、簡単に捨てたのは自分だから。

冷たい風が吹く境内に立ち、一度だけ天音の部屋の窓を見上げた。

そこに天音がいることがちゃんとわかる。あの日おぼえた天音の匂いは、いまだにおれの中から去らない。

馬鹿みたいに長い年月を越えてきたはずなのに、初めて自分の意志で自分の中に残した誰かの欠片だ。その破片を零さないようにぐっと拳を握りしめ、おれは暗闇に向かって強く地面を蹴った。

捌：「欲しいもの」

《12》天つ風　雲の通ひ路　吹き閉ぢよ　をとめの姿　しばしとどめむ

空高く吹く風よ、天女が帰っていく雲の中の通り道を吹き閉ざしておくれ。その美しい姿を、もう少しだけでも見つめていたいから／僧正遍昭・小倉百人一首。《》内は歌番号

吾が背子と　二人し居れば　山高み　里には月は　照らずともよし

信頼する貴男（あなた）と二人でいれば、山の高さに遮られて月影がこの里に照らないとしても、かまいはしない／高丘河内・万葉集

心を揺さぶられる「特別」は、おれには必要ないと思っていた。

そうやって、何に対しても一定の距離を置いて、手が触れないくらいの距離から綺麗なままでいるのを確認して安心して。大切なものは、全部おれにとって「眺めるもの」だった。それを、特に不満だと思ったこともなかった。

「…………静か、だな」

しっかりと寝過ごした休日の朝。窓から入り込んでくるのは、すでに高く昇りきった角度から確信的に降り注ぐ昼前の陽光だ。こんな時間まで寝ていたのも久しぶりだなと思いながら、のそりと起き上がり寝ぐせのついた髪を掻いた。

特に予定があるわけでもないので、寝過ごしたこと自体はさして問題ではないのだが、やはり最近の休日の朝との違いをはっきりと感じてしまう。千歳がおれを叩き起こしに来ない朝は、本当に久しぶりなのだ。

「ちゃんと飯を食え」と言われていたことを思い出し、たまには自分で作るかと思いながら顔を洗って台所に向かう。庭に面した廊下から、澄んだ青空とゆったりと流れる純白の鱗雲（うろこぐも）が見えた。

おれがつけてしまった傷は大丈夫だろうか。もう、あんなに痛そうな表情（かお）をしていないだろうか。……今、何を思っているのだろうか。

綺麗な青色、銀色に零れる陽の光、いつのまにか現れる見慣れた境内。自分の目に映るなんでもないものが、いちいち千歳につながることに気づいて思わず苦笑した。

わりと腹が減っているのを都合よく忘れたふりして、縁側に座り境内を通り抜ける風の音に耳を澄ます。

おれが霊力を暴走させ、千歳にケガをさせたのが二日前。昨日、学校に千歳の姿はなかったが、飽きずに千歳を勧誘し続けているらしい川岸が残念そうに机に突っ伏し、「今日こそは引き摺っていこうと思ってたのに、鬼島休みだってよ。あいつが体調不良とか想像できねー……サボりじゃねぇの？」とこぼしていた。

あくまで「たぶん」なのだが、千歳が本当におれの前から姿を消すなら、少なくとも学校や知人の中からは「鬼島千歳」という存在自体も消して去っていきそうな気がする。

そんなことができるのかはわからないし、どちらかといえばおれの「願望」なだけなのかもしれないけど、学校に千歳の存在が残っている間は、まだ戻ってくる気があるのかもしれないと思ってしまうのだ。

それに、あのとき見せた千歳の表情は、単なる拒絶じゃなかったようにも感じた。恐怖をかき消すように呼んでくれたおれの名は、やっぱり優しい響きをしていた。

静寂に任せてぼんやりと空を見上げると、強い晩秋の風は頼りなげな薄い雲を追い立てるように流していく。自分から離れようとしたくせに至極自分勝手なことは承知の上で、やっぱりこのまま千歳に会えなくなるのは嫌だと思った。

「……天つ風、雲の通い路吹き閉じよ……か」

もちろん言霊を発現させる気はないが、なんとなく頭に浮かんだ和歌が口から零れた。

〝天つ風　雲の通い路　吹き閉じよ　おとめの姿　しばし留めん――〟

おれはこの和歌を、風を操るために何度も使ったことがある。おれにとって、和歌はずっと「武器」だった。でも今は少し違う響き方をする。そのひとつひとつが、大切な風景や、大切な誰かのことを想って紡がれた言葉なんだなとふっと思う。

会いたい人がまだ消えてしまわないように、風に帰り道を塞いでくれと願ったこの歌が、長い長い年月を越えて「まぁ、おまえもがんばれよ」と軽く肩を叩いてくるように感じた。

とりあえず、ケガをさせたことをもう一度きちんと謝らなければならないし……結果的におれの暴走を鎮めてくれた礼も言わなくてはならない。そして、できれば、そういうことをちゃんと「自分の」言葉で言えればいいと思った。誰かの言葉を借りるんじゃなくて、不恰好でも拙くても、おれ自身の言葉で言えればいい。千歳はいつも、そういうおれの言葉をちゃんと聴こうとしてくれたから。

ひんやりとした風に頬を撫でられながら、おれはぐっと伸びをした。


久しぶりに自分で作った朝昼兼用の食事を終えて自分の部屋に向かっていると、書斎の前で祖父に呼び止められた。姿が見えなかったので、てっきり仕事にでも出ているのかと思っていたが、今日は多忙な神主も一応の休日なのだろうか。

「天音、もう飯は食ったか？」

「うん。味噌汁とご飯は残ってるけど、いる?」

「あぁ、ありがとう。あとで頂くとしよう。天音の作った飯は久しぶりだな」

祖父は書斎の机に向かい、分厚い書物を繰りながら顔を上げて嬉しそうに言った。そんなに喜ぶならもう少し手の込んだものでも作っておけばよかった。

元々家を空けることが多い祖父に代わって、昔から家のことは必要最低限ではあるもののひととおりこなしてきたし、料理をするのも嫌いではない。でもやっぱり、最近はあたりまえのように食卓に並んでいた千歳の料理の味と比べると物足りなく感じてしまう。

……千歳にそんなつもりはまったくないのだろうが、勝手に「胃袋を掴まれた」気がして心境としては複雑だ。そんなことを考えながら少し微妙な表情になったおれを見て、祖父は首を傾げた。

「どうかしたのか?」

「……いや、なんでもない」

苦笑しながらそう言うと、祖父はじっとおれを眺め、手に持った本を閉じた。

「今日はなんだか……静かな休日だな」

「……あー……そう、だな」

祖父がどういう意図で言ったのかはわからないが、「静かな休日」であることの原因は明白だ。何しろおれと祖父を二人足しても太刀打ちできないくらいよく喋るのが、久しぶりに不在なのだから。

「静かで、気分がいい。天音、ちょっとこっちにおいで」

　こうして書斎で調べ物をしている祖父がおれを呼ぶのは珍しい。何か手伝いが必要そうな様子でもないので少し不思議に思ったが、特に他の用があるわけでもないので、おれは書斎に入り、祖父の隣に座った。

「しばらく神社を空けていた間も、おまえの部屋や持ち物は変わらんな。もう少しくらい無駄遣いしたってかまわんのに」

　急にそんなことを言われ、今度はおれが首を傾げる。たしかに祖父が家を空ける間も生活に困らないようにと、いつもある程度の金は預かっているが、おれは例の「霊力の引き出しすぎによる大食い化現象」を祖父に知られないようエンゲル係数を抑えるのにいつも必死だ。そして、それ以外の使い道はまったく考えたことがなかった。そういえばスーパーとコンビニ以外の買い物にも長らく行っていない。

　これって現役高校生としてはけっこう終わってるんだろうか。俺にもたしか「隠居老人」って言われたしな……まぁ別にいいんだけど。

「うーん……。特に新たに必要なものってなかったから。もしあれば、ありがたく使わせてもらうけど」

　正直にそう言うと、祖父は少し困ったように眉尻を下げた。祖父の教育方針があまり一般的ではないことは充分知っていたけれど、「無駄遣いをしろ」と勧められるというのもなかなか斬新ではある。よくわからない話の展開だ。

「っていうか、なんで急にそんなこと？」

　祖父と他愛無い話をするのも、一緒の部屋でなんでもない時間を過ごすのもおれは好きだ。でもなんだか今の祖父の言葉には、他愛無いというよりは何か明確な意図がありそうな気がして、訊き返してみた。

　祖父は少し間を置き、書斎の隅……おれが幼い頃に読んでいた絵本や童話を置いているスペースにちらりと目をやってから、小さくため息をついた。

「特に理由はないが……昨日久しぶりにおまえの部屋を掃除していて、ふと気になったんだ。おまえの部屋には、こまごまとした流行り物らしいのがほとんどない。そういえば幼い頃から、おまえに何かをねだられた覚えすらあまりない、と思ってな」

「そうかな？」

「そうだ。一度くらいは思いきりわがままを言わせたいものなんだがな。どうだ、天音。何か欲しいものとかはないのか？」

　そう言って、祖父はこちらを向きまっすぐにおれの目を見る。祖父の目は、いつも、どんなものも正しく物事を見極める目だ。でも、今はそれよりも、心配されているんだろうなということがシンプルにわかった。だから、つい素直な気持ちが零れた。

「……おれ、充分わがままだと思う」

「なぜ、そう思う？」

「………ダメだって思うのに、どうしても離せないものがある。……お金で買えるものじゃないけど」

そう呟くと、祖父は少し複雑そうに微笑んだ。それから、おどけたように肩をすくめた。

「そうか。買えないのでは、小遣いをやったところで仕方がないな……ところで、おれは今から長い独り言を言おうと思う」

「……うん？」

「ものすごく不本意ではあるのだが、くだらない昔話が頭から離れなくてな。まぁひとりで勝手にしゃべっているから、おまえは気にせず好きにしていろ」

「…………？」

またまた突然明後日（あさって）の方向に転換された話題についていけず、おれは黙って祖父を眺めた。脈絡がないのか、おれが見えていない脈絡が存在するのか、それを量ろうとする前に祖父の静かな声が書斎のどこか懐かしい匂いのする空気を微かに震わせた。

「……昔昔、あるところに、力の強い天邪鬼がいた」

「……！　それ……」

突然話し出された内容に、思わず目を瞬く。「昔話」っぽい語り口ではあるものの、聞き覚えのありすぎる……今何よりもおれの思考を占領している言葉だ。

祖父は思わず身を乗り出したおれにはおかまいなしに、どこか遠くを見るように涼しげな表情で話し続ける。

「その天邪鬼は、力は強かったが馬鹿で適当でいい加減な奴だった。おまけにうるさい。

まだ幼い頃に、近畿地方にある力の強い霊界に興味を持ってしばらく居ついていたらしいが、その間に出鱈目な方言に染まりよって、話し方も変だ」

「…………」

昔話というか、ただの悪口になってきた。しかも個人が特定されすぎている。どう考えても千歳の話、それもおれの知らない「昔話」を、千歳のいないこの場所でこのまま聞いていていいのか一瞬戸惑った。でも、結局おれは立ち上がることをしなかった。

千歳の、初めて見る痛そうな表情を思い出す。そこには、おれが受け取るべき「何か」が込められている気がした。往生際が悪いと笑われようが、自分勝手だと罵られようが、おれはまだ千歳に関わるすべてのことを投げ出したくはない。少しでも、知るべきことがあるのなら知りたいと思った。おれは黙って祖父の静かな声に耳を傾けた。

「……その天邪鬼は、ある事情からさらに強い『力』を得る必要があった。それはそいつが長い年月をかけて取り組んだ厳しい修行でも得難いものだった」

「…………」

「あるとき、天邪鬼は妖の間で行われている儀式の存在を知った。それは、ある制約を受けることと引き換えに、自身の霊力を強めることができる儀式だった」

「え…………」

「浅はかで愚かで単純馬鹿な天邪鬼はあっさりとその儀式を行い、ある種の思いを伝える言葉を失う代わりにさらに強い力を得た。……そしてそれから長い年月が経って、自分の捨てた『言葉』の重みに気づいた天邪鬼は、悪縁の昔馴染みに土下座までする羽目になったとさ。……めでたし、めでたし」

祖父は静かな声で話し終えると、唖然とするおれに優しい視線を向け、取ってつけたように「昔話」っぽい定型文をつけ足した。

「……聞いていたのか、天音。どうだった？　この昔話は」

そう問われ、おれは慌てて我に返る。

「……めでたしの要素、なかったけど」

「そうだな。めでたしというよりは……ざまぁみろ、だな」

「…………その天邪鬼、元気にしてた？」

「まぁいつもどおりだ。ただ……元気ではなかったな。あいつが落ち込んでいる姿など初めて見た」

「……そう、なんだ」

「…………ふふ」

「……？　何？」

「……いや、おまえ達は、つくづく正反対だなと思ってな。天音、あいつはな……おまえがしたのとまったく『逆』の儀式をした妖なんだ」

「おれと、逆……？」

「そうだ。おまえは、力を抑えるために制約を受けているな。あいつは、力を得るために制約を受ける道を選んだ。制約の内容も、真逆だ」

「……………おれは、おれの制約は……嘘をつけない。……自分にとって、大事なことほど」

「裏返してみなさい」

「……………本当のことが、言えない……？」

「大事なことを、というのは同じだがな。しょうもないことはあれほどよく喋るくせに、大事なことに限って伝えられないというのはなかなかの皮肉だ。……さて、独り言も終わったことだし、さっさと調べ物を片付けて、久しぶりに晩飯に腕を振るうか」

「……おれ、その昔話に……少し、付け加えたいことがある」

「そうか。……気をつけて、晩飯までには帰っておいで」

「……うん。じいちゃん、ありがとう」

そう言って立ち上がると、祖父はふっと微笑んだ。

「……少しは、おまえの欲しいものをあげられたかな」

どこか満足げに呟かれた優しい言葉に、おれはまっすぐに祖父の目を見て笑顔で頷いた。

神社を出て、裏山の草を掻き分けながら道なき道を進む。暴れる風を鎮めに来て、千歳と最初に会った山だ。

　ここに本当に千歳がいるのかはわからない。千歳がおれの居場所を簡単に見分けられるのに対して、おれの方はいまだに千歳の気配をうまく掴むことができない。どこにいても近くにいるような気もするし、どこにもいないような気もする。おそらく、千歳の霊力が及ぶ範囲がかなり広いので、特定することが難しいんだろう。

　まったくあてにならない「感覚」というナビくらいしか頼るものはないというのに、おれの足はなんの迷いもなく伸び切った草をざくざくと踏み分けて進んでいく。元々それほど思慮深いわけではないが、それでもこれほど向こう見ずに、感覚で動く自分が意外だ。

　時折、微かにこの地の霊力を含んだ精霊風が、遊び相手を探すように行く手の樹々をざわつかせたが、おれは立ち止まらずに進み続けた。


　どれくらい歩き続けたか、鬱蒼とした樹々に頭上を覆われ太陽の位置ははっきりと掴めないものの、頬を撫でる風の温度は昼間よりもずいぶん冷たさを増している。

　ジーンズのポケットに入れたスマホを取り出して時間を確認しようと視線を手元に落としたとき、不意に強い風が吹いた。

「……ぅわ……っ」

　目を伏せたのと同時にぬかるみのようなものに視界の悪い足元を掬われる。慌てて後ろに飛び退くと、ばしゃっと何かが跳ねるような音がして、周囲が突然暗闇に覆われた。

「…………マジか」

真っ暗なドームのような球体に閉じ込められたおれは呆れ声で呟く。千歳を捜すことに気を取られて、足元に潜んでいた妖力に気づくのが遅れたらしい。さっき足を取られたぬかるみがおそらく何かの妖力の残滓だったのだろう。

力の強い妖怪が放った術の跡がこうして思わぬところに残っていることがある。それ自体に意志がない分、うっかり発動させてしまうと対処が難しい。我ながらきっちりと間が悪い。しかたなくおれは不自然な暗闇に閉じ込められながら頭の中を探った。そして咄嗟に浮かんだ歌に苦笑する。

『現実！』

おれが選んだ答えは、美しい光には照らされないかもしれない。賢い選択ではないかもしれない。でもいい。おれはもう、決めている。

『吾が背子と　二人し居れば　山高み　里には月は　照らずともよし！』

おれの周囲を覆う闇が一瞬揺らぐ。その次の瞬間、漆黒を裂いて現れる色を疑いもしなかった。

『裏返し！』

周囲を揺るがす大声が響き、鬱々とした宵闇は澄んだ青空の色に切り裂かれる。

千歳の霊力で強められた、夕刻顔を出したばかりの月明かりは、銀色の髪に零れながら細かな光の粒子となる。ぱっくりと一部だけ裂けたようなドーム状の暗闇にちりばめられ、まるでプラネタリウムに迷い込んだかのようだ。夕暮れの山の中に突然現れた小さな星空に覆われながら、千歳は呆れ顔でおれに詰め寄った。

「なんちゅう歌詠んでんねん！　『よし』ちゃうやろ！」

「結果オーライ。傷心の妖を引き摺り出すには最適だろ」

「………う」

千歳が言葉を詰まらせて変な呻き声を上げたとき、じわりと闇に溶け込んだ光が弾けるように一瞬の閃光が走り、おれたちを覆っていた闇の残像は勢いよく砕け散った。

「………何しに来たんや。危ないやろ」

「……おまえを捜してたに決まってるだろ。ひとりで楽しくハイキングでもしてるように見えるか？」

呆れ声で返すと千歳は目を瞬き、少し困ったように微笑んだ。

「まぁ見えんけど。その表情（かお）じゃせいぜい山籠もりの修行しに来たくらいにしか見えん」

「顔はほっとけよ……っていうかそんな非生産的な苦行をする趣味はないから」

「相変わらず身も蓋もないな。修行ってそもそもそういうもんやろ、山籠もりは鉄板やし」

「……あのさ、おれ千歳を捜しに来たって言ったよな？　『修行あるある』を語りに来たんじゃないいんだけど」

「そうか。じゃあ………用事、聞くわ」

千歳はそう言うと少しおれから離れ、近くにあった大きな岩に腰を下ろした。

「昔話を聞いた。適当で単純な、天邪鬼の話」

そう切り出すと、千歳はたいして驚いた様子もなく……まるでそのことを最初から知っていたかのように微かに口角を上げた。

「………そーか。……天音は、その昔話を聞いてどう思った？」

「ちょっと、つけ足してほしいと思った。……無愛想で、口下手な言霊師と出会う話も」

「…………………なんで？」

千歳がまっすぐにおれを見て、尋ねる。少し不安げに見える若葉色の綺麗な瞳を見返しながら、おれは小さく息を吸って……そして、告げた。

「だってその言霊師は………天邪鬼の『これから』の話に、登場し続けるはずだから」

おれたちのつながりがどんな名で呼ばれるべきなのか、おれにはやっぱりわからない。

はっきりとわかるのは、長い長い時を越えてきた千歳の「物語」に、おれと並んで歩く一瞬の時間を刻みたいと願ったこの感覚だけ。でもその感覚を、今は信じてみたいと思った。「二人し居れば山高み……月は照らずともよし」。この手を離さないことがどれだけ「高い山」でも、美しい光に照らされない道だとしても、それでもやっぱりこの存在と歩くことを、おれはおれのために選んだ。

千歳から目を逸らさずに、おれは不恰好な「おれ自身の」言葉を紡ぐ。

「おれは、もう自分勝手に腹をくくった。……おまえに付き合ってたら、こんなに自分勝手になった」

「…………」

「……だから責任取って、千歳も腹くくれ。…………おれの傍は、ちょっと危険かもしれないけど……もう傷つけないように、もっと強くなるから。だから千歳も……言えなくたっていいから、おれのそばにいろよ」

目を瞠った千歳が、立ち上がってゆっくりとおれに近づく。かつて交わした握手の記憶を辿るように大きな掌をじっと眺めたあと、千歳は新緑の目をこちらに向けた。

「……おれ、自分が捨てたもんの意味が、初めてわかった」

「…………うん」

千歳の静かな声は、おれの身体にためらいもなく沁み込んでいく。おれも、自分が背負っているものの意味が、もう一度ちゃんとわかった。千歳が逃げずに受け止めてくれたから、ちゃんとわかった。千歳にとってのおれも、そう在れたらいい。

千歳は何度となくおれの頭を撫でた掌をぐっと握りしめ、一瞬だけ痛みを呑み込むように目を伏せた。顔を上げ、強い瞳でまっすぐにおれを見る。

「…………後悔、してへんとは言えん。けど、それも全部ふくめておれのもん。……おまえに預けたりはせんよ」

「うん。……おれも」

「……ほんなら、それぞれ厄介な諸々を背負った者どうし、お互い活入れながら歩いていこか」

わざと軽い調子でそう言って、心優しい嘘つきはおれを安心させるようににっと笑った。らしくなく掠れた声も、いつもとは違うぎこちない笑顔も、千歳の「後悔」が決して軽いものではないことを鮮明におれに伝える。

千歳はおれに、いつも後悔をさせないでいてくれた。奥井さんの願いを叶えたかったときも、庵を救いたかったときも、いつもおれが後悔しない方へ背中を押してくれた。

だからおれも、これ以上逃げないでちゃんと千歳を笑わせたいと思った。

「……………望むところだ」

そう言って、千歳が握りしめていた掌の力を解くように触れた。千歳が驚いたように目を瞬いた隙に、指を滑らせぐっと強く握り込む。この、名もない「つながり」はおれたちを縛らない。いつでも離せる手を、それでもこうして握るだけだ。

千歳は何かを確かめるようにゆっくりとおれの手を握り返した。それから、「さ、暗くなる前に帰ろか」と言ってもう一方の手でおれの頭を撫でた。いつもおれを必要以上に安心させ、気を抜かせてしまう困ったクセだ。

「…………うん」

優しい感触に一瞬だけ身をゆだねて目を閉じ、その後、顔を上げると千歳はじっとおれを眺め、それからいつもの「ザ・世話焼き」の顔つきになった。つくづく「鬼」には見えないどころか、妖としても変な奴だ。

「っていうか天音、おれがおらんかったら確実に遭難コースやからな。山をなめたらあかんやろ」

「……わかってるけど、ここは昔からおれの霊力との波長が合うっていうか……子どもの頃からしょっちゅう来てるけど、一回も迷ったことなかったから」

「それでもや。おまえって自分のことになると、ほんま無鉄砲やなぁ……」

「千歳が住所不定なのが悪いんだろ。おまえはおれを見つけられるのに、おれは見つけられないなんて不公平だ」

呆れ声で言われ、ついつい言い返したら、自分でも意外なほど拗ねたような声になった。

千歳はそんなおれを見て驚いたように目を瞠り、そのあと可笑しそうに笑った。

「それは悪かった。このへんはおれの縄張りやけど、いつも同じところにはおらんからな。天音がおれを見つけられる方法、なんか考えよか」

「別にいいよ……。でっかい鈴でも付けとけ」

「あ、それいいな。似合うかな？」

「冗談だから。……おれが見つけられるようになるまでは、千歳が見つけてくれればいい」

おれの前から消えないでいてくれれば、それでいい。いつかは、どこにいたって見つけられるようになってやるから。

千歳はふっと微笑んで頷き、それからおれの目をまっすぐに見返して言った。

「……あ、あとな。天音の傍なんか全然危険とちゃうで。こないだは油断してたけど、おまえの力なんか、おれがちゃんと抑え込んだるからな」

「……千歳って、初めて会ったときおれに負けたよな、たしか」

「…………あれも、油断してたんや」

「油断だらけじゃねーか。それはもはや実力だろ」

ばさりと言うと千歳はぐっと言葉を詰まらせ、不満げに詰め寄ってくる。

「そんな正論いらんし！　そこは素直に『千歳、頼りにしてる♥』って言っとけや！」

「言うか阿呆。おれはそういう判断力は失わない」

「ぐぬ〜〜……」

変な呻き声を上げて恨めしそうにおれを眺めながらも、薄暗い山道を歩くおれを導いてくれる千歳の手は優しい。陽が落ち冷たくなった風が吹いても、触れた場所から全身が温められていくようだ。おれの手を引きながら斜め前を歩く千歳の横顔を見上げ、自然と表情が緩んだ。

単純で適当で自由で……どこまでも優しい天邪鬼の話は、これからもちゃんと続く。おれはそのお話を、文句なしの「めでたしめでたし」にしたいのだ。

どれだけ時間がかかっても、千歳の後悔を思い切り幸せな色で塗りつぶして笑わせたい。

触れた掌をきゅっと握ると、千歳は嬉しそうに微笑んだ。

玖：夜空に咲く華

登場する和歌

雨晴れて　清く照りたる　この月夜　またさらにして　雲なたなびき

雨も晴れ、清く照っているこの美しい月夜に、また夜が更けてから雲がかかることのないように……／大伴家持・万葉集高く澄んだ青色に薄く繊細な雲を纏った秋の空に、いつものチャイムとは違う明るい音楽が鳴り響く。年に一度の学祭は、生徒たちの歓声と共に幕を開けた。

「天音ー、入り口5番、注文聞いてくれー！」

「わかった。……あ、庵」

朝から盛況の我がクラスの和風喫茶。手作りの看板やメニュー立てを配置した古風な甘味処をイメージした教室で、被服部のクラスメイトが作ってくれた衣装を着て接客をしていると、見知った顔がこちらに向かって嬉しそうに手を振った。

「やっほー、天音。予想どおり忙しそうだね」

そう言う庵はピンクと紫の縞模様というカラフルな衣装を身につけている。少しもこもことした質感も、庵の雰囲気に合っていてなんだか可愛らしい。

「来てくれたのか。……それ、庵の恰好って……もしかしてチェシャ猫？」

メニューを差し出しながらその姿を眺めて尋ねると、庵はにっと笑った。

「正解。うちのクラス、『不思議の国のアリス』をモチーフにした、なぞなぞつきの迷路やってるんだ。当番の合間に抜けてきたから、猫のまま。似合う？」

そう言って首を傾げる庵に、朝からの怒涛の忙しさも忘れて表情が緩む。庵が猫……。おれの「癒し」のダブルコンボだ。

「似合う。撫でまわしたいな」

そう言うと庵は目を丸くした。その後、なぜかおれが渡したメニューをおもむろに広げ、顔を隠してしまう。

「？　どうかした？」

「天音が変なこと言うから……」

俺はそう呟き、メニューから目だけを上げて恨めしそうにおれを見上げた。

「うん？　別に変な意味じゃないけど……」

単に可愛いなと思っただけなのだが、また「子ども扱い」のように聞こえてしまったのだろうか。

「わかってるよ！　わかってるけど……あー！　もういい！　それより、天音のおススメどれ？」

視界を遮るようにずいっとメニューを差し出され、目の前に美味そうな響きの和風デザートの名前が並ぶ。

「うーん……。全部おススメだけど、この『マシュマロあんみつ』とか、俺が好きそう」

調理担当の友人たちが考案したアレンジレシピは、どれも美味かった。飲食の出し物は衛生面のチェックがかなり厳しいから、市販のお菓子やシロップなどを上手に使ってここでの調理は最小限にしているのだが、意外な組み合わせや盛り付けに凝っていて目にも楽しい。

「へー、美味しそう。じゃあそれと、この『いろどり桜茶』」

「了解。それは煎茶に桜の塩漬けが入ってる」

「天音おじいちゃんが好きそうだね」

「そうだな。おれもそれ飲んでまったりしたい……。俺のクラスにも行きたいけどなぁ」

　思わずため息が零れる。年に一度の学祭なのだし、準備を頑張っていたクラスメイトのみんなのことを思えば忙しいのはありがたいことなのだが……何しろ、まったく他のクラスの出し物を見に行ける時間がない。

「おまえはここにいるだけで客を吸い寄せるからしかたがない。よう、俺。可愛いな、それ」

「水原先輩。おつかれさまです」

　おれの注文取りが遅いからか、様子を見に来たらしい水原がぽんと背中を叩いてくる。部活の後輩でもある俺は水原の姿を見て微笑み、礼儀正しく挨拶をした。

「……当番制って言ってただろ。なんでおれだけ……」

「おまえがいないときに来た客が『どうして枇々木くんがいないんですか』って苦情言いに来るのが面倒だからだよ。この天然客寄せパンダめ」

「そんなの知るかよ……っていうか誰がパンダだ……」

　じとっと睨むと、水原はおどけたように手に持っていたメニューを上げておれの視線を遮った。

「毎年のことだろ。去年はそんなに不満そうでもなかったのに、今年はどっか行きたいクラスでもあんのか？」

「え？」

何気なく聞かれた言葉に目を瞬く。そういえば、去年もおんなじような感じでクラスの出し物に拘束されていたけど、まぁしかたがないかというくらいにしか思っていなかった。

今年は……たしかに、ちょっと覗いてみたい場所がある。

「あー！　庵！　おまえ何、抜け駆けしてんねん！」

自分の思考に気を取られていると、突然入り口の辺りで騒々しい声が響いた。見れば、でっかい看板を担いだ千歳が、庵の姿を見つけてずかずかと近寄ってくる。首にはなぜか包帯ぐるぐる巻き、真紅の裏地が目立つ黒のマントにどっかの貴族みたいなドレープのシャツ。普段の「和装」からはかけ離れた姿に目を瞠るが、千歳の担いでいる看板の文字を見て合点がいった。

『世界のお化け屋敷』……看板はポップな色合いで、「お化け屋敷」の字の下には「Ｍｏｎｓｔｅｒ　Ｈｏｕｓｅ」とも表記されている。最近はお化け屋敷とはいえあまりグロテスクな展示は禁止されているから、明るくオシャレな感じにアレンジしているのかもしれない。そして千歳の恰好はたぶん、ドラキュラかなんかの仮装だろう。まぁこいつの場合、仮装なんかしなくても素で「妖怪」なんだけどな……。

「……げっ。もう来た」

千歳の姿を見て顔をしかめた庵は、入り口から距離を取るように椅子を引いた。

「天音のクラス行くんは昼からやって言ったやろ！　ずるいぞ、自分だけ！」

「うるさいなぁ。おまえの仕事、昼からもどうせ終わんないだろ。その分もおれが代表して来てあげたの」

「なんでやねん！　おれかって天音に接客されて和菓子食いたいのに！」

「おまえが準備サボりまくるから悪いんだろ。その分当日きりきり働け」

「なんでおまえがうちのクラスの奴らの代弁するんや！　わかってるからちゃんと働いてるやろうが！」

ぎゃんぎゃんと言い合うチェシャ猫とドラキュラ……もとい庵と千歳を眺めながら、水原が呆れ顔でおれをつつく。

「……おい天音、なんかおまえを取り合って異種間の火花が散っているぞ」

「…………いや、おれあんまり関係なくない？」

ちらっと名前は出ていたが、別におれを取り合っているわけでもないような……。っていうか、俺はともかくとして千歳は絶対和菓子に釣られているだけだ。冷めた目でふたりの言い合いを眺めていると、千歳がぐるりとこちらを向いた。

「天音、ひどいと思わん!?　おれ今日一日クラスの当番させられんねんけど！　おまえと遊ぼうと思ってたのに～……」

「……声、でかいって。おれもどうせ抜けられなそうだし、おまえもせいぜい働いとけ。準備、結局手伝わなかったんだろ」

「そうやけどさー……。あ、でもどうせここまで来たんやし、ついでに一休み……」

そう言って千歳が担いだ看板を下ろし、ちゃっかり俺の隣の席につこうとしたとき、入り口からどやどやと人だかりがなだれ込んできた。

「あ、鬼島いた！　何堂々とサボってんだよ！　おまえ目当ての客めちゃくちゃ来てんだから早く戻ってこい！」

どうやら千歳のクラスメイトらしい集団が、千歳を見つけて詰め寄ってくる。数人の男子生徒に腕をがっちり固められ、千歳は顔をしかめた。

「そんなん知らんし！　労働基準法違反や～！」

「…………」

妖のくせに労働基準法の精神を喚きながら、クラスメイトに連行されていく千歳を眺め、おれはため息をついた。

相変わらず嵐のような奴……。それなのに、いつもの馬鹿みたいなやり取りでちょっと疲れが取れたような気がするから本当にタチが悪い。やっぱり千歳のクラスの出し物もちょっと見たかったなと思いながら、なんとなく手元のメニューに目を落とした。

「……相変わらずうるさいなぁ」

千歳が引き摺られていった後の教室のドアを眺めながら、俺はテーブルに頬杖をついて呆れ声で呟いた。それにしても、最初は千歳を完全拒否していたのにずいぶんと打ち解けたものだ。

「まぁ、静かな千歳も不気味だからいいんじゃないか？」

　そう言って笑うと、庵は大きな瞳でおれの方をじっと見上げて、少し複雑そうな表情をした。

「…………あんなのに負けるとか、ほんと悔しい」

「ん？」

　ぽつりと小声で呟かれた言葉は聞き取れず、おれが首を傾げて訊き返すと庵は突然がばっと顔を上げておれの手元のメニューを奪い取り、素早く目を走らせてから言った。

「……天音！　追加でこの『おどろき桃の木パフェ』！　天音のおごりで！」

「えぇ？　なんでおれの？」

「なんとなく！　あとで友達のクラスのたこ焼きと焼きそば買ってきてあげるから！」

「ははっ。なんだよ、それじゃおごりの意味ないぞ」

　おれがそう言って笑うと、庵は微かに頬を染めて苦笑した。


　楽しい非日常は、時間の流れ方もいつもとは違う。あっという間に日は落ち、年に一度のお祭り騒ぎは終わりを迎えようとしていた。

「あーあ、結局一日働いて終わったな」

　日が暮れるのもずいぶん早くなった。グラウンドから僅かに届く光だけがぼんやりと辺りを照らす静かな屋上で、千歳は残念そうに言ってぐぅっと大きく伸びをした。

「おれも……。けど、千歳は準備サボってた分だろ。おれは準備もがっつり参加したのにな……」

そう呟くと千歳はおれの方を向いて肩をすくめた。

「おれから逃げる口実のために、やろ」

「………う。でも仕事はちゃんとしたし。っていうか根に持つなよ」

「根に持つっていうより拗ねてるんや。天音の和装ももっと見たかったし、和菓子も食いたかったのに……。あと、うちのお化け屋敷にも来てほしかった～」

そう言う千歳の表情は暗がりでもわかるくらいのしかめ面で、その珍しい姿におれは思わず笑ってしまう。

「おれも行きたかったけど、まぁこうして今は合流できてるんだし、いいんじゃないか？うちの学祭、後夜祭もけっこう大掛かりだからな」

そう言って千歳を宥めていると、眼下のグラウンドから音楽が聴こえてきた。自由参加の後夜祭は、ダンスや光のアートなどの催し物がいくつかあって、最後には打ち上げ花火が上がる。これは近所の人たちも招待しているから、毎年街ぐるみのちょっとしたお祭りみたいになっている。千歳はおれの隣に座り、暗闇の中でもはっきりとした緑の目でじっとこちらを見た。

「合流できたっていうか、おれが天音を攫ってきただけやけどな」

「拗ねている」の続きのような口調が可笑しい。たしかに、今は完全施錠済みの校舎の、しかも立ち入り厳禁の屋上なんかにいるのは、千歳に「攫われた」からだ。

暗闇に紛れて、おれを担いでこんなところまで簡単に跳躍し、おまけに声も姿も外からは隠すという高度な結界まで一瞬で張ってしまった、この非常識な天邪鬼の仕業。

「でも、おれも千歳を捜してた。……はい、これ」

放っておいても、千歳の機嫌はけっこうすぐに直るはずだ。でも、たまには少しくらい甘やかしたっていいだろう。「非日常」の空気を言い訳に、おれはポケットから小さな包みを取り出して千歳の掌の上にのせた。

「……ん？　なんや、これ」

不思議そうに目を瞬いた千歳が、和柄の布をそっと解く。解けた中から、虹色の和菓子が現れた。おれのクラスの和風喫茶で一番人気だった、その名も『星屑餅』。シンプルな大福餅の皮の部分に、金平糖を砕いたものが混ぜ込まれていて、カラフルな見た目とシャリシャリとした独特の食感がウケていた。

今日一日クラスに貢献し続けた報酬に好きなものを食べていいと言われたので、結局午後からも現れることのなかった千歳のために、ひとつ持ち帰らせてもらったのだ。

「………これ、天音のとこの？」

「そう。これで目的はひとつ果たしただろ。あとは一緒に花火見れば充分じゃねーか」

欲を言えばおれも千歳と一緒に学祭を回ってみたかったけど、こうして同じ空気の中にいられるだけで楽しいというのも嘘じゃない。

千歳はしばらく自分の手元の小さな和菓子をじっと見つめていたが、顔を上げて嬉しそうに微笑んだ。

「ありがとうな」

おしゃべりな千歳が、どこかぎこちなく短い言葉を紡ぐ。その響きが身体に沁み込み、疲れた身体をじわりと温める。

「……千歳のあのカッコって、やっぱりドラキュラだった？」

嬉しそうな千歳の目にじっと見られるのが少し落ち着かなくて、視線を彷徨わせるついでに話を逸らせた。

「ん？　あぁ、なんかそんなんやったな。おれ西洋の妖怪はあんまり好かんねんけどなー」

「へー……。妖怪にもそういう……派閥みたいなのあんのか」

「ぶっ。派閥ってなんや。そんなんやないけど、なんかなー……名前とか設定に情緒がないやろ」

「情緒……？」

申し訳ないのだが、おれには天邪鬼とドラキュラの情緒の優劣はよくわからない。けど、そのときなんとなく妙な感じがした。なんというか……千歳が天邪鬼であることは絶対で……おれは、他の誰よりも、そのことを強く知っているはずのような……妙な感じ。

それと同時に、千歳の言った「名前」という言葉が、微かにおれの思考を掠めた。

「………おれ、千歳の本当の名前を知らない」

「天音？」

「……いつか、教えてくれるか？」

暗闇の中で複雑に光る若葉色の目を見てそう尋ねると、千歳はふっと微笑んだ。

「天音が知りたいんやったらな。……けど、いっこだけおぼえといて」

「？」

「おまえは、おれの『本当の名』を知りたいって言うけど……おれには、おまえが呼んでくれる『千歳』の名の方が大事やし、おれにとっての『本物』や。やから、もうひとつの名を知っても……天音は、おれのこと今とおんなじように呼んで」

千歳の目は暗闇の中でもぼんやりと薄緑色の光を放ち、まっすぐにおれを見る。

長い冬を耐え、恐れずに芽吹き、春の訪れを告げる若葉の色。ずっと昔にも、この瞳の色を見上げたことがあるような気がした。綺麗で、強い……温かな場所に導いてくれる目印を探すような気持ちで、この色を見つめたことがあるような気がした。

「……心配しなくても、どんなに立派な名を持っていたっておまえはおれにとって『エセ関西人』だ」

「そっちちゃうわ!!　『千歳♥』って呼んで！　って言ってんねん！」

「んな呼び方したことないだろーが！」

ぎゃんぎゃんとしょうもない言い合いをしている間に、遠くで聴こえていたグラウンドの音楽がいつの間にか途切れていることに気づいた。もうすぐ、祭りの終わりを告げる花火が空に咲く。見上げた首筋に、不意に冷たい滴が落ちた。

「…………あ、雨?」

呟くと、おれの隣で千歳も空を見上げた。日が暮れてからの天気はわかりにくいが、いつの間にか厚い雲が夜の闇を鈍い色で覆っているようだ。グラウンドの方から、フィナーレの花火を待ちわびる生徒たちの残念そうな声がぽつぽつと届いてくる。

「……千歳」

名前を呼ぶと、千歳は呆れたように笑った。

「はいはい。最後にもうひと働き、ってか」

「……おれも、花火見たいし」

そう呟くと、にっと笑って大きな掌でおれの髪をわしゃわしゃと撫でる。

「そうやな。おれも見たい。ほんならいこか」

『うん。……現実(リアル)』

千歳に撫でられながら小さく唱える。すぐに、慣れた熱が喉に灯った。

『雨晴れて　清く照りたる　この月夜　またさらにして　雲なたなびき』

詠み終えると、おれと千歳の頭上の雲に小さな穴が開いたように澄んだ闇が現れ、そこからキラキラと光の粒が零れて雨粒の代わりに降ってくる。千歳はその光の粒を自分の掌に導くようにすっと手をかざした。

『全・裏返し(トータル リバース)！』

　千歳のよく通る声が闇に溶けるように響いた瞬間、光の粒が弾けて四方に散り、照らされた雨粒は一瞬だけの煌(きら)めきを残して宙に溶けて消えていく。頭上を覆っていた厚い雲がすっと引いていった後には、満月までもう一息といった形の月がゆったりとした表情で浮かんでいた。突然現れた美しい夜空の光景に、頭上を見上げていたであろう生徒たちの歓声がわっと溢れて眼下から耳に届く。

「……さすが、だな」

　おれが発現させた霊力を使って、この一帯だけとはいえ、天気まで操ってしまう。そんな千歳の底知れない力を、「花火を見たい」なんていう願いを叶えるために使わせていいものなのかは、よくわからないけれど。

「天音もやろ。それにしてもここ、特等席やな」

　満足げに表情を崩して、千歳はおれの隣でごろりと寝ころび、大の字になって空を見上げる。それに倣(なら)ってみると、夜空に咲く大輪の花が視界いっぱいに映り込んだ。身体の芯に響く音も、遠くから聴こえる歓声も、初めて触れるものみたいに柔らかくて温かい。

　深い深い色のスクリーンに、次々と現れては遷(うつ)り変わる色彩。だんだんと迫ってきて、吸い込まれるような感覚に夢中になっていると、隣でふっと可笑しそうに笑う声が聞こえた。

「生まれて初めて見たんか？　花火」

「…………おれは現役高校生だ。世捨て人でもあるまいし、花火くらい見たことある」

小さな子どものように見入っていたのを揶揄され、軽く眉をひそめてみせた。千歳はそんなおれの心中すら簡単に見透かすように涼しげな目元をすっと細める。寝ころんだまま視界の端に映る銀色の髪は、紅や紫紺の光に照らされて刻々と色を変えた。

「……この間、天音がおれを引き摺り出すのに詠んでくれた和歌、あったやろ」

「……うん？」

不意にそう呟かれ、視線を夜空に向けたまま訊き返すと、千歳はすっと腕を持ち上げて、大輪の花火の横でスポットライトよろしく煌々と輝く大ぶりの月を指さした。千歳の霊力ですっかり澄み渡った夜空に堂々と浮かぶさまは、たとえ一時の主役の座を明け渡そうとも……この深い漆黒に最も馴染み、映えるのが自分であることを疑わない自信に満ちた姿にも見える。

「一緒に居ったら月が見えんくてもいいっていうのも納得やけど……一緒に居れて、綺麗な月が見られるっていうのは最高やな」

「…………さすが関西人。お得感にはうるさいな」

「あたりまえやろ。高いもんがうまいのは当たり前、いかに安くてうまいもんを探し出すかが、関西人の誇りや」

「…………おれの決死の覚悟を、Ｂ級グルメに喩えるのはやめろ……」

なんだかいつもと少し違う声色に聴こえたのは一瞬で、やっぱり千歳は千歳だった。いつもどおりの呆れ声で返しながらも、そのことにほっとする。

千歳はやっぱり、できないことを数えたり、できることに妥協点を探して見切りをつけたりしない。そういう千歳の姿は、手を伸ばさないことに慣れていたおれを時に驚かせ、時に呆れさせ、時に眩しさに戸惑わせる。千歳が後悔してくれたことも忘れないけど、おれはこいつのそういう「強さ」が好きだ。

口には出さないそんな言葉が頭の中で浮かんでは自分の身体に馴染んでいくのを感じながら、おれたちは貸し切りの特等席で並んで寝ころび、夜空に花開く大輪の菊を見上げた。

拾：次の季節へ

《37》白露に　風の吹きしく　秋の野は　つらぬきとめぬ　玉ぞ散りける

――白露に風がしきりに吹きつける秋の野は、紐で貫き留めていない宝珠が散っているかのようだ／文屋朝康・小倉百人一首。《》内は歌番号――

世の中に　たえて桜の　なかりせば　春の心は　のどけからまし

――この世の中にまったく桜の花がなかったとしたら、春を過ごす人の心はどれほど穏やかであったことだろう／在原業平朝臣・古今和歌集――

学祭も終わり、紅葉の余韻を残していた風景もすっかりモノトーンに変わってきた。随分と気温の下がったある日の夕方、おれは千歳とともに近所の山の中で妖怪退治に励んでいた。

「天音！　そっち、おまえの後ろにいる奴が本体や！」

「おまえ、さっきもそう言って違ってただろ！」

頭上の空間を軽快に跳躍する千歳を見上げて怒鳴る。たしかに、こうもちょこまかと動き回られてはおれに術の本体は見極めきれない。自分にできないことなのに千歳を怒鳴るのもどうかとは思うのだが……こいつ、本当にテキトーだからな……。

「今度こそほんまやって！」

そう言って、千歳は霊力を反射する構えを取る。おれの方に向けて千歳が大きく両腕を広げるのは、「撃ってこい」の合図だ。この呼吸もすっかり馴染んで、おれは自分の霊力を引き出すバランスの調整にも慣れてきた。

さっきから千歳の雑な指示に振り回されてかなりの回数攻撃を繰り出す羽目になっているにもかかわらず、ほとんど疲労を感じないのは、最小限のエネルギーで放ったおれの霊力を千歳が増大させて跳ね返してくれているからだ。

「わかった。次、違ってたら晩飯抜きな」

正面に千歳を捉え、そう言って再び霊力を引き出すべくすっと息を吸うと、千歳は目を瞬いた。

「え……っ、じゃあちょっと待って。もう一回考える」

「…………」

「嘘やって！　ほら、おれを信じて撃ってこい！」

「信じた結果の何発目だよ！　何ちょっとカッコイイことみたいに言ってんだ！」

聞いたことのあるセリフに思わずツッコむと、千歳は悪びれもせずに、にっと笑った。

その、あまりにもいつもどおりの表情に、一瞬おれまで戦闘中であることを忘れそうになるのが困りものだ。

『白露に　風の吹きしく　秋の野は　つらぬきとめぬ　玉ぞ散りける！』

『今度こそ当たれ……！　裏返し(リバース)！』

おれが放った霊力は光の筋となって千歳に向かう。千歳の大きな掌がそれを掬うように搦(から)めとり、一度ぐっと握り込んだ。

次の瞬間、千歳がボールを投げ込むように放ったのは、光り輝く金色の飾り紐のような形状の強い波動。周囲をバラバラに飛び回るビーズのような球体が、千歳の「裏返し(リバース)」によって空中でそれぞれの動きを止められる。千歳の放ったしなやかな霊力は、その中からおれの後ろを漂っていたひとつに狙いを定め、生き物のように蠢きながら鋭く中心を貫いた。

ガラスが割れるような乾いた音があたりに響き渡り、落ち着かなげにざわついていた樹々の葉が擦れる音がすっと鎮まる。上から身体を押さえつけられるような感覚が消え、ふっと空気が軽くなった。

「ほら、合ってたやろ」

「……おまえさ、今、『当たれ』って言ったよな」

得意げに胸を張りおれの隣にふわりと降り立った千歳をじとりと眺めると、千歳はわかりやすく目を逸らせた。結局、勘で乗り切りやがったな……。

「結果オーライ。今日は天音の手料理やからな、食い逃すわけにはいかん」

「そういう意味不明な勝負強さはいいんだけどさ、だったら最初から発揮しろよな……」

「確率から言うたら上出来やろ。天音が疲れる前に終わらす自信はあった」

汗で乱れたおれの髪を柔らかく梳いて整えながら、千歳は満足げに表情を緩めた。


「………おい、なんでおまえがここに居る」

和やかな夕飯の席に似つかわしくない、地を這うような声が茶の間に響く。まぁ想定内の展開だなと思いながら、おれは大皿に盛った山菜の天ぷらに手を伸ばした。

「なんでって、飯食ってんねんけど。見てわからん？　歳って怖いな」

食卓ごと焼き払いそうな鋭い視線で突き刺されながら、千歳は涼しい表情で飯をかき込む。祖父は眉間に深すぎるしわを刻みながら、ため息をついた。

「阿呆で愚かなことは知っていたが、ここまでとはな……。一体どの面下げて、おれの前に現れるだけでは飽き足らず、天音の料理を当たり前のように食っとるんだ……？」

「あー……。これはさ、千歳がくれた食材だから……一緒に食べたらどうかなと思って……」

「そーやそーや。嫌なら食うなや。おれは天音にうまい山菜食わしてやりたかっただけで、おっさんこそお相伴(しょうばん)に与(あずか)っとるだけやろが」

千歳はそう言いながら、綺麗な箸づかいでおれが揚げた天ぷらをひょいと掴んで祖父の目の前でひらひらと揺らす。おれのフォローはこれで限界なのだから、余計なことをして火に油を注ぐなという念を込めてちゃぶ台の下で千歳の足を蹴った。

「天音、こいつを甘やかすんじゃない。おまえの前ではいいカッコをしとるんかもしれんが、まぁ厄介でいいかげんで面倒くさいやつなんだ」

「あ、それについてはおれの前でも同じだけど」

「おい！　そっち側につくんか！」

「……どっち側でもないよ。静かにメシが食いたいだけだ」

隣から身を乗り出す千歳を横目で見ながら、おれはそう言って味噌汁をすする。

この食卓に並んでいる見事な山菜は、昨日千歳が届けてくれたものなのだ。せっかくなのでおれが調理すると約束して、千歳を今日の夕食に誘った。しかし学校から帰ったら、ご近所さんから「正体不明の浮かぶぼんぼり」みたいなのが裏山に出るらしいという相談を受け、千歳の勘頼みで一応解決して今に至る、というわけだ。

　少し時間は遅くなってしまったものの、煮物は昨日のうちに作っておいたため、帰ってからは天ぷらを揚げるだけで調理が完了した。揚げたてでさっくりとした衣と、微かな苦みのある柔らかな山菜の食感は絶妙で、さっきから相変わらずしょうもない言い合いを続ける祖父と千歳もきっちりと大皿に箸を伸ばし、山盛りの天ぷらは順調に消費されていた。

「うむ。さすがは天音だな。こういう場面では中立を保つのが一番だ」

「…………おっさんは一体どのポジションで物言うとんねん」

　茶碗を持ちながらうんうんと頷く祖父を眺めながら、呆れたように千歳が言う。最初にこの掛け合いに出くわしたときにはけっこう本気でひやりとさせられたものなのだが、だんだんとこれがこの二人の「呼吸」なのだなとわかるようになってきた。だから、千歳の持ってきた山菜の中にはちゃんと祖父の好物が含まれていたし、祖父はこうして千歳に噛みつきながらも本気で追い払ったりはしない。

　どちらに言わせても「付き合いだけは無駄に長い」としか答えないこの二人の関係はどこか不思議でおれにはよくわからないが、こうして賑やかな食卓で食事をするのは悪くはない。

「……美味いな」

　自分で調理したものに言うのも変なのだが、思わずそんな呟きが零れた。

「ああ、美味い。天音の調理の仕方がいいんだな」

「おう、美味い。採ってきた甲斐あったわ」

二人の声がきれいに重なり、また鋭い視線を交わす姿に苦笑した。

「天音、おかえり」

数日後、おれは久しぶりに川岸にロックオンされ、試合前の特別稽古に駆り出されていた。練習を終え神社までの道を歩いていると不意に後ろから軽く肩を叩かれ、振り返ると青い羽織姿の千歳が立っていた。

「ただいま。おまえの危機察知能力は大したもんだよな……」

友人にこき使われたおれはちくりとそう言って、また疲れた足を家に向かって踏み出す。

いつもなら千歳と一緒に帰ってくることが多いのだが、今日は川岸がおれと千歳を捕獲しようとしていたことを察知して、千歳はさっさと下校したらしい。当然、同じクラスのおれはきっちりと連行された。千歳はおれの隣を歩きながら可笑しそうに表情を緩める。

「二人とも捕まったら効率悪いやろ。おれは、疲れた天音を迎える係。家の用事はだいたいやっといたで」

「……それはどうも。けど、千歳は川岸にしごかれたってここまで疲れないだろ」

その「分業」に異議があるわけではないし、そもそもはおれが両方やるべきところを半分請け負ってもらってるのだ。それなのについつい余計なことを言ってしまう。千歳といるときのおれは、たまに聞き分けのない子どもみたいだ。

「そうかもしれんけど、疲れてる天音って、いつもより素直なんが新鮮でおもろいからなー。ちょっと見たなるというか」

「…………は？」

千歳の「おもろい」の感覚はいまだにさっぱりわからない。別にわかりたいとも思わないのだが、おれの疲労を見世物扱いするとはいい度胸だ。うっかり反省しかけた思考を放棄し、おれは精一杯の怨念を込めて千歳を睨んだ。そうして、これ以上疲れた姿でこいつを楽しませてなるものかと思い、足を速めた。当の千歳は早足になったおれの隣にしれっと並び直し、長い羽織の裾を晩秋の風に靡(なび)かせながら涼しげな歩調で歩いている。ちらりと目だけで見上げると、楽しそうにおれの表情を眺めていた。……なんか、腹立つな。

「あ、そういえば天音に聞きたいことあってん」

「ん？」

しばらく無言のまま競歩のように歩いていると、不意に千歳が呟いた。早足にも疲れ、ひんやりとした風に当たって落ち着きを取り戻したおれは、隣を歩く千歳を見上げた。

「天音はさ、いつも使う和歌は全部おぼえてんのか？」

「和歌？　……まぁ、そうだけど……なんだよ、唐突に」

「いやー、今日古典の授業で短歌の話になったんや。百人一首っていうやつ？　めっちゃおぼえてる奴がいてさ、すごいなーと思ったんやけど、よく考えたら天音の方がすごいよな。『言霊』で発現したらどんな効力になるんかとかも、戦闘中に全部咄嗟に考えてるんやろうし」

「んー……すごい、のかな。自分ではあんまりわからないけど」

おれにとってはいつの間にかそういうものになっていた、いわば習慣のようなものだ。確かにかなりの数が頭に入っているとは思うが、あまり深く考えたことはなかった。

「いや、すごいやろ。天音はもっと威張ってもいいと思うねんけどなぁ」

「別に威張るようなことでもないだろ……。だいたいさ、千歳ってかなり長いこと生きてるのに、それこそ和歌とか古典とかリアルタイムで知ってるんじゃないのか？」

「えー、そんなには知らんな。天音の方がよっぽど詳しい。それに言っとくけど、おれ妖怪の中ではかなり若い方やからな。まだまだぴちぴちや」

「……いや、なんかもうその表現自体が古いというか……」

「それにそういうのはけっこう、煌びやかな身分の奴らのもんが多いからなぁ。おれの生活にはあんまり馴染みのないもんや。あ、けど天音の詠む和歌はいいと思うで」

「おれが詠んだわけじゃないし、戦闘用だけどな」

相変わらずのマイペースな思考に呆れ半分で返事をすると、千歳は「それでもや」と言って屈託なく笑った。

「好きな和歌とかはないんか？」

「……好き？　使い勝手がいいやつならあるけど」

「んー、ちょっと違う気もするけど……。まぁたしかに天音の霊力と相性よさそうな和歌はあるよな。風と……水を操るのが得意なんやろ」

「よくわかるな。そのふたつは和歌の種類も多いし……逆に、火とか光は扱いづらい」

そんなことを話しながら見慣れた鳥居をくぐると、境内の奥に佇む桜の古木が視界に映った。今はもう柔らかな緑も、鮮やかな橙も、もちろん華やかなピンクも纏ってはいない。しわしわの顔で微笑む穏やかな老人のように、いつもの角度で外から帰ってきたおれを出迎えてくれる。

桜の木の寿命はそれほど長くはない。ずっと昔からこの街と神社を見守ってきた老木は、いつからか春になってもそれほどたくさんの花を咲かせることはなくなっていた。

「天音？」

不思議そうにおれを見下ろす千歳の横を通り過ぎ、おれは桜の木の前に立つ。

どうしてか昔から、この老木が春に心ばかりの美しい花を飾るときの姿よりも、冬に向かう、何一つ身に纏わぬときの姿がおれの目を捉えた。

枯れかけた葉さえも飾らず、乾燥しひび割れたような樹皮に覆われた姿は寒々しいはずなのに、どこか凛としている。すべてを受け容れるようなその表情が、幼い頃から毎日この境内で汗を流し、時に涙を流すまいと唇を噛み、幾度となく自分の無力さに拳を握りしめてきた自分の姿を眺めていてくれた。何も言わず、時に微かな涼風や木陰を与えながら、ただいつもそこにいてくれた。

「……もう一回、咲きたいと思ってる」

ひび割れかけた幹にそっと触れながら、自然と言葉が零れた。おれの隣に並んだ千歳は、新緑の目を上げて古木の姿を眺めた。

「この木が、か？」

「………たぶん。なんとなく、そう思う」

「天音がそう感じるんやったら、そうなんやろ。おまえの霊力にずいぶん馴染んどる」

「ずっと、そばにいてくれたからな」

幼い頃を思い出しながらそう言うと、なぜか千歳はちょっと不満げな表情になった。

「あ、なんかその言い方妬けるな」

「木に妬くなよ……」

何かと思ったらそんなすっとぼけたことを言われてまた脱力する。千歳は呆れかえったおれの視線を気にも留めずに、真剣な顔で桜の木を睨んだ。

「木やからって油断はできん。植物の精霊はけっこう手強いからな」

「……おまえの意味不明な発想は置いとくとして……精霊、か。そういう『心』があるんなら、よけいに咲かせてやりたいんだけどな」

「……？　天音の『言霊』では無理なんか？　桜を詠った和歌なんか、それこそ山のようにあるやろうに」

「……この木はさ、なんでかある和歌にしか反応しないんだ。……で、おれは昔から、そのたったひとつの和歌をうまく扱えない」

「そんなことってあんのか？　その和歌って、どんなんや」

千歳に問われ、一瞬ためらったもののおれは小さく上の句を呟いた。

「……世の中に、絶えて桜のなかりせば」

「春の心はのどけからまし……ってやつか。素直じゃない歌やな」

「そう。おれにぴったりだと思うんだけど」

下の句を引き取って詠んだ千歳にそう言って苦笑した。千歳がこの和歌を「素直じゃない」と言うのは、この歌の歌意を正確に捉えている証拠だ。

この和歌の直訳は「もし世の中に桜の花がなければ、春を待つ心は穏やかであっただろうに」。けど、本当に言葉どおりに桜がなくなればいいと思っているわけではない。

いつ頃花が咲くだろうか、見頃はもう少しもつだろうか、雨で散ってしまわないだろうか……。昔から、この花は人の心を強く惹きつけ捉えてきたのだろう。春先に翻弄され、掻き乱される心がよく表現されている。それはつまり、それほど桜の花が咲く風景に焦がれてきたということなのだ。

「けど、要はそれくらい桜が咲くのが待ち遠しいってことなんやろ。天音の『言霊』は和歌に込められた思いも具現化できるんやから、その歌で問題ないんちゃうの？」

千歳は古木を眺めながら首を傾げる。その、本当に不思議そうな表情に思わず頬が緩んだ。

「……そのはずなんだけど、だめなんだ。おれ、あの歌だけは何回やっても……言葉どおりの力しか発現させられない」

なるべく軽い調子で言って、肩をすくめてみせた。頭ではわかっているのに。

「気持ちを揺さぶられるものがなくなればいい」という言葉に込められた本当の想いは、それほどその景色に焦がれている証なのだと。

それでもおれの中にある同じような気持ちが、いつもブレーキをかける。言葉の裏にある本当の気持ちを認めることを拒絶する。だから、おれがこの歌を詠むといつもただ花が枯れ、芽が落ちる。何度やっても、昔からずっとそうだった。

千歳はおれの前に進み出ると年老いた桜の木にそっと触れ、その年月の重みを辿るようにゆっくりと木の幹を視線で辿った。それから、一歩下がっておれの隣に並んだ。

「……千歳?」

「もう一回だけ、やってみ。ここで見といたるから」

そう言って、千歳はおれと横並びの位置で腕組みをし、視線だけをこちらに向けて軽く頷いてみせた。千歳だったら、きっとこの歌の霊力を発現させるのに手こずることなんてないんだろう。いや、そもそもこんな回りくどい歌は選ばないかもしれない。木の上に登って「花よ、咲け〜」とかで咲かせてしまいそうだもんな……。花咲かじいさんみたいになった千歳の姿を思い浮かべてみたら、可笑しくてふっと肩の力が抜けた。

「好きな歌」でも「使い勝手のいい歌」でもないけど、おれにとってのある意味「特別」な歌。今なら、もう少し向き合うことができるのだろうか。

揺さぶられるのが怖くて、千歳を突き放そうとしたときの自分が、今から詠もうとする和歌の言葉に重なる。でも、おれはこの場所を選んだ。

おれは千歳の隣ですっと小さく息を吸う。

『……現実（リアル）』

そう唱えて、桜の木が見守ってきた春の風景に思いを馳せる。

頭に浮かぶ色彩に五感を委ねて、おれは目を閉じた。

『……世の中に　絶えて桜の　なかりせば　春の心は　のどけからまし』

詠み切ると、一瞬の静けさ……空白ののちに、ふわりとした温かさが頬を撫でた。

微かな風を追うように、そっと閉じていた目を開ける。

殺風景だった冬の境内に、ほんのりとしたピンク色が浮かび上がった。桜の古木が力を振り絞って広げた両腕のような木の枝の先にいくつもの小さな蕾が現れ、まだ固く小さな体をうっすらと春色に染めている。

「あ………」

小さく呟いた途端、無数の蕾はすっと木肌に吸い込まれていく。でも霊力を発現させた張本人であるおれには、消えてしまったわけじゃないことが感覚的にわかった。

この木の体内でこれから訪れる季節をじっと耐え、春にはきっと顔を出すはずだ。おれの「言霊」の力が年老いた古木に与えた、この冬を越えた先に咲き誇るはずの小さな約束。

それはおれ自身にとっても、ずっと発現させることができなかった「言葉の裏側にある想い」を具現化できた……自分の中に在るブレーキの上で踏み固まっていた足の力が解けたことを意味していた。

その足を踏み出して、おれが越える季節の先にも、こんなふうに健気で、優しくて、凛とした美しい風景に出会える約束がちゃんと待っていてくれるような気がした。

隣で満足げに桜の古木を眺めている千歳の表情を見上げる。

千歳はおれの視線に気づき、桜の蕾を眺めていた新緑の瞳をこちらに向けた。

「春風は、花のあたりをよぎて吹け……やな」

「古今和歌集？」

聞き覚えのある歌の上の句だ。春風よ、桜の咲いているところを避けて吹いてはくれないか……。千歳が和歌を口ずさむことも、優しくもどこか気弱な響きも意外だ。

「あんまり千歳っぽくないな、それ」

「えー、そう？　せっかく天音が咲かせる桜、まじないでもかけとこうかと思ったのに」

特に不満げでもなくそう言いながら、でも千歳は一切「力」を使うそぶりを見せない。

そのことが、何よりもおれの足元をたしかなものにしていく気がした。

千歳の隣に自分の足で立つ、おれの足元を。

「……千歳は、散る桜も楽しみそうだ。咲く前と、満開と、散り際と、三倍お得」

「おっ、天音。関西人魂がわかってきたやないか。そうやな〜、しっかり楽しんでやらんとな。『花見』の定番メニューってどんなんやろ？　おれ、作れるかな？」

至極真面目な表情でそう言って、考え込むように眉間にしわを寄せる千歳に、おれは思わず噴き出した。

「……何かと思えば、平和な取り越し苦労だな」

「ん？　だって、他に心配することなんかなにもないやろ」

おれが笑うのを珍しそうに眺めながら、千歳は首を傾げる。……おれは、これからこの場所で、どんな風に自分の「力」を使っていくのだろう。はっきりとはわからないけれど、今までとは違う「向き合い方」を、きっと選ぶときが来る。そんな気がした。

「……そうだな。心配することなんか、何もない」

そう呟くと、千歳はふっと微笑んでいつものようにおれの髪を撫でた。

境内の玉砂利の上に、少し長さの違う二つの影が並んで伸びる。頬を撫でるひんやりとした風の温度が変わっても、この何気なく見える風景がたしかにそこに在るように。


綺麗な名もなく、立派な理由もない。

ただおれたちが選んだつながりが、たしかにそこに在るように。

あとがき

本書をお手に取っていただきまして、ありがとうございます。

「小説は、描かれている世界はフィクションでも、その中で書かれていることは『ホンモノ』でなければいけないですよ」

これは、私が初めて「小説」と呼べるものを書き上げたとき、それを読んでくださったある方にいただいた言葉です。未熟ながらに、すっと心に馴染み、腑に落ちる言葉でした。自分が読んできたたくさんの文章が自分の心に響いたのは、そこに込められた情景や心情がまぎれのない「ホンモノ」だったからなのだと感じたからです。

自分自身が、その言葉に見合う作品が書けたかどうかは、私一人の力ではわかりません。ただ、私は天音ではないけれど、彼の「言葉」の力を知るが故の、ずっと捨て去ることができない恐れ、それでも自分の言葉と共に在ることへの覚悟、そして、カタチだけの言葉や既存の「誰かが名づけた」関係性を越える何かへの渇望は、私にとってもひとつの「現実《リアル》」であると思っています。このお話の中のどこか、ほんの小さなひとかけらでも、読んでくださった方にとってのリアル……ホンモノが見つかって、それが少しの笑顔や元気の素になれば、これ以上に幸せなことはありません。そして、私自身も、その「言葉の力」でこうしてたくさんの方と出会い、素晴らしい機会をいただけたことへの感謝を、いつまでも大切にしていきたいと思います。

本作の舞台となった「和歌の地」奈良県は、自然と神社仏閣が融合した、どこか懐かしく、ゆったりとした時間の流れる場所です。自由に旅ができる日がまた訪れたときには、ぜひこの「奈良時間」を体感しに訪れてみてください。しばらくの間とっても「のんびり屋」になってしまうという症状が稀に出ますのでご注意くださいね。

最後になりましたが、この作品を刊行するにあたり、多大なご支援をいただいた多くの方々に心からの感謝を申し上げます。艶（あで）やかな「和」の魅力が滲み出るような美しい装画を描いてくださった沙月様、和歌を織り込んだ素敵な装丁をデザインしてくださった長﨑様、そしていつもこの作品を大切に考え、支えてくださった担当編集者の尾中様、編集部の皆様、コロナ禍の大変な状況の中でも、常に先を、前を見据えて進んでいかれる皆様の姿には、イチ社会人として本当に頭が下がる思いで、たくさんの元気をいただきました。そして、Ｗｅｂ版の『ヨロヅノコトノハ』を応援してくださった方々、そのほか、本作の刊行にあたりご尽力いただいたすべての方に、この場をお借りしてお礼を申し上げます。

この本を手に取っていただいた皆様の傍に、そして皆様の大切な方々との間に、どうか素敵な「言の葉」が在り続けますように。

令和三年　七月吉日　いのうえ えい

ことのは文庫

ヨロヅノコトノハ
やまとうたと天邪鬼（あまのじゃく）

2021年7月26日　初版発行

著者　いのうえ えい
発行人　子安喜美子
編集　尾中麻由果
印刷所　株式会社廣済堂
発行　株式会社マイクロマガジン社
URL：https://micromagazine.co.jp/
〒104-0041
東京都中央区新富1-3-7 ヨドコウビル
TEL.03-3206-1641 FAX.03-3551-1208（販売部）
TEL.03-3551-9563 FAX.03-3297-0180（編集部）

本書は、小説投稿サイト「エブリスタ」（https://estar.jp/）に掲載されていた作品を、加筆・修正の上、書籍化したものです。
定価はカバーに印刷されています。

ISBN978-4-86716-161-6　C0193
乱丁、落丁本はお取り替えいたします。